KB097177

배낭 메고 여섯 대륙

여행, 또 다른 세상

배낭 메고 여섯 대륙

여행, 또 다른 세상

글·사진 **윤영**

이른아침

내 여행 에너지원은 호기심

여행하기 싫어하는 사람 몇이나 되겠는가. 대부분 돈과 시간, 인연에서 자유롭지 않아서 못 가는 거다. 나도 마찬가지였다. 그러나 현실적인 제약 때문에 여행을 마냥 미루긴 싫었다. 한 번뿐인 인생, 반도 땅에서만 머물다 가고 싶진 않았으니까.

갈 수 있든 없든, 지도에 여행할 대상지부터 체크했다. 시간 날 때마다 표시하고 수정하는 과정을 거쳤는데 그것만으로도 행복했다. 자유로운 상황 만드느라 한세월 보내고, 주기적으로 밖에 나가도 될만한 여건이 마련된 다음에야 해마다 한두 차례씩 배낭을 꾸리기 시작했다.

여행은 사회적으로 의미있는 일이 아니다. 개인적으로 성취 대상으로 삼기도 어려운 영역이다. 그럼에도 불구하고 지속적으로 나간 것은 바깥 세상에 대한 호기심 때문이었다. 여행의 또 다른 속성인 휴식, 방랑, 경험에 대한 욕구도 있었지만, 내겐 호기심이 가장 큰 동기였다. 다른 나라의 문화유산과 자연유산은 물론이거니와, 그 나라의 건물, 거리, 시장, 복장, 음식, 종교, 관습, 사는 형편 등 궁금한 것이 한둘이 아니었다.

특별한 곳을 간 것은 아니고, 특별한 방식으로 간 것도 아니다. 그저 내(= 우리 부부) 맘 닿는 곳을, 내 방식대로(=작은 배낭 하나 메고) 갔다. 그렇게 틈틈이 다니기 시작한 여행이 10년 세월 지나자 갈증을 면할 정도는 되었다. 그러나 여행하는 동안 가보고 싶은 새로운 여행지가 계속 추가되어, 이제 여행은 우리 부부 인생에서 뗄레야 뗄 수 없는 일상이 되었다.

그런데 올해 예기치 않게 코로나 바이러스가 확산되는 바람에 전 세계적으로 여행이 올스톱되는 상황이 발생했다. 넘어진 김에 쉬어간다고, 이참에 지난 여행을 한번 정리하고 가는 것도 의미있을 것 같아 컴퓨터 앞에 앉았다. 그러나 막상 시작해보니 글 쓰는 것이 생각만큼 쉬운 게 아니었다. 애초에 책 쓸 생각을 하지 않았기에 메모와 사진에 신경 쓰지 않은 점이 마음에 걸렸고, 독자들과 교감할 수 있는 대목이 무엇인지도 감이 잘 잡히지 않았다.

여행할 때는 이것저것 호기심이 많았지만 관심 가졌던 항목을 모두 포함시킬 수는 없는 일. 이 책에서는 그동안 여행한 곳 가운데 왕궁, 광장, 사원, 박물관, 묘지, 자연 등 여섯 개의 카테고리에 국한했다. 재래시장은 여행한 나라마다 가보았으나 얘깃거리가 마땅찮아 쓰지 않았고, 돈(=다른 나라 사람들이 사는 형편) 얘기는 써보긴 했지만 내용이 맘에 안 들어 제외했다. 이밖에도 써보고 싶었던 주제가 몇 개 더 있었으나 욕심 낼 처지가 아니라 마음 접었다.

감성과 이미지의 시대에 이런 주제들이 어울리지 않는다는 것은 안다. 그러나 내가 대학 다니던 시절엔 해외여행의 자유가 없었고, 그 시절의 궁금증이 내 여행의 가장 큰 에너지원이 되다보니 여행기가 이런 내용들로 채워졌다. 비슷한 성향을 가진 독자라면 다음 페이지로, 그렇지 않은 독자라면 이 책을 덮을 일이다.

86세대의 배낭여행도 충분히 재미있을 수 있다. 글쓰기 전 내 컨셉은 이거 하나였다. 나름 소박한 목표라고 생각했는데, 쓰기 시작하자마자 그게 분수를 넘어선 욕심이라는 걸 깨달았다. 그래도 글 쓰면서 추억을 다시 만나는 과정은 의미 있었고, 다 쓰고 나니 새로운 여행지들을 순례할 즐거운 고민만 남아 행복하다.

Contents

일러두기

주어
이 책에 실린 모든 여행지를 아내와 함께 배낭 메고 다녔으나, 두 사람의 관점을 동시에 서술하기 어려워
필자 생각 위주로 썼다. 대부분 문장의 주어가 '우리'가 아닌 '나'로 된 이유다.

여행 시기
이 책에 소개한 여행지들은 2008년부터 2019년까지 시간 날 때마다 틈틈이 다닌 곳들이다. 그 이전에
여행한 곳들은 아날로그 카메라를 사용했으므로 사진 인용이 불가능해 생략했다.

제 1 장

왕궁과 패밀리

왕궁, 구름 위의 산책

배낭여행과 왕궁.

이 두 단어는 서로 어울리지 않아 보인다.

발길 닿는 대로 떠나는 배낭여행자라면 모름지기 남들 가지 않는 오지에 가야 폼 날 것 같다. 그러나 나는 어린 시절을 시골에서 보냈다. 그 때문에 다른 나라 오지마을에 대한 관심은 크지 않았다. 반면 평소 접해보기 어려웠던 낯선 건축물에 대한 호기심은 컸다.

이런 이유로 나는 남들 다 가는 왕궁에서부터 이 글을 시작하려 한다. 배낭여행이라는 것이 여행 방식을 의미하는 것이지 여행 장소를 의미하는 것은 아니며, 남들이 잘 가는 곳이라는 이유만으로 내 배낭 얘기에서 왕궁을 빼버리고 싶진 않기 때문이다.

왕궁은 매력적인 여행지다. 무엇보다 건축물이 압권이다. 인간이 만든 공간 중에서 가장 화려한 공간이 왕궁이다. 권력과 재력을 갖춘 왕실이, 당대 최고의 건축가와 예술가들을 총동원시켰으니 그럴 수밖에 없지 않겠는가. 건물 외관, 건물 내부, 정원⋯ 어느 것 하나 눈길을 끌지 않는 것이 없다.

왕궁에는 전시품도 풍부하다. 천재적인 예술가들의 조각품과 그림이 풍부하고, 세상과 단절된 뜬구름 같은 공간에서 살았던 왕가의 일상 유물도 만나볼 수 있다. 그뿐인가. 왕궁엔 스토리도 풍부하다. 최고 권력자와 그 주변 인물들이 연출했던, 세상을 떠들썩하게 한 거창한 얘기부터 시덥잖은 가십거리까지 곳곳에 사연이 배어 있다. 역사에 큰 흔적을 남긴 스토리는 그것대로, 뒷담화처럼 남겨진 소소한 얘기들은 또 그것대로 관심을 끈다. 여기에다, 어떻게 해서든 패밀리를 보전해서 권력과 재물과 명예를 이어가려는 왕실의 집요한 노력과 그에 얽힌 얘기들은, 또 다른 흥미거리를 선사한다.

왕궁이 있는 나라는 많지 않다. 북미에는 왕조가 없었으므로 왕궁이 없다. 중남미는 아즈텍과 잉카 제국이 있었으나 스페인의 식민지가 되면서 흔적이 사라졌다. 호주를 포함한 오세아니아는 왕조체제와 무관하고, 아프리카는 기본적으로 부족 단위의 삶을 영위한 지역이라 왕궁과 인연이 없다. 결국 가볼 만한 왕궁은 (중동을 포함한) 아시아와 유럽에만 몰려있다. 그것도 일부 국가에 한해서다.

왕궁이 있는 나라 가운데 프랑스, 독일, 스페인, 러시아, 헝가리, 오스트리아, 터키, 중국, 티베트, 일본, 태국, 캄보디아의 왕궁들을 가보았다. 어느 왕궁이나 나름대로 특색 있었고 매력 있었지만, 왕궁은 나라별 차이보다 문화권별-기독교 문화권, 이슬람 문화권, 유교 문화권, 불교 문화권- 차이

독일 바이에른 왕국의 여름 별궁인 님펜부르크 궁전 왕실은 사라져도 왕궁은 남는다.

가 더 컸다. 왕궁 스타일을 큰 범주로 분류한다면, 이 네가지 스타일로 구분해도 무리가 없을 것이다. 그래서 각 문화권별로 가 본 왕궁들 가운데, 유독 내 호기심을 자극했던 왕궁들 위주로 스케치해 본다.

알함브라, 머물고 싶은 단 하나의 궁전

알함브라(Alhambra)는 자그마한 궁전이다. 궁전의 주인공은 나스르 왕조라는 별 존재감 없었던 왕조다. 역사적 무게감으로 치자면 이 장의 맨 뒤에 오기도 어렵다. 그럼에도 가장 먼저 소개하는 이유는, 이곳이 너무 가보고 싶었던 왕궁인 데다 가본 왕궁들 가운데 가장 마음에 들었기 때문이다. 지상에 있는 왕궁 가운데 머물고 싶은 단 하나의 궁전을 꼽으라면, 나는 알함브라를 선택할 것이다.

마드리드 남부터미널에서 버스를 타고 다섯 시간 남짓 달려 그라나다에 도착한 시간이 오후 1시경. 호텔에 배낭을 던져두고 시내 산책에 나섰다. 목적지는 알바이신 지역의 산 니콜라스(San Nicolas) 전망대. 걸어가기엔 부담스러운 길이라 누에바 광장에서 미니버스를 이용했다. 버스는 구불구불하고 경사가 심한 언덕길을 몇 차례 지나 전망대에 도착했다.

산 니콜라스 전망대에서 본 알함브라 궁전 멀리 보이는 시에라네바다 산맥과 궁전 건물이 잘 어울린다. 왕궁을 보고 있노라면 스페인의 전설적인 기타리스트 타레가가 작곡한 '알함브라 궁전의 추억'이 가슴속에 들려온다.

전망대는 특별한 시설이 있는 곳이 아니라 교회 옆의 작은 광장이었다. 아마 그곳이 언덕이고 알함브라를 조망하기에 좋은 위치라서 그렇게 불리는 것 같았다. 선선한 나무 그늘에 앉아 건너편 언덕의 알함브라를 보니 뷰가 압권이었다. 왕궁을 건립하기엔 어울리지 않는 허름한 야산 언덕에, 수수한 색상의 건물들이 서있는 모습이 자연스러웠다.

다음 날 아침 일찍 알함브라로 갔다. 티켓은 미리 온라인으로 구입해 두었으므로 줄을 설 필요 없이 문 열자마자 맨 먼저 입장했다. 알함브라 탐방은 크게 나스르(Nasrid) 궁전, 카를로스 5세 궁전, 파르탈(Partal)정원, 헤네랄리페(Generalife), 알 카사바(Alcazaba)의 다섯 구역으로 나눠진다. 이 가운데 핵심은 나스르 궁전이다. 나는 사람들이 밀려들기 전에 나스르 궁전으로 바로 갔고, 그곳에서 가장 오랜 시간을 보냈다.

누구든지 일단 보기만 하면 도저히 사랑하지 않고는 못 배기게 만드는 나스르 궁전. 그곳을 본 소감을 어떻게 표현해야 좋을까 … 아무리 잘 써보려고 해도 적당한 표현이 떠오르지 않는다. 나스르는 그만큼 인상적이었고 아름다웠다. 그 아름다움은 유럽의 다른 왕궁들에서 볼 수 있는 그런 류(類)

알함브라 궁전의 하이라이트 '라이언 궁 안뜰' 말굽 모양의 아치 기둥, 질감 좋은 대리석 바닥, 12마리 사자 조각상의 분수, 사자의 입에서 뿜어져 나온 물은 동서남북 네 방향으로 흐르고… 건축이 왜 종합예술인지 이곳에 오면 저절로 알게 된다.

아치 통로에 아침햇살이 비치고 있다. 아무런 수식어가 필요 없다.

의 아름다움이 아니었다. 수수하지만 세련된 색상, 추상적이고 기하학적인 디자인, 뒤엉킨 식물 모양의 아라베스크 문양, 기둥과 벽에 새겨진 코란 구절의 캘리그라피(calligraphy), 보석을 정밀 세공한 듯한 환상적인 천장, 말굽모양의 아치가 인상적인 모사라베(Mozarabe) 양식 건물, 그라나다 시내가 내려다보이는 창, 오아시스를 꿈꾸며 만든 분수와 연못, 곳곳에서 들을 수 있는 물 흐르는 소리… 가히 이슬람 건축의 백미요, 세계 건축물 가운데 최상급의 하나로 꼽을 만했다. 보고 또 보고, 감탄하고 또 감탄했다. 그런 감탄은 사자 조각상의 분수가 있는 '라이언 궁의 안뜰'과 그 안뜰에 접한

'아벤세라헤스(Abencerrajes)의 방'에 있는 천장의 종유석 장식 너무 아름다워 고개가 아파도 계속 쳐다보게 된다.

방들에서 절정에 이르렀다. 인간이 빚어낸 지상의 공간 가운데 이렇게 아름다운 공간이 과연 몇이나 될까.

나스르 궁전의 아름다움에 비해 카를로스 5세 궁전이 준 인상은 평범했다. 이 건물은 이슬람 건축물이 아니다. 1526년 알함브라를 방문한 적 있는 카를로스 5세가 짓기 시작했다는 건물로, 공사는 제대로 진척되지 않았고 20세기 중반까지 완공되지 못했다고 한다. 밖에서 보면 직사각형 형태이고 안에서 보면 원형인 이 건물엔 박물관과 미술관이 하나씩 있었다. 미술관은 평범했고, 박물관은 작았으나 볼만했다.

여름별장으로 쓰인 헤네랄리페의 아세키아(Acequia) 정원 알함브라는 산꼭대기에 자리잡고 있지만 어디에 가든 물을 만날 수 있다.

나스르 궁전과 카를로스 궁전을 보고 나서 파르탈 정원에 잠시 머물다 헤네랄리페로 갔다. 여름별장인 헤네랄리페는 파르탈 정원에서 멀지 않았다. 알함브라의 주인 입장에선 이 아름다운 궁전에서 굳이 멀리 벗어난 곳에 별장을 두고 싶지 않았을 것이다. 이곳에서 인상적으로 와닿았던 것은 물의 흐름이다. 산꼭대기에 위치한 알함브라 어디에서나 물을 볼 수 있었는데, 헤네랄리페에는 더욱 물이 풍부했다. 사막에 살았던 경험 때문인지 아랍인들은 물을 소중히 여겼던 것 같다.

맨 마지막으로 간 곳은 알함브라가 그곳에 지어지게 된 단초 역할을 한 알카사바. 군사 요새로써 단단히 한몫 했다는 알카사바엔 복원되지 않은 자취들만 남아있었다. 그러나 요새 중앙에 있는 탑에 올라가 보니 그곳이 왜 훌륭한 요새였는지 단박에 알아차릴 수 있었다. 그라나다 시가지 전체를 조망하기에 그만한 장소가 없었다.

꼬박 한나절 동안 알함브라에 머물렀지만 그 여운에 취해 발걸음이 쉬 떨어지지 않았다. 이 왕궁을 미련 없이 떠날 수 있는 사람이 과연 있을까. 알함브라의 상당 부분이 파괴되고 사라진 것이 이 정도인데, 훼손되지 않고 온전히 보존되었더라면 얼마나 대단했을까. 나스르 왕조를 무너뜨린 승자는 알함브라에 제멋대로 손을 댔고, 나중에는 폐허처럼 방치했다.

알카사바를 보고 나서 오후엔 이사벨라 카톨리카 광장 인근의 왕실예배 당으로 갔다. 이곳엔 나스르 왕조를 무너뜨리고 알함브라를 접수했던 이사벨 여왕과 그녀의 남편인 페르난도 2세의 무덤이 있다. 그 무덤을 덮고 있는 대리석 돌에 새겨진 문양은 내가 그때까지 본 무덤 문양들 가운데 가장 화려한 것이었다. 승자의 이런 모습과는 달리, 서른둘 젊은 나이에 알함브라를 내주고 그라나다를 떠나야 했던 마지막 술탄 보압딜(Boabdil)의 앞날은 초라했다. 그는 자신의 동족인, 모로코 페스(Fes)의 술탄에게 장문의 편지를 써서 도움을 청해야 했고, 그곳에 가서 73세의 나이로 쓸쓸하게 죽었다고 한다.

알함브라 탐방을 끝낸 우리 부부는 그라나다에서 기차를 타고 항구도시 알헤시라스(Algeciras)로 갔다. 그리고 다음 날 새벽 배를 타고 지브롤터 해협을 건너 모로코의 탕헤르(Tanger)로 갔고, 거기서 다시 기차를 타고 페스로 갔다. 페스의 구시가지 골목과 태너리(tannery) 작업 현장을 보고 싶어 코스를 그렇게 잡았던 것인데, 공교롭게도 500년 전 보압딜이 갔던 그 길 그대로 간 셈이 되었다.

그라나다에서부터 페스까지 가는 길은 황량했다. 여행자에게도 쓸쓸하게 느껴지는 그 길을, 부귀영화 내려놓고 쫓기 듯 지나갔던 사내의 심정은 어떠했을까. 그는 알함브라가 있는 그라나다 쪽을 수없이 뒤돌아보며 눈물의 퇴각길을 걸었을 것이다. 너를 두고 어이 가나.

톱카피 사라이, 화장하지 않은 제국의 민낯

이스탄불에 가는 여행자라면 누구나 이스탄불의 랜드마크인 블루모스크나 아야소피아에 들른다. 그리고 시간에 쫓기지 않는 한, 아야소피아 옆에 위치한 궁전에도 들른다. 이 궁전이 바로 오스만 제국의 정궁인 톱카피 사라이(Topkapi Sarayi, 사라이는 궁전을 의미하는 터키어)다. 알함브라는 나스르라는 잘 알려지지 않은 작은 왕조의 궁전이다. 그런 미니 왕조의 궁전이 그 정도로 화려하다면, 이슬람 세계를 대표하는 제국이었던 오스만의 궁전은 어느 정도일까….

톱카피 사라이를 건립한 이는 동로마제국을 무너뜨린 정복자 술탄 메흐멧 2세(Mehmed II, 1432~1481년)다. 그는 승자였지만 이 아름다운 도시를 파괴하는 대신 리모델링과 신축을 택했다. 리모델링 된 대표적 건축물이 아야소피아고 신축된 대표적 건축물이 톱카피 사라이다. 1459년부터 공사가 시작되어 1478년에 완공된 톱카피는, 돌마바흐체 궁전으로 정궁이 옮겨가

톱카피 궁전 입구인 제국의 문(Imperial Gate) 이 문을 지나면 본격적인 톱카피 탐방이 시작된다. 당시의 건물이 많이 사라져 오스만 제국의 영광을 느끼기 쉽지 않지만, 있는 그대로의 모습이 이 궁전의 매력이기도 하다.

기 전까지 4백년 가까이 오스만 제국의 중심궁전 역할을 했다.

이 궁전은 순차적으로 연결된 네 개의 정원으로 구획되어 있었고, 제1, 2, 3정원 앞에는 별도의 문이 있어 그 문을 통과하여 다음 정원으로 넘어가는 방식으로 탐방하게 되어 있었다. 첫 번째 문으로 들어가 본 제1정원엔 특별한 게 없었다. 예전의 흔적이 다 없어지고, 오스만 제국의 돈을 만들던 화폐 제작소와, 한때 그리스정교 본산 역할을 했다는 이레네 성당만 남아 있어 허전한 느낌을 주었다. 두번째 문을 지나 들어선 정원에는 오스만 제국의 각료들이 국사를 논하던 '디완(Divan)'이라는 건물이 있었고, 맞은편에 '왕궁의 부엌'과 자기·크리스탈·은(銀) 공예품 전시관으로 사용되는 '자기 전시관'이 있었다. 부엌은 평범한 편이었고, 1만 점이 넘는 소장품을 가졌다는 자기 전시관은 세계 유수의 자기 박물관답게 화려하고 고급스런 전시품들이 즐비했다.

세 번째 정원에 있는 건물들은 이 궁전 탐방의 핵심 공간들이었다. 이곳엔 각종 전시관, 술탄의 접견실, 술탄의 의상실, 술탄의 도서관, 기숙사 등 여러 건물이 있었다. 그 가운데 특히 오스만 제국의 보물들이 전시된 보물관과 각종 이슬람 성물(聖物)들이 전시된 성물전시관은 반드시 들러볼만한 가치가 있는 곳이었다. 보물관에는 술탄이 사용했던 각종 무기와 장신구, 보석으로 장식된 화려한 단검, 세계에서 세 번째로 크다는 다이아몬드, 각국에서 보내온 선물 등 눈이 호사를 누리기에 더할나위없는 보물들이 전시되어 있었다. 성물전시관에는 오스만의 9대 술탄이 이집트를 정복하고 가져왔다는 세례요한의 팔과 두개골, 모세의 지팡이, 예언자 무함마드의 수염과 이빨, 그가 들었던 군기(軍旗), 그의 가죽신발과 발자국 주조물 등을 비롯하여 다양한 성물들이 전시되어 있었다. (일부 전시품들은 진위 여부가 의심되기도 했지만) 이런 전시품들은 이곳 아니면 어디에서도 볼 수 없는 유물들이다.

건축적 측면에서 볼 때 톱카피는 마스터플랜 없이 만들어진 듯 전체적으로 짜임새가 부족했고, 각 건물들이 불규칙하게 흩어져 있었다. 또한 마르마라 해(海)와 보스포러스 해협에 접한 언덕에 자리잡은 때문인지 지면 간의 높낮이도 심했다. 세월이 흐르면서 예전의 궁전 건물들이 많이 사라진 데다, 돌마바흐체로 정궁이 이전한 후부터는 존재감마저 약화되어, 지

술탄이 하렘에 드나들던 길 정면에 보이는 저 문으로 들어가면 미로 같은 통로가 이어진다.

금의 톱카피를 보면서 오스만의 영광을 추억하기란 쉽지 않다. 그러나 세 번째 정원의 전시관에 소장된 물품들은 오스만이 결코 만만한 제국이 아니었다는 점을 상기시켜주기에 충분했다. 마지막 정원인 제4정원에는 정자(亭子) 형태의 건물들이 몇 개 있었다.

이 정도에서 끝났다면 이 궁전 탐방은 조금 싱거웠을 것이다. 이 궁전의 하이라이트는 다른 문화권 궁전에서는 볼 수 없는 '하렘(Harem)'이라 불리는 독특한 공간이다. 나도 톱카피에서 이 공간이 가장 궁금했다. 알함브라 궁전에도 하렘이 있었고(두 자매의 방), 돌마바흐체 궁전에도 하렘이 있었지만 톱카피 하렘에 비할 바는 아니었다. 그만큼 톱카피의 하렘은 크고 복잡

하렘의 연회장 이곳은 술탄이 여인들과 연회를 즐기던 대연회장으로 하렘에서 가장 큰 공간이다.

하고 정교했다.

하렘은 이슬람 궁전이나 상류층 가문에서 볼 수 있는 공간으로, 일반 남자들의 출입이 금지된 여인들의 공간이다. 궁전의 경우에는 술탄만, 상류층 가문의 경우에는 가장(家長)만 출입할 수 있는 곳이다. 하렘은 이슬람의 일부다처 문화를 보여주는 공간이자 명망 있는 가문의 남자가 지닌 힘을 상징하는 것이라고 볼 수 있다.

톱카피의 하렘은 제2정원과 제3정원 사이에 걸쳐 있었다. 내부는, 좁은 통로가 미로처럼 얽혀 있고 수많은 방들이 다닥다닥 붙어 있는 구조였는데, 그 공간들의 크기와 배치만 봐도 그곳에 거주하고 있던 여인들의 삶이

하렘의 안뜰 이 좁은 마당이 하렘에 거주하던 여성들이 바람을 쐴 수 있는 유일한 공간이었다. 다닥다닥 문이 달린 저 방들마다 술탄의 방문을 학수고대하던 여인들이 있었다.

얼마나 답답하고 고통스러웠을지 짐작이 갔다. 그만큼 공간이 좁았고 생활하기 불편해 보였다. 술탄에게는 즐거운 휴식처였겠으나, 여인들에게는 우리에 갇힌 동물보다 나을 게 없는 곳이었다.

이곳에 거주한 여자들은 대부분 노예, 포로, 인신매매로 사온 여자였거나 선물로 받은 각국의 미녀들이었다. 이 불행한 여인들의 유일한 희망은 오매불망 술탄의 눈길을 받는 것 한 가지뿐이었다. 술탄과 한 번이라도 잠자리를 하게 되면 누구든 그날부터 특별한 존재로 위상이 격상될 수 있었으니까. 그러나 하렘의 방이 300개가 넘었으므로 술탄의 눈에 들기란 확률

상 요원했다. 술탄의 눈길을 받은 적 없는 대부분의 여성들은, 감옥 같은 하렘에서 허드렛일이나 하며 한 많은 세월을 눈물로 보내야 했다. 이 하렘에 있던 여성들이 가족에게 돌아간 것은 오스만 제국이 문을 닫기 직전인 1909년이었다고 한다.

하렘은 다른 문화권 궁전에서는 찾아볼 수 없는 이슬람 궁전만의 특징이다. 유교문화권 왕궁에도 여인들의 공간이 있지만 그것은 어디까지나 왕궁의 공적인 공간이다. 반면 하렘은 오로지 술탄만을 위한 사적인 공간이라는 점에서 본질적으로 성격이 다르다.

톱카피를 보고 나서 내친김에 트램을 타고 돌마바흐체 궁전(Dolmabahce Sarayi)으로 갔다. 돌마바흐체는 톱카피의 뒤를 이어 오스만 제국의 궁전(1856~1922년)이 된 곳으로, 이곳까지 봐야 오스만의 궁전 탐방이 마무리된다고 할 수 있다.

이 궁전을 건립한 이는 오스만의 31대 술탄이었던 압둘메지트 1세라는 인물이다. 그러나 이 궁전엔 터키의 아버지라 불리는 무스타파 케말(Mustafa Kemal)의 흔적이 더 많았다. 20세기에 접어들 무렵, 이미 치유가 불가능할 정도로 병이 든 오스만 제국은 결국 1차대전 종전과 함께 공중 분해되는 운명을 맞이해야 했다(1922년). 그렇게 끝 모르게 추락해 가던 오스만을 입헌공화정으로 새롭게 포맷하고, 대대적인 사회 개혁으로 오늘날의 터키가 있게 한 사람이 바로 무스타파 케말이다. 케말은 돌마바흐체 궁전을 관저로 썼고 그곳에서 사망했다(1938년).

돌마바흐체는 톱카피와 달리(마스터 플랜을 가지고 만들어진 덕분에) 건축물 간의 조화가 잘 이뤄져 있었고, 보스포러스 해협에 접한 부분의 파사드

(façade)는 매우 아름다웠다. 건축 양식은 유럽 궁전들과 흡사하여 이슬람 건축의 개성을 찾기 어려웠으나, 각 건물의 용도 구분은 여전히 터키식이었다. 궁전 입구 쪽에 남성들의 공적 공간인 셀람륵(Selamlik)이 있고, 가장 안쪽에 하렘이 넓게 자리하고 있었다. 잘 지어진 돌마바흐체를 보고 나니 톱카피가 상대적으로 초라해지는 듯한 기분이 들었으나, 톱카피의 매력은 꾸밈없는 민낯의 모습이므로 외관만으로 비교할 일은 아닌 것 같다.

이슬람 문화권의 왕궁은 (여타 문화권의 왕궁들에 비해) 상대적으로 수수한 편이었다. 이는 이슬람 교리 때문일 것이다. 이슬람교는 일체의 성상(聖像), 성물(聖物), 성화(聖畵)를 용납하지 않는다. 왕궁에 그런 인테리어 소품들을 둘 수 없으므로 공간이 화려하게 보일 수가 없다. 건물 외부와 내부 공간을 장식하고 있는 것은 추상적이고 기하학적인 아라베스크 문양, 코란 구절을 새긴 캘리그라피, 기둥과 천장·창틀·벽난로의 독특한 디자인이 전부였다. 언뜻 보면 단순해 보이지만, 이런 형태의 건축 양식도 그 나름의 개성과 매력을 가지고 있어서 신선한 문화적 이질감을 느끼기에 충분했다.

베르사이유 궁전, 매일 그곳에서 또 다른 태양이 뜨고 졌다

기독교 문화권을 대표하는 왕궁은 누구나 다 아는 베르사이유 궁전(Palace of Versailles)이다. 건축적 측면에서 보든 역사적 무게감으로 보든, 이만한 왕궁은 없다. 프랑스에 처음 갔을 때(2002년) 가장 먼저 가보고 싶었던 탐방지도 이곳이었다.

베르사이유는 파리 서남쪽 근교에 있다. 서울로 치면 대략 부천시 정도 되는 지점에 있다고 보면 된다. 가는 방법도 간단하다. 파리에서 근교를 연결하는 철도 가운데 하나인 RER C선을 타면 되고 나도 그렇게 갔다.

기차역에 내려 10분 남짓 걸어가니 멀리 동상이 하나 보였다. 이 왕궁을 지은 장본인인 루이 14세의 동상이었다. 서양사를 '고대-중세-근대-현대'로 단순하게 구분할 경우, 중세와 근대 사이에 절대왕정이라는 애매한 시기가 있다. 이 시기는 중앙집권이 이뤄진 사회라는 점에서 중세와 다르고,

베르사이유 궁전 정면 앞의 동상은 루이 14세. 뒤의 건물들이 궁전이다.

여전히 신분제를 바탕으로 하고 있었다는 점에서 근대와 다르다. 중세에서 근대로 넘어가는 일종의 과도기였던 셈인데, 절대왕정이라는 용어가 말해주듯 왕권이 최고조에 달한 시기였다. 이 시대를 대표하는 인물이 루이 14세고, 그가 스스로 지어 머문 왕궁이 베르사이유 궁전이다.

동상에서 바라본 왕궁의 모습은 위압적이지 않고 편안했다. 건물의 높이나 색상, 파사드, 배치 형태가 모두 보기 좋았다. 팜플렛을 참조하면서 1층의 왕실예배당을 시작으로 2층의 '거울의 방'과 '전쟁의 방'까지 천천히 돌았다.

베르사이유 궁전 정면 외관은 물론 내부도 매우 아름답다. 베르사이유는 화려하면서도 단순하고 독창적이다.

　궁전 내부의 방들은 하나같이 모두 화려했다. 천장화, 벽화, 초상화, 가구, 벽난로, 소품… 어느 것 하나 화려하고 사치스럽지 않은 것이 없었다. 동양의 왕궁들과는 달라도 너무 다른 모습에 상당한 문화충격을 받았다.

　흔히 이 궁전은 화려함과 장엄함을 특징으로 하는 바로크적 요소와, 우아함과 섬세함을 특징으로 하는 로코코적 요소가 잘 결합된 것으로 유명하다고 한다. 바로크든 로코코든, 서양 왕궁을 처음 본 나로서는 그런 것을 생각해 볼 여유가 없었다. 그저 놀라워했고 감탄했을 뿐이다.

기둥에 새겨진 다양한 문양의 장식물, 금박 테두리, 화려한 천장화와 벽화는 기독교 문화권 왕궁의 특징이다.

놀라움은 이 궁전에서 가장 화려하고 유명한 공간인 '거울의 방'에서 최고조에 이르렀다. 길이가 70m가 넘는다는 이 방은, 정원쪽 방향에 17개의 창문이, 반대쪽 벽에 17개의 거울이 있어, 햇빛이 거울에 반사되면 방 전체가 빛의 거리처럼 보이게 되어 있었다. 통상적으로 건축가들은 실내에 빛이 많이 들어올 수 있게 설계하는 편지만, 이렇게까지 빛을 공간의 메인 컨셉으로 하는 경우는 흔치 않다. 이 방을 햇빛과 어우러지게 한 것은 루이 14세의 캐릭터 때문이었을 것이다. '짐이 곧 국가다'라는 말처럼, 그는 스스로를 국가와 동일시했고, 태양을 자신의 상징물로 삼았으니까. 그의 기상과 취침은 국가의 공식행사로 여겨졌고, 태양이 뜨고 지는 것만큼 중

베르사이유 궁전에서 가장 화려한 공간인 거울의 방

요하게 취급되었다고 한다. 태양이 떠오르면 빛이 머무는 공간 즉, 거울의 방은 바로 태양왕 루이 14세를 상징하는 공간이었던 것이다.

　거울의 방은 역사의 현장으로도 유명하다. 1870년 비스마르크의 책략에 휘말려 전쟁을 벌인 프랑스는 프로이센에 참패했다. 전쟁에서 승리한 프로이센은 보란 듯이 이곳 거울의 방에서 대망의 독일제국 성립을 선포하고 빌헬름 1세를 황제로 추대했다. 전쟁에 진 것만으로도 자존심이 구겨졌는데, 꼴 보기 싫은 자들(프로이센)이 남의 나라 궁전에서 제국 수립을 선포하고 황제 즉위식까지 가지는 모습을 본 프랑스 국민들의 심정이 어떠했겠는가.

프랑스는 이 치욕을 잊지 않았다. 48년이 지난 1919년, 1차대전에서 승리한 프랑스는 패전국 독일에게 똑같은 장소(거울의 방)에서 독일제국을 멸망시키는 문서에 사인을 하게 만들었다. 그게 바로 세계사에 등장하는 유명한 베르사이유 조약이다. 독일제국의 성립을 선포한 곳에서 독일제국의 멸망에 사인을 하게 만듦으로써 프랑스인들은 독일에 제대로 갚아주었다.

왕궁 내부를 보고 밖으로 나와 정원으로 갔다. 정원을 가로지르는 십자가 형태의 운하는 시원스러웠고, 분수대의 조각들은 하나같이 화려했다. 200만 평이 넘는다는 거대한 규모의 정원은 좌우 대칭 형태로 모두 직선으로 구획되어 있었고, 그 때문에 정원에 줄지어 선 나무들이 연병장에서 사열을 기다리는 병사들을 연상시켰다. 어쩌면 루이 14세는, 어깨 힘주며 지내던 귀족들에게 (왕궁은 물론이고) 정원의 규모로도 주눅 들게 하고 싶었는지 모른다.

1664년에 시작해 50년 가까운 세월이 걸려 완공된 이 궁전에는 5천 명의 귀족에다 1만 4천 명의 군인과 시종이 거주했으며, 3만 명의 거주민들이 그곳에서 일을 했다고 한다. 그 정도라면 왕궁이라기보다는 하나의 도시에 가까웠을 것이다. 그러나 화려하기 그지없는 이 왕궁의 운명은 밝지 못했다. 1789년 프랑스 혁명이 일어난 후 3개월도 지나지 않아, 루이 16세가 파리의 튈르리 궁전으로 옮겨가야 했기 때문이다. 루이 14세가 이곳에 온 때 (1682년)로부터 루이 16세가 떠난 때까지의 기간은 불과 107년이다. 이 기간마저도 루이 15세가 재임 초기 7년간 파리로 궁을 옮겨 거주했으므로, 베르사이유가 왕궁으로 기능을 한 시기는 딱 100년간이다. 천년을 머물러도 될만한 궁전을 지어놓고 기껏 백년밖에 못 써먹었다.

그러나 왕실이 사라져도 왕궁은 존재감을 잃지 않는다. 특히 베르사이유는 더욱 그랬다. 베르사이유 이후 건립된 서양 왕궁들이 하나같이 베르사이유를 모방했다는 점만 봐도, 이 왕궁이 서양 궁전 건축의 전형(典型) 역할을 했다는 사실을 알 수 있다. 역사상 왕권이 극대화되었던 절대왕정 시대에, 가장 왕권이 강했던 나라에서, 가장 강한 왕권을 휘두르던 왕이 만든 궁전이니, 이 왕궁이 얼마나 잘 만들어진 것인지 익히 짐작할 수 있지 않겠는가. 너무 많은 사람들이 가본 곳이라 그 가치가 오히려 평가절하되는 느낌이 있는 베르사이유. 그러나 이 궁전은 그 자체로 시대고 역사고 문화였다.

05
호프부르크, 공연 도중 막이 내려진 오페라

서양사에 등장하는 유럽의 대표 가문은 부르봉과 합스부르크다. 부르봉 가문이 프랑스를 중심으로 서유럽의 지배자 역할을 했다면, 합스부르크 가문은 오스트리아를 중심으로 동유럽의 지배자 역할을 했다. 부르봉의 대표 왕궁인 베르사이유를 봤으니, 합스부르크의 대표 왕궁인 호프부르크 (Hofburg)를 보지 않을 수는 없는 일.

호프부르크는 비엔나 구시가지 한가운데 있다. 경복궁이 서울 구도심 한가운데 있는 것과 같은 이치다. 이 왕궁은 베르사이유와는 비교하기 어려울 정도로 규모가 작다. 부지가 7만 평 남짓이라고 하니 작은 대학 캠퍼스만한 크기라고 할 수 있다. 그 부지 안에 구왕궁과 신왕궁, 주변 복합건물들이 들어서 있다.

이 왕궁의 유래는 홈페이지에 잘 정리되어 있다. 이 왕궁은 (처음부터 계획

미하엘 광장에서 호프부르크 구왕궁으로 들어가는 문

을 세워 한꺼번에 건립한 것이 아니라) 13세기부터 20세기까지 수 세기에 걸쳐 증축과 리모델링을 하면서 만들었다고 한다. 그래서인지 전반적으로 건축물의 짜임새가 부족해 보이기도 하고, 한편으론 그 때문에 역사성이 더 느껴지기도 했다.

호프부르크의 핵심은 구왕궁이다. 신왕궁도 있고 주변건물(도서관, 교회, 승마학교)도 있지만, 합스부르크의 흔적을 만나보기에는 구왕궁이 가장 적합하다. 아쉬운 점은 2,500개가 넘는다는 방 가운데 개방하는 곳이 고작 22개에 불과하다는 것.

개방된 공간 가운데 먼저 임페리얼 아파트먼트(Imperial Apartments)부터 가보았다. 황제의 공적 공간이자 사적 공간이기도 한 이곳엔, 합스부르크 제

호프부르크 신왕궁 1913년 건립된 이 건물을 제대로 사용해보기도 전에 합스부르크 제국은 멸망했다. 오늘날 이곳엔 몇 개의 박물관(에페소스 박물관, 민족학 박물관, 궁정 무기 박물관, 고대 악기 박물관)이 들어서 있다.

국의 사실상 마지막 황제라고 할 수 있는 프란츠 요세프 1세와 그의 아내였던 황후 시씨(Sissi)의 흔적이 일부 남아 있었다. 그러나 전반적으로 이 공간은 생각보다 실망스러웠다. 실버 컬렉션은 그릇 수집가의 개인 박물관 같은 인상을 주었고, 시씨 뮤지엄은 좁고 어두운 데다 판넬 위주의 전시가 대부분이었으며, 황제의 아파트먼트라는 공간도 딱히 감흥을 느낄만한 요소가 잘 보이지 않았다.

합스부르크가 어떤 가문인가. 명색이 부르봉 가문과 더불어 유럽을 양분하여 다스리던 대황실 가문 아닌가. 아무리 개방하는 공간이 많지 않다고 하더라도 이건 아니다 싶은 생각을 지우기 어려웠다. 다만 또 다른 개방 공간인 황실보물관에 가보고선 그 생각이 조금 달라지긴 했다. 그곳엔

쇤부른 궁전 정면 베르사이유 궁전을 모방한 모습에서, 영원한 맞수 프랑스에 뒤지고 싶지 않았던 마리아 테레지아의 심정이 그대로 전해지는 듯하다.

이 가문이 차지했던 신성로마제국 황제의 황관(皇冠)을 비롯하여 여러 유물들이 전시되어 있었는데, 그 유물들을 보고나니 비로소 이 가문의 위세를 어느 정도 짐작할 수 있었다.

그렇긴 해도, 정궁인 호프부르크에서 합스부르크 제국의 영광을 느끼기엔 여전히 미진했다. 반면 여름별궁인 쇤부른 궁전(Schönbrunn Palace)은 달랐다. 비엔나 구시가지에서 지하철로 몇 정거장 떨어진 곳에 위치한 쇤부른은, 합스부르크 역사에서 가장 잘나가던 시절을 짐작하기에 충분한 곳이었다. 베르사이유의 주인공이 루이 14세라면, 쇤부른의 주인공은 합스부르크 가문의 최고 스타인 마리아 테레지아(Maria Theresa, 1717~1780).

동유럽의 보스 노릇을 했다고는 하나 딱히 강미(強味)를 갖지 못했던 합스부르크 가문이 존재감을 드러낸 것은, 두 번에 걸친 오스만과의 접전을 통해서였다. 오스만 제국이 한창 잘나가던 1529년, 술레이만 대제가 비엔나를 포위 공격했을 때 합스부르크 가문은 힘겹게 이를 견뎌냈다. 그후 한 세기 반이 지난 1683년, 오스만이 다시 비엔나를 공격했는데 이 역시 가까스로 이겨냈다. 이 두번의 접전으로 합스부르크는 이슬람 세력의 유럽 진출을 저지하는 데 성공했고, 이를 통해 유럽에서 크게 떴다. 그렇게 뜨기 시작한 합스부르크 가문이 가장 찬란했던 시기가 마리아 테레지아 시절이고, 쇤부른 궁전도 그녀가 건립한 것이다.

루이14세가 아버지의 사냥터에 베르사이유 궁전을 지었듯이, 마리아 테레지아도 선대(先代)의 사냥터에 쇤부른 궁전을 지었다. 쇤부른의 건물 형태나 정원은, 한눈에 봐도 베르사이유를 모방했다는 것을 알 수 있을 정도로 닮아 있었다. 영원한 맞수였던 부르봉 가문에 뒤지기 싫은 마음이 작용했을 것이다. 왕궁 규모도 (베르사이유만큼은 아닐지라도) 제법 컸고 내부 공간 역시 화려하고 아름다웠다. 유감스러웠던 것은, 방이 1,441개나 된다고 하는 이 궁전도 개방하는 곳은 겨우 40개에 불과했고 내부 촬영도 금했다는 점이다. 개방한 공간에는 마리아 테레지아와 그녀의 남편이었던 프란츠 1세의 흔적으로 채워진 곳이 많았다.

왕궁 건립과 왕실 운명엔 어떤 함수관계라도 있는 것일까. 베르사이유를 건립한 루이 14세 이후 부르봉 가문이 내리막을 걷기 시작한 것처럼, 합스부르크 가문도 쇤부른을 건립한 마리아 테레지아 이후 내리막을 걷기 시작했다. 1805년에 나폴레옹과 한판 붙어 패했고, 1866년엔 프로이센과의 전쟁에서 패했다. 이 두 번의 전쟁으로 합스부르크 가문이 입은 피해가 중상 수준이었다면, 1차대전(1914~1918)에서의 패배는 회복 불가능한 치명상이었다. 결국 1차대전 종전일인 1918년 11월 11일, 제국의 마지막 황제였던 카알 1세 가족이 쇤부른을 떠남으로써 합스부르크는 역사의 무대에서 사라졌다.

어느 왕실이나 최후의 순간은 처연하고 비감하기 마련이지만 합스부르크 가문의 경우는 그 정도가 심했다. 600년이나 이어온 대 가문의 라스트 씬이, 마치 공연 도중 갑자기 막이 내려진 오페라처럼 황당하고 허망했다.

✈ 06

페테르고프 궁전, 러시아도 유럽이다

    베르사이유나 호프부르크 탐방이 왕가에 대한 호기심 때문이었다면, 페테르고프 궁전(Peterhof Palace)에 가게 된 동기는 순전히 표트르(1672~1725)라는 한 인물에 대한 호기심 때문이었다.

    러시아가 세계사의 주무대에서 활동하기 시작한 것은 지금으로부터 100년 남짓한 시간밖에 되지 않는다. 그 이전의 러시아는 세계는커녕 유럽 내에서도 존재감이 크지 않았다. 유럽의 동쪽 끝에 위치한 지리적 특성 때문에 근대화 흐름에 뒤처졌고, 누적된 사회적 모순을 제때 해결하지 못해 사회주의 혁명이라는 특이한 경험까지 겪어야 했다. 사회주의는 러시아 경제를 다시 낙후시켰지만, (냉전체제를 거치는 동안) 군사력만큼은 세계 최강국의 반열에 오르게 만들었다. 그리고 이제는 이런 군사력을 바탕으로 국제정치에서 당당하게 독립변수로 활동한다. 촌스럽기 짝이 없던 러시아를 오늘날 서구 열강 대열에 낄 수 있게 초석을 놓은 사람, 그가 바로 로마노

윗 정원에서 바라본 페테르고프 궁전 모습 2차대전 당시 이곳을 점령한 독일군에 의해 심각한 피해를 입은 이 궁전은, 전후 긴 시간의 복구를 거쳐 예전 모습을 회복했다.

프 왕조 불멸의 스타 표트르 대제다. 그의 흔적에 대해 궁금증이 많았고 이 궁전도 그 가운데 하나였다.

이 궁전은 상트페테르부르크(이하 상트)에서 서쪽으로 30km 남짓 떨어진 페테르고프에 있다. 가는 방법은 크게 두 가지다. 상트의 에르미타쥬 박물관 앞 선착장에서 유람선을 타고 가거나, 지하철 레드 라인(Red Line)의 발치스카야(Baltiyskaya)역 앞에서 버스를 타고 가는 방법. 나는 두 번째 방법으로 갔다.

궁전 정문에 들어서자 특이하게도 가장 먼저 분수가 눈에 들어왔다. 마치 분수박람회를 개최하는 곳처럼 이 궁전엔 어딜 가나 분수가 있었다. 시야에서 분수를 보지 않으려면 건물 안으로 들어가거나 숲으로 가는 수밖에 없을 정도로 분수가 많았다. 분수는 아기자기한 캐릭터를 가진 사람이 좋아할 소품인데, 터프가이 표트르가 이렇게 많은 분수를 만들었다는 점은 뜻밖이었다.

대궁전 건물 안으로 들어가기 전에 주변 지형부터 둘러보았다. 이 궁전은 핀란드만에서 점점 높아지는 테라스 모양의 지형을 이용해, 정원과 건물을 절묘하게 배치한 구조로 되어 있었다. 낮은 쪽을 아랫정원으로, 높은 쪽을 윗정원으로 만들고, 아랫정원과 윗정원 사이에 대궁전을 배치한 형태였는데, 전체적인 구조가 아주 자연스러웠다. 정문으로 들어오면서 이미 윗정원을 본 터라 아랫정원을 마저 보고 대궁전 건물 안으로 들어가기로 했다.

그러나 금방 생각을 바꿔야 했다. (아랫정원이) 둘러볼 엄두가 나지 않을 정도로 컸기 때문이다. 그래서 아랫정원 가운데 궁전 건물과 가까운 곳만 보기로 했다. 이곳에서 가장 인상적이었던 장면은, 대궁전 발코니에서 내려다본 운하의 모습이었다. 발코니 앞 분수에서 떨어진 물이 운하를 통해 핀란드 만으로 흘러들도록 설계되어 있었는데, 그 전경이 꽤 보기 좋았다. 아마 이곳이 이 궁전의 하이라이트 장면일 것이다. 일생 동안 러시아의 유럽화를 꿈꾸었던 표트르의 열망이 가장 확실하게 드러난 곳이기 때문이다. 분수에서 떨어진 물이 핀란드 만을 거쳐 유럽으로 흘러가듯, 그의 꿈도 분명 유럽에 닿아 있었을 것이다.

러시아 역사는 표트르 이전과 이후로 나눌 수 있다. 표트르는 정치, 경제, 국방, 영토, 교육 등 사회 각 부문에 걸쳐 러시아 역사상 전무후무할 정

궁전 앞 발코니에서 내려다본 운하 모습 가장 높이 물줄기가 솟아오르는 곳이 스웨덴과의 대북방 전쟁에서 승리한 날을 기념해 만들었다는 삼손(Samson)분수이고, 운하 맨끝에 보이는 곳이 핀란드 만이다. 표트르 대제의 시선이 항상 유럽 쪽으로 향하고 있었음을 짐작할 수 있는 장면이다.

아랫정원에서 바라본 여름궁전 언덕 위에 서 있는 대궁전 건물의 위세가 당당하다. 건물 내부 역시 화려했다.

도로 엄청난 개혁을 단행했다. 개혁의 방향은 오직 하나, 러시아의 (서)유럽화였다. 페테르고프 궁전을 건립하기로 한 것도 그 플랜의 일환이었고, 베르사이유 궁전을 모델로 삼았던 것도 그런 이유에서였다. 유럽을 통째로 카피하고 싶었던 표트르로서는 당연히 유럽의 대표 왕궁인 베르사이유를 베끼고 싶었을 것이다.

표트르가 없었다면 러시아는 어떤 길을 걸어왔을까. 표트르의 개혁 없이 러시아가 서유럽과 어깨를 맞댈만한 나라가 될 수 있었을까. 표트르의 개혁 없이 러시아의 국제적 위상이 오늘날처럼 될 수 있었을까. 어려웠을 것이다. 표트르의 사례는, 공동체의 흥망성쇠에 리더가 차지하는 비중이 얼마나 큰지를 잘 보여주는 경우라고 할 수 있다.

아랫정원을 보고나서 대궁전 내부 관람을 했다. 이 궁전은 개별적으로 내부를 관람하는 것이 허용되지 않았다. 탐방객들이 티켓을 구입하면, 안내하는 사람이 일정한 규모의 그룹을 만든 다음, 그 그룹을 데리고 왕궁 내부를 탐방하는 방식으로 진행되었다. 이 과정은 매끄럽지 않았고, 탐방에 참여한 러시아인들은 질서를 지키지 않았다. 표트르는 '러시아도 이젠 유럽이다'라고 외치고 싶었겠지만, 표트르 사후 300년 가까이 지난 지금도 '러시아는 여전히 러시아'였다. 그러나 대궁전 내부 탐방은 여행자를 실망시키지 않았다. 이 궁전의 내부 공간은 어느 나라 어느 왕궁에 견주어도 뒤지지 않을 정도로 화려하고 훌륭했다.

페테르고프 궁전도 (베르사이유나 호프부르크처럼) 기독교 문화권의 궁전이다. 다른 문화권과 비교해 볼 때 기독교 문화권 왕궁의 특징은 화려함이었다. 왕궁 내부를 장식하고 있는 가구나 집기, 생활용품, 조명은 물론이거니와 천장이나 벽면의 그림도 화려하기 그지없었다. 특히 귀족들과 연회를 즐기던 파티 공간은 이들이 꿈속에서 살았구나라고 할 정도로 호사스러웠다. 기독교 문화권의 상류층들이 어떻게 살았는지 살펴보려면 왕궁만한 곳이 없는 것 같다.

07

자금성, 마지막 황제는 마오(毛)

80년대 중반 어느 날, 지금은 고인이 되신 코미디언 심철호 선생께서 내가 다니던 대학에 들러 특강을 하신 적이 있다. 우리나라 민간인으로는 최초로 중국을 여행하신 선생께선, 중국을 다니면서 겪었던 여러가지 일화를 특강에서 소개했다. 소규모 회의실에서 치뤄진 행사라 참석자는 많지 않았으나 열의는 뜨거웠다. 그날 들은 일화들은 그 어디에서도 읽을 수 없었고 들을 수 없었던 것들이었다. 그만큼 그 시절엔 이념의 장벽이 높았고 모든 정보가 차단되어 있었다. 그랬던 중국이 지금은 우리나라의 최대 무역 상대국이다. 이제 한중 관계는 경제적으로는 뗄 수 없을 정도로 밀접해졌다. 그러나 1992년까지 중국은 가까이 하기엔 너무 먼 당신이었다. 갈 수 없는 나라였고 알 수 없는 나라였다.

중국과 국교가 수립되자마자 나는 중국에 가보고 싶어 조바심을 냈다.

그러나 여건이 잘 만들어지지 않았다. 그러다 국교 수립 후 4년이 지난 1996년, 일 때문에 중국에 갈 기회가 생겼다. 당시 개인적인 시간을 내기 어려웠지만 번개불에 콩 구워 먹듯 자금성(紫禁城)과 백두산에 가볼 수는 있었다. 그로부터 다시 20여 년이 지난 2017년 여름, 티베트로 가기 전에 (이번에는 충분한 시간적 여유를 가지고) 자금성에 다시 들렀다.

처음 갔을 때든 두 번째 갔을 때든, 자금성은 다른 궁전들만큼 설레진 않았다. 궁전의 기본 구성이 경복궁과 유사한 데다 건축 양식 또한 눈에 익숙한 목조 기와건물이었기 때문이다. 그렇다고 호기심이 전혀 없었던 건 아니다. 중국은 오랫동안 동아시아의 맹주로서 빅 브라더 역할을 해왔던 나라고, 자금성은 그 시절 중국의 권력 심장부였던 곳이므로.

중국의 궁궐 구성 원칙으로 5문3조(五門三朝)라는 것이 있다(유흥준, 『나의

자금성 정문인 오문(午門) 문이라고 하기엔 규모가 너무 크다. 왕조시대 때 이곳에 서 있었다고 가정해 보라. 이 앞에서 주눅 들지 않는 자 몇이나 되겠는가.

보화전 뒤 운룡대 석조 아홉 마리의 용과 구름이 새겨져 있으며 가마를 탄 황제만이 다닐 수 있는 길로 답도(踏道)라고 한다.

문화유산 답사기 6』, 창비, 2011, 14쪽, 46~51쪽). 궁궐은 5개의 문과 3개의 구역(朝)으로 구성된다는 원칙이다. 자금성의 5문은 대청문, 천안문, 단문, 오문, 태화문이다. 자금성의 정문이 오문이므로 대청문과, 천안문, 단문은 예비 성격을 갖는 문이다(대청문은 헐리고 없다). 3조란 궁궐 안의 문을 기준으로 외조(外朝, 사신을 맞이하거나 문무백관이 조회하는 공간), 치조(治朝, 정무를 보는 공간으로 정전과 편전), 연조(燕朝, 황제와 황후의 침전과 생활공간)로 나누는 것을 말한다. 3조 가운데 조정에 해당하는 외조와 치조를 앞쪽에, 침전에 해당하는 연조를 뒤쪽에 배치하는데, 이를 전조후침(前朝後寢)이라고 한다.

자금성의 전각들 가운데 전조(前朝)에 해당하는 조정 건물은 태화전, 중화전, 보화전이고, 후침(後寢)에 해당하는 침전 건물은 건청궁, 교태전, 곤녕궁이다(자금성 안의 건청문이 조정과 침전을 나누는 기준이 된다). 처음 자금성에 갔을 때는 이런 내용을 모른 채 돌아다녔으나 두 번째 갔을 때는 이런 내용을 염두에 두고 탐방했다.

자금성의 탐방 코스는 단순하다. 사실상 일방통행이기 때문이다. 궁전 정문에 해당하는 오문으로 들어가면 금수교, 태화문을 지나 조정에 해당하는 전삼전(前三殿, 태화전·중화전·보화전)을 만나게 된다. 여기까지가 1단계다. 이어서 건청문을 지나 침전에 해당하는 후삼궁(後三宮, 건청궁·교태전·곤녕궁)을 보고 어화원을 거쳐 신무문으로 빠진다. 여기까지가 2단계다. 마지막 3단계는 자금성 뒤쪽의 경산공원 만춘정(万春亭)에 올라가 자금성을 내려다보는 것이다. 나도 이 기본적인 코스를 바탕으로 하면서, 내가 별도로 보고 싶었던 몇몇 전각들을 추가하여 탐방했다.

자금성을 건립한 이는 명나라 3대 황제 영락제다. 이 왕궁이 완공된 때가 1420년이고, 청나라가 문을 닫은 때가 1912년이므로, 자금성이 왕궁의 지위를 유지한 기간은 492년간이다. 이 기간 명나라 황제 15명과 청나라 황제 9명이 자금성에 머물다 갔다. 오백년 가까운 세월 동안 권력의 심장부 역할을 했으므로, 이 왕궁의 전각마다 물건마다 사연없는 것이 없다. 전삼전, 후삼궁 어디나 스토리 투성이다. 그러나 나는 자금성의 얘깃거리에는 흥미가 일지 않아, 무심한 마음으로 보며 지나갔다. 중국이 '갈 수 없는 나라' '알 수 없는 나라'이던 시절에는 중국 사회에 대한 호기심이 넘쳐 흘렀는데, 많은 것들이 밝혀진 지금 중국 사회에 대한 흥미가 눈 녹듯이 사

경산공원 만춘정에서 내려다본 자금성 오랫동안 유교문화권 권력의 중심지로 군림했으나 시대 변화를 따라가지 못하고 유물로 전락했다.

라져버린 거다.

　다만 영수궁 안의 진보관에 갈 때만은 약간의 설레임이 있었다. 자금성의 공식 명칭이 고궁박물원인 만큼, 대단한 유물들이 전시되어 있을 거라는 기대가 있었기 때문이다. 그러나 막상 가보니 전시품은 몇 개를 제외하고는 수준 이하였고, 전시품 숫자도 작았으며, 전시 공간의 배치도 실망스러웠다.

　한나절 남짓 자금성을 보고 나서 신무문으로 빠져나와, 자금성 뒤편의 경산공원으로 갔다. 이 공원 꼭대기의 만춘정에서 자금성을 조망하고 싶어서였다. 그곳에서 내려다본 자금성은 예상했던 대로 웅장했다. 황금색 기와지붕과 자줏빛 높은 담장, 수많은 전각들, 각루, 해자로 둘러싸인 거대한 궁궐에서는 보는 이를 압도하는 힘이 느껴졌다. 그러나 특별한 감흥은 없었다. 그들이 구중궁궐에 들어앉아 자신들이 세계의 중심이라는 오만에 취해 있는 동안, 바깥 세상은 그들이 꿈도 꾸지 못한 지점에 도달해 있었다.

　지금의 중국은 예전의 중국이 아니다. G2 경제력을 기반으로 스스로 글로벌 리더임을 자처한다. 그러나 그들의 바램과는 달리 다른 나라의 반응은 시큰둥하다. 이유는 중국 사회가 갖는 한계 때문이다. 중국은 여전히 권력사회고 공산당이 지배하는 나라다. 그런 현실을 잘 보여주는 것이 천안문에 걸려있는 마오쩌둥의 대형 초상화다. 중국이라는 나라를 새로 포맷한 그는, 자신이 현 중국 사회의 태상황이라도 되는 듯 자금성 앞에서 중국 인민들을 굽어보고 있다.

　자금성은 유교 문화권을 대표하는 왕궁이므로, 이곳의 특징을 유교문화

자금성을 영어로 Forbidden City라고 한다. 이 담장을 보면 그 표현이 적절하다는 것을 알 수 있다.

권 왕궁의 특징이라고 해도 무방하다. 유교 문화권 왕궁은 목조 기와 건물이 대부분이다. 목조 건물은 그 특성상 건물이 연결되어 있지 않고 각각의 전각이 분리되어 있다. 그러다 보니 동선이 비효율적이다(기독교 문화권 왕궁은 건물이 연결되어 있어 동선이 효율적이다). 또한 기와 지붕의 무게를 받치는 기둥 때문에 사각지대가 생겨나, 전각의 내부 공간 활용도가 낮다(일찌감치 지붕의 하중 문제를 해결한 기독교 왕궁이나 이슬람 왕궁들은 공간 활용도가 높다). 인테리어 측면에서 살펴보면, 기독교 왕궁에서 볼 수 있는 화려한 벽화나 천장화가 없고, 이슬람 왕궁에서 볼 수 있는 아라베스크 문양 같은 장식도 없다.

기껏해야 건물 현판이나 편액의 글씨 정도가 전부다. 이 점에서 보면 유교 문화권 왕궁이 상대적으로 소박하다고 볼 수 있다.

그러나 이런 외형적인 것들보다 더 중요한 차이는 왕궁이 주는 분위기다. 유교 문화권 왕궁은 다른 문화권에 비해 훨씬 권력적이고 음침한 분위기를 가지고 있다. 높은 담장, 거대한 출입문, 닫힌 구조, 분리된 전각들, 외부의 적을 대비한 해자, 자객의 암살을 대비한 장치, 수많은 금기사항 등이 그런 면을 보여주는 단적인 예다.

✈ 08

교토 고쇼, 세상에서 가장 오래 살아남을 가문

유교 문화권은 지역은 넓지만 나라는 몇 되지 않는다. 그러다 보니 유교 문화권 왕궁은 많지 않다. 기껏해야 한국·중국·베트남·일본에 있는 것이 전부다. 네 나라 가운데 앞의 세 나라 왕궁은 컨셉이 서로 유사하다. 그러나 일본은 다르다. 왕궁 규모, 건축 양식, 왕실이 사회에서 차지했던 비중 모두 앞의 세 나라와 다르다. 호기심이 생길 수밖에 없다.

일본에 처음 갔을 때(1996년), 도쿄에 있는 고쿄(皇居)에 가본 적이 있다. 현재의 일본 왕실이 있는 곳이라고 해서 기대하고 갔었는데, 예상과 달리 고쿄에서 왕궁 분위기를 느끼기는 어려웠다. 개방하는 공간이 워낙 일부인 탓도 있었을 것이고, 그곳이 덴노(天皇) 가문의 본거지가 아니라 에도 바쿠후의 본거지인 에도성[城]이었던 탓도 있었을 것이다(1867년 바쿠후가 무너진 후, 덴노 가문이 에도성을 접수하여 리모델링한 것이 지금의 고쿄다).

원래 덴노 가문의 본거지는 도쿄가 아니라 교토였다. 794년 간무왕이 헤

우측 담장의 중간쯤에 고쇼 탐방 출발점인 세이쇼몬이 있다. 일본 아니랄까봐 단 1분(어쩌면 1초)의 오차도 없이 정각 9시에 입장을 허락했다.

이안쿄(오늘날의 교토)로 천도한 이래, 교토는 천년 동안 일본의 수도였다. 이 기간 동안 덴노 가문의 본거지 역할을 한 곳은 교토의 고쇼(御所)였다. 일본을 세 번째 여행했을 때 드디어 고쇼를 탐방할 기회가 생겼다. 고쇼는 교토교엔(京都御苑)이라고 하는 큰 직사각형 공원 안에 있었다. 입구 겸 출구는 세이쇼몬(淸所門)이라는 문이었고, 이 문으로 들어가 일방통행으로 돌아나오는 방식으로 탐방하게 되어 있었다.

고쇼에 들어가 동선을 따라다니며 본 건물은 몇 개 되지 않는다. 건물 자체가 많지 않았기 때문이다. 눈길을 끌었던 건물은, 고쇼에 업무차 입궐한 사람이 대기하던 쇼다이부노마(諸大夫の間)를 비롯하여, 일본 국왕의 즉위식 등 공식행사가 거행되던 시신덴(紫宸殿), 헤이안 시대 때 왕이 일상생활을 하던 곳이라는 세이료덴(淸凉殿), 1867년 12월 쇼군의 영지 몰수와 삭탈

고쇼의 정전인 시신덴 건물도 마당도 매우 소박한 느낌을 준다. 다른 건물들도 규모만 다를 뿐 건축 양식은 정전과 유사했다. 왕실 건물임을 나타내는 좌앵우귤(左櫻右橘) 원칙에 따라 (건물에서 마당으로 내려다볼 때) 좌측에 벚나무, 우측에 귤나무가 심어져 있다.

관직, 왕정복고를 결정하는 이른바 '코고쇼 회의'가 열렸던 코고쇼(小御所), 무로마치 시대 이후 덴노가 일상생활을 하던 곳인 오츠네고텐(御常御殿) 정도였다.

　이 가운데 특히 이색적인 기억으로 남아있는 건물은 시신덴이다. 이곳은 우리나라로 치면 경복궁 근정전 같은 곳이다. 이런 정전(正殿) 건물은 위엄을 드러내기 위해서라도 석축으로 기단을 높이 쌓은 다음 그 위에 화려하게 짓기 마련이다. 그런데 이 건물은 바닥돌만 깔고 바로 지어져 있었다.

건물 외관도 목조건물치고 약간 큰 편이었을 뿐, 화려하다거나 아름답다는 느낌은 전혀 들지 않았다. 건물 앞 마당엔 박석(薄石)이 아니라 작은 자갈만 깔려 있었고, 품계석 같은 것도 일체 없었다. 이 건물은 덴노의 지위가 오랫동안 별 볼 일 없었다는 것을 단적으로 말해주고 있었다.

중고등학교 시절, 나는 일본 사회에서 덴노의 지위가 어마어마하게 높은 줄로만 알았다. 훗날 일본사에 관한 책들을 접하면서 이런 생각이 편견이라는 것을 알게 되었지만, 직접 그 현장을 본 것은 이때가 처음이었다. 사실 일본 역사상 고대를 제외하면, 대부분의 기간 동안 권력을 장악한 그룹은 덴노가 아니라 귀족과 무인들이었다. 초반에는 귀족이, 후반에는 무인들이 권력을 가지고 놀았다. 특히 바쿠후 시절 덴노의 신세는 크게 따분했다. 1192년 쇼군(將軍)이 된 미나모토노 요리토모가 카마쿠라 바쿠후를 연 때부터, 1867년 에도 바쿠후의 쇼군이었던 도쿠가와 요시노부가 덴노에게 통치권을 반납[大政奉還]할 때까지의 675년간은 완전히 쇼군의 시대였다. 그럼 이 시절의 덴노는 뭐하며 지냈냐. 특별히 하는 일 없이 그냥저냥… 쇼군의 눈치를 보면서 가문의 씨나 유지해 가면서 지냈다.

그렇게 긴긴 세월동안 엎드려 지내던 덴노 가문에 어느날 봄날이 찾아왔다. 실은 봄날 정도가 아니었다. 바쿠후가 문을 닫고 권력의 축이 쇼군에서 덴노로 옮겨지면서, 덴노는 명실공히 절대군주의 지위를 확보했다. 급기야 태평양전쟁을 일으킬 즈음 덴노는 거의 신(神)의 자리에까지 올라갔다. 이때가 일본 역사상 덴노가 가장 잘 나갔던 시기다. 기간으로 따지면 딱 77년간(1868년 메이지 유신부터 1945년 태평양전쟁 패전까지)이다. 패전 후 덴노는 권력의 자리에서 내려갔고, 본래의 자리인 (일본 사회의) 얼굴마담으로 원

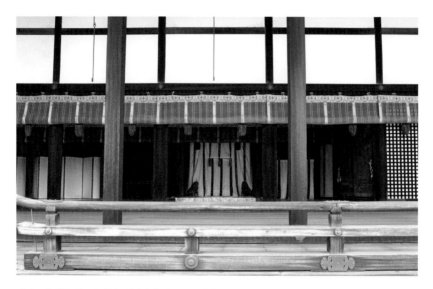

세이료덴 내부 덴노의 자리 신사의 혼덴(本殿) 분위기를 연상시킨다.

위치 했다. 시신덴 건물은 바쿠후 시절의 덴노 신세를 여실히 대변해주고 있는 셈이다.

고쇼의 분위기를 대변하기에 가장 적합한 건물은 세이료덴이다. 왕이 일상생활을 하던 곳이었다는 이곳은, 건물 내부가 어둡고 칙칙해 사당이나 신사(神社)를 떠올리게 했다. 건물의 구조와 색깔은 분위기를 결정하는 요소인데, 어딘지 모르게 음침하게 느껴져 보기 좋지 않았다. 이 건물뿐만아니라 고쇼의 모든 건물이 그러했다.

고쇼는 왕궁치고는 수수했다. 화려한 건물이 하나도 없었다. 부지는 교토 시내의 큰 사찰보다 오히려 작아 보였고, 건물의 규모나 미적 감각도 사찰보다 훨씬 못했다. 이는 덴노 가문이 검소해서가 아니라 힘(무력과 재력)

고쇼의 오이케니와 정원(御池庭) 깔끔하다. 일본을 여행하다 보면 어딜 가나 일본인들의 성향(질서, 절제, 정리 정돈)을 느끼게 된다.

이 없었기 때문이다. 무인(武人) 권력자들이 머물던 오사카성이나 에도성에 가보면 고쇼가 얼마나 소박한 곳인지 금방 알 수 있다. 5성급 호텔과 모텔급 이상의 차이는 날 것이다.

크게 인상적인 건물은 없었지만 고쇼는 어딜가나 깔끔하게 정돈되어 있었다. 그러나 머물고 싶은 기분이 드는 공간은 아니었다. 무채색 건물, 활기 없는 공간, 뭔가 금기(禁忌)가 잔뜩 있을 것 같은 분위기는 우울증 걸리기에 딱 좋은 곳처럼 느껴졌다. 그 어둡고 칙칙한 공간에서, 긴 세월동안 쇼군에게 엎드려 지내며 가문을 유지해온 인내심과 처세술이 대단하다는 생각이 들었다.

센토고쇼의 다실인 세이카테이(醒花亭)

　고쇼를 보고 나서 바로 옆의 센토고쇼(仙洞御所)로 갔다. 이왕 간 김에 거기까지 보고 싶어 미리 예약을 해두었다(센토고쇼 탐방은 예약제다). 센토고쇼는 1629년 퇴위한 고미즈노오 천황을 위해 만들어진 공간이라고 하는데, 1854년 화재로 타버리고 재건되지 않아 지금은 정원과 다실(茶室) 2개만 남아 있었다. 1636년 완공했다는 정원은 고쇼의 오이케니와 정원보다 훨씬 크고 볼만했다.

　일본 사회는 묘한 사회다. 일본인에게는 지켜야 할 것도 많고 삼가야 할 것도 많다. 그 가운데는 합리적인 것도 있지만 불합리한 것도 많다. 합리적인 부분도 일본이고 불합리한 부분도 일본이다.

'만들어진 전통' '만들어진 환상' '만들어진 신' 덴노라는 제도는 일본 사회에서 합리와 불합리, 필요와 불필요 양쪽에 발이 걸쳐져 있다. 그러나 천년 뒤에 와도 일본에 신사가 있을 것처럼, 천년 뒤에 와도 일본에는 덴노 제도가 존재할 것이다. 일본인에게 위계질서는 중요하고 일본 사회는 구심점을 필요로 하니까. 얼굴마담이긴 해도 덴노는 이 부분에서 일정한 자기 역할을 가지고 있다. 또한 '만세일계(萬世一系)'라는 덴노 가문의 허황한 신화가 아직도 일본인들에게 별 거부감 없이 먹혀들고 있고, 씨[氏]의 보존과 대[代]의 연결에 있어 세계 어느 왕실보다도 신경 쓰는 가문이 덴노 가문인 만큼, 이 가문은 세상에서 가장 오래 살아남을 가문일 것이다.

일본은 쉽게 변하는 사회가 아니다. 일단 한 번 정해지면 지키는 것, 이것이 일본 사회의 특징이고 답답함이고 무서움이다.

09

포탈라 궁, 바람만이 아는 대답

티베트로 가는 길은 불편했다. 절차는 복잡했고, 비용은 비쌌으며, 자유는 없었다. 티베트를 여행하려는 외국인은 누구나 중국비자 외에 별도의 여행 허가서인 퍼밋(Permit)을 받아야 한다. 중국 국가여유국(國家旅遊局)에서 발행하는 이 퍼밋을 받지 못하면, 라싸로 가는 열차도 비행기도 탈 수 없다. 퍼밋을 받았다고 해서 자유롭게 여행할 수 있느냐면 그것도 아니다. 반드시 중국 당국의 허가를 받은 현지 여행사의 가이드와 동행하여, 짜여진 일정대로 움직여야 한다. 현지 여행사의 비용이 하나같이 필요 이상으로 비쌀 거라는 것은 두 말 하면 잔소리.

중국은 왜 이런 행정을 펼치는가? 티베트가 가진 특수성 때문이다. 중국이 티베트를 강제합병(1951년)한 이래 티베트는 늘 긴장이 유지되는 지역이다. 중국은 그런 민감한 지역에 외국인이 맘대로 여행하도록 내버려두고 싶지 않은 거다. 그래서 티베트를 여행하고 싶으면 자기들 규정대로 따르고, 그게 싫으면 오지 말라는 것이다.

아니나 다를까. 라싸행 비행기를 타기 위해 북경공항에서 수속할 때 보안요원이 퍼밋을 보여달라고 했다. 라싸에 도착하여 공항청사 밖으로 나올 때도 보안요원이 퍼밋을 보여달라고 했다. 라싸공항에서 시내로 들어오는 길의 체크포인트(checkpoint)에서도 퍼밋을 보여달라고 했다. 라싸 시내에서도 수시로 검문했다. 어느 정도 각오는 했지만 그래도 짜증나는 건 어쩔 수 없었다.

이런 불편 때문인지 라싸를 여행하는 외국인은 드물었다. 내가 선택했던 현지 여행사는 라싸에서도 크고 오래 된 여행사다. 그런데 현지인 가이드 L이 안내하는 여행자는 나와 아내 둘 뿐이었다. 우리가 라싸에 머무는 동안 그녀의 고객이 우리 둘밖에 없었다는 점이, 티베트가 외국인들에게 외면받는 여행지라는 것을 잘 보여준다(한 그룹이 10명 정도는 되어야 정상이다). 티베트는 멋진 곳이지만, 중국 당국의 정책이 짜증나는 데다 가성비가 낮아 여행자들이 오지 않는 것이다.

몇 번이나 티베트 여행을 때려칠까 생각하다가, 그래도 한 번은 가봐야겠다고 마음먹었던 가장 큰 이유는 포탈라 궁(Potala Palace) 때문이었다. 해발 3700m 넘는 산꼭대기에, 하늘에 맞닿은 듯 우뚝 서 있는 포탈라의 모습을 보고도 그곳에 가보고 싶지 않은 여행자가 있을까.

라싸 도착 이틀 후, L과 함께 포탈라로 갔다. 동문(東門)으로 들어가자 포탈라 궁 전체를 올려다볼 수 있는 정원이 나왔는데, 그곳에서 본 포탈라 전경은 압권이었다. 짙푸른 하늘 아래, 하얀색 벽과 자줏빛 창틀, 황금색 지붕 등이 어우러진 건물은 당당하고 웅장했으며, 그곳을 처음 찾은 사람

포탈라 궁 전경 언덕 위 중앙의 붉은색 건물들이 홍궁이고, 우측의 흰색 벽 건물이 백궁이다. 세상에서 가장 높은 곳에 자리잡은 궁전이고, 가장 독특한 궁전이다.

이라면 누구나 압도당할만한 분위기였다. 우리 부부는 한동안 멍하니 포탈라를 바라보기만 했다.

궁 안에서 다시 한번 입장 절차를 거친 다음, 한낮의 햇살을 머리에 이고 백궁으로 향했다. 내가 계단 난간의 붉은색 나무를 유심히 보자, L은 그것이 나무가 아니라 연꽃 뿌리라고 알려주었다. 어떻게 이런 색깔을 유지하느냐고 물어보니 매년 한 번씩 칠을 하기 때문이란다. 그녀의 설명에 의하면, 티베트의 모든 사원은 일년에 한 번 페인팅 축제 주간에 칠을 하고, 포탈라 궁도 이때 칠한다고 한다. 이 축제일은 보통 9월 전후가 되는데, 붉은

입장하고 나면 계단이 기다리고 있다. 포탈라 궁은 해발고도 3700m가 넘으므로 천천히 걸어야 한다.

색 칠은, 붉은색 분필가루+설탕+물로 염료를 만들어서 칠하고, 흰색 칠은, 우유+흰색 분필가루+설탕+물로 염료를 만들어서 칠한다고 한다. 쉬엄쉬 엄 오르다보니 본격적인 포탈라 궁 탐방이 시작되는 지점인 백궁 앞 마당 에 도착했다.

앞에서 얘기한 대로 여행자가 라싸를 자유롭게 여행할 수는 없다. 포탈 라 궁 탐방 역시 마찬가지다. 반드시 현지 가이드와 동행해야 하며, 정해진 코스 따라 일방통행으로만 다녀야 한다. 탐방루트는 백궁에서 시작하여 홍궁을 거치게 되어 있고, 홍궁까지 다 보고 나면 포탈라 궁 뒤쪽으로 난 길을 따라 라싸 시내로 내려오도록 되어 있다. 시간 제한도 있어, 백궁과 홍궁을 합쳐 딱 1시간 만에 탐방을 마쳐야 한다.

포탈라는 규모가 작지 않다. 건물 높이 117m, 동서 길이 350m, 방의 숫자는 1,000개나 된다. 건물은 못 하나 없이, 콘크리트도 사용하지 않고, 오로지 돌과 흙과 나무로만 지어졌다. (일부 공간만 개방한다는 점을 감안하더라도) 이 독특하고 거대한 공간을 그 짧은 시간에 봐야 한다는 건 도무지 말이 되지 않는다. 감상이라기보다 거의 스캐닝(scanning)에 가깝게 봐야 한다. 게다가 백궁과 홍궁 내부에선 사진 촬영조차 일체 금지된다. 기가 막힌 관람 정책이다.

백궁에 들어서면서부터 L의 영어 발음이 상당히 빨라졌다(1시간 내에 탐방을 종료하고 그 사실을 보고해야 한다는 규정이 그녀를 압박하는 듯했다). 그녀에게, 제한 시간에 늦지 않게 알아서 움직일 테니 여유를 가지라고 말하자 그녀가 웃었다. 티베트인인 그녀는 중국인들을 가이드하는 것보다 외국인들을 가이드하는 것이 먹고 사는 데 더 나을 것 같아 고등학교를 졸업하자마자 영어 공부에 매달렸다는데, 요즘은 외국인 여행자가 너무 줄어 마음이 편치 않다고 했다.

백궁은 달라이 라마의 사적 공간으로, 달라이 라마들은 이곳에서 먹고자고 공부하고 명상했으며, 동시에 정무(政務)도 처리했다고 한다. 이곳에선 달라이 라마의 집무실, 접견실, 학습실, 명상실을 둘러볼 수 있었다. 어느 공간이든 내부는 모두 소박했다. 티베트 특유의 문양이 가득한 벽과 천장, 천장으로부터 길게 드리워진 천, 야크 기름 타는 냄새가 전부였다.

달라이 라마의 공관 겸 사저로 쓰인 백궁 입구

 백궁을 보고 나니 탐방루트는 자연스레 홍궁으로 연결되었다. 주로 종교의식이 행해졌다는 홍궁에도 달라이 라마의 개인 공간, 접견실이 있었고, 백궁보다 더 큰 규모의 법당이 있었으며, 다른 용도의 공간도 많았다. 이곳의 하이라이트는 역대 달라이 라마들의 영탑(Holy Stupa)이었다. 홍궁에는 5~13대 까지의 달라이 라마 영탑이 있었는데, 그 가운데 티베트를 정교일치 사회로 만든 5대 달라이 라마 롭상 갸초(Lobsang Gyatso)의 영탑이 가장 크고 화려했다. 안내표지에 의하면, 이 영탑의 크기는 밑변 7.6m, 높이 12.6m이고, 무려 3,721kg의 금이 투입되어 만들어졌다고 한다. 다른 영탑들도 이보다 규모만 조금 작았을 뿐, 화려한 장식과 금으로 뒤덮은 모양은

착포리힐(Chakpori Hill, 藥王山)에서 본 포탈라 궁 전경

모두 동일했다. 티베트인들에게 달라이 라마가 차지하는 비중이 어느 정도인지 느낄 수 있는 장면이었다.

이곳에서 특히 이색적이었던 것은, 티베트에 불교를 전한 파드마삼바바(Padmasambhava), 티베트를 통일하여 국가 형태로 만들고 포탈라 궁까지 건립한 송첸캄포(Songtsen Gampo), 게룩파의 창시자인 총카파(Tsongkhapa)에 대한 추앙이었다. 드레풍 사원이나 조캉 사원처럼 이곳에도 이 세 사람의 큰 인물상(像)이 있고, 현지인들은 이들을 가장 높이 존경하고 있었다. 반면 석가모니 부처님 상은 크기도 작았을 뿐더러 사람들에게 별 관심을 끌지 못했다.

궁 내부는 햇빛이 잘 들지 않아 어두웠고, 어둠을 밝히느라 켜놓은 야크 기름 등잔 때문에 퀴퀴한 냄새가 났다. 일방통행인데다 통로가 좁아 지나가기 불편한 곳들도 있었다. 그러나 그 모든 것들도 이 독특한 궁전을 보는 기쁨을 감소시키지 않았다. 그만큼 포탈라는 이색적이었고, 인상적이었으며, 표현하기 어려운 독특한 감흥을 선사했다. 약속했던 대로 1시간 만에 홍궁 출구를 빠져 나왔지만, 아래로 바로 내려가고 싶지 않아 한동안 서성거렸다. 그 마음을 알아차렸는지 L은 그저 미소만 지었다.

포탈라는 개성 있고 품격 있는 궁전이다. 불교 문화권 왕궁 가운데서는 독보적이라고 할 수 있다. 불교 문화권 나라인 태국과 캄보디아 왕궁에도 가보았지만, 이 왕궁들을 포탈라와 동일선상에 놓고 비교하고 싶은 생각은 들지 않는다. 지상에 이와 유사한 형태의 궁전은 없으며, 인류의 문화유산으로써 신비로움과 감동을 느끼기에도 충분한 곳이다. 그러나 포탈라는 주인을 잃었고 티베트는 언제 다시 예전 모습을 되찾을지 기약이 없다.

아시아 대륙의 중앙, 손에 닿을 듯 가까운 하늘, 자연도 유산도 눈이 시리게 아름다운 티베트의 미래는 여전히 안개 속에 갇혀 있다. 룽다(Lungta, 장대에 매달린 깃발)와 타르초(Darchog, 산마루에 만국기처럼 걸린 깃발) 날리는 티베트 고원의 거센 바람만이 안개 너머의 세상을 알고 있을지 모른다.

제 2 장

광장과 무대

광장, 늘이터 vs. 싸움터

광장을 여행한다? 도시를 여행하다 보면 자연스레 지나가기 마련인 장소가 광장인데, 그곳을 별도로 여행한다? 이상하게 들릴 수도 있겠지만 여행자에 따라서는 그런 광장이 있을 수 있다. 그런 광장은 주로 세계사 시간에 등장하는 사건 현장이었던 곳이다. 이곳에 소개하는 광장들도 대부분 그런 곳으로, 역사의 현장을 보고 싶어 내가 의도적으로 찾아갔던 광장들이다.

서양 도시와 동양 도시를 비교할 때 가장 큰 차이를 보이는 것이 광장이다. 유럽은 광장문화다. 도시는 광장에서 확산되고 광장으로 수렴된다. 구시가지 중심에 광장이 있고, 광장 중심에 기념비와 동상, 분수가 있으며, 그 주변에 교회나 관공서, 식당과 노천카페가 있는 것이 유럽 도시의 전형적인 모습이다. 유럽의 식민지였던 중남미도 유사하다. 반면 동양에는 광장문화가 없다. 이런 차이가 생기게 된 배경을 일목요연하게 설명해 둔 자료가 있는지는 모르겠다. 다만 두 가지 요인만은 분명한 것 같다. 하나는 기독교 문화고 다른 하나는 권력자의 과시문화.

광장의 기원을 멀리 잡으면 고대 그리스까지 거슬러 올라간다. 그러나 광장이 도시의 전형적인 공간으로 자리 잡기 시작한 시기는 로마 시대부터다. 이때부터 기독교 문화가 작용하기 때문이다. 크리스찬들은 매주 정기적으로 교회(성당)에 예배하러 간다. 교회는 도심에 있어야 접근성이 좋다. 도심에 교회가 들어서려면 그 앞에 큰 공터가 있어야 제격이다. 그 공터는 교회의 권위를 드러낼 수 있는 장소이기도 했고, 교회가 주관하는 행사를 치르는 장소이기도 했다.

권력자의 과시욕도 광장의 확산에 기여했다. 서양 권력자는 자신의 권위를 내세우기 위해 여러가지 이벤트를 하고 싶어 했다. 이벤트를 하려면 그에 걸맞는 공간이 필요했으므로, 왕궁이나 성(城) 부근에 자연스레 공터가 만들어졌다. 그 공터에선 축제가 행해지기도 했고, 출정식이 이뤄지기도 했으며, 개선 행렬이 등장하기도 했다. 세월이 지나면서 교회나 왕궁, 성 주변의 공터가 광장으로 발전하게 되는 것은 자연스런 변화였다. 이외에도 상품이 거래되던 시장터가 도시의 규모가 커짐에 따라 광장으로 변하는 경우도 있었다.

대체적으로 이런 과정을 통해 만들어진 광장은 그 용도가 다양했다. 평소 때는 시민들의 놀이터가 되었고, 권력자가 이벤트를 행할 때는 퍼포먼스 장소가 되었으며, 혁명이나 정치적 격변기 때는 싸움터가 되기도 했다.

서양과 달리 동양의 도시 형성 과정은 광장과 거리가 멀었다. 우선 동양의 종교문화는 서양처럼 매주 정기적으로 예배드리는 문화가 아니다. 불교, 힌두교, 도교, 유교, 신토, 무슨교, 무슨교… 죄다 자기 마음 내킬 때 자기 혼자 사원에 가면 된다. 신앙생활 때문에 사람들이 모일 일이 거의 없고, 그러다보니 종교가 광장을 만들어내는 역할을 수반하지 않았다.

또한 동양의 권력자들은 서양과 달리 이벤트를 달가워하지 않았다. 동양 권력자들 머리 속에는 '대중이 모이면 권력 유지에 위태로운 일이 발생할 수도 있다'는 두려움이 늘 바탕에 깔려 있었다. 그래서 권력자들은 사람들이 흩어져 살면서, 그저 위에서 시키는대로 군말 없이 복종하길 바랬다. '모이면 도적이요 흩어지면 백성'이라는 말은 동양 권력자들의 심리를 그대로 대변하는 표현이다. 그런 생각을 가지고 있던 동양 권력자들이 다수의 군중이 모일 수 있는 광장을 만들려 했을 리 만무하다. 이런 이유로 동양에는 광장문화가 없었다. 광장보다 환영받은 것은 높은 담장과 밀실이었다.

그래서 역사의 무대 역할을 했던 광장은 대부분 유럽과 중남미에 몰려 있고, 이 장에서 소개하는 광장들 또한 그러하다. 그러나 결론부터 얘기하면, 어느 광장에서든 역사의 흔적을 찾기란 쉽지 않았다. 심지어 그곳이 역사의 현장이라는 것을 알아차릴 힌트조차 없는 경우도 많았다. 그래도 갔다. 그때 그 순간의 주인공들은 사라지고 없지만, 때론 열정으로 때론 눈물로 가득했던 광장이 남아 있는데 안 가볼 이유가 없지 않은가.

중세 도시의 모습이 그대로 남아 있는 에스토니아 탈린의 시청광장 여행자와 시민들로 항상 붐빈다. 광장은 도시의 오아시스다.

✈ 02

아고라, 서양문명의 스타팅 포인트 (Starting Point)

식당에 원조가 있듯이 광장에도 원조가 있다. 광장은 서양문명의 소산이므로 광장의 원조를 만나려면 서양문명의 뿌리를 찾으면 된다. 서양문명의 뿌리는 헬레니즘과 헤브라이즘이다. 헬레니즘은 그리스 민족을 뜻하는 헬레네스(Hellenes)인들의 이성적인 문화를 가리키고, 헤브라이즘은 유대민족을 뜻하는 헤브라이(Hebrew)인들의 종교적인 문화를 가리킨다. 이가운데 광장과 관련 있는 쪽은 헬레니즘 문화다. 헬레니즘 문화가 시작된곳은 아테네의 아크로폴리스 일대다. 그러므로 광장의 원조라고 할 수 있는 아고라(Agora)도 이곳에 있다. 이곳에는 유명한 파르테논 신전이 있으므로, 먼저 아크로폴리스에 올라가 파르테논 신전을 보고 난 다음에 (언덕 아래로 내려오면서) 아고라에 들르는 것이 이상적인 동선이고, 나도 그렇게 이동했다.

아크로폴리스 언덕에서 내려오면서 본 아고라 전경 사진 왼쪽에 돌기둥이 여러 개 받쳐진 건물이 헤파이스토스 신전이고, 사진 오른쪽 끝부분의 황토색 지붕을 가진 큰 건물이 아고라 박물관이다. 그 사이에 폐사지(廢寺地)처럼 펼쳐진 공간이 고대 아고라가 있던 자리다. 이 공간이 광장의 뿌리이고 서양문명의 출발지점(starting point)이다.

파르테논에는 기단과 돌기둥만 덩그러니 남아 있었다. 그래도 생각했던 것보다 훨씬 크고 아름다운 건축물이었다. 이런 대단한 건축물이 지금으로부터 2500년 전에 지어졌다는 사실이 놀라웠다. 나는 파르테논이 아테네의 신전이라고만 알고 있었는데, 로마 제국 시절엔 카톨릭 교회로, 오스만 제국 시절엔 모스크로 사용되었다는 것을 현지에 와서야 알게 되었다. 이 도시를 차지한 정복자들 입장에서 보면, 전망 좋은 곳에 자리잡은 이 멋진 신전을 그냥 없애버리기에는 아까웠을 테고, 자기들의 신을 위한 공간으로 전용(轉用)해 쓰는 것이 훨씬 좋았을 것이다.

파르테논과 그 주변 신전들을 보고 나서 아고라 쪽으로 내려왔다. 아고라까지는 쉬엄쉬엄 걸어도 10분이면 충분했다. 내려오는 길은 계속 아고라를 보면서 내려오도록 되어 있어, 아고라에 도착하기 전에 이미 아고라에 남아 있는 것이 별로 없다는 사실을 확인할 수 있었다. 그러나 고대 아테네 시절, 아고라에는 여러 개의 신전과 공공건물, 상점, 음악당, 체육관 등이 있었다. 아고라는 단순한 광장이었다기보다는 아테네 시민들의 정치, 경제, 종교 생활의 중심지 역할을 수행하던 곳이었던 거다. 이곳에서 회의가 열렸고 재판이 이뤄졌으며, 물건이 거래되었고 문화행사가 치러졌다. 소크라테스와 플라톤이 활동하던 무대도 아고라고, 소피스트들이 활동하던 무대도 아고라다. 아고라는 도시에서 가장 생명력 넘치는 공간이었고, 열린 공간이었다. 아고라의 개방성 덕분에, 철학이 생겨나고 학문이 발전했으며, 예술이 꽃을 피워 서양문명의 기초가 형성될 수 있었다.

그랬던 아고라에 남아 있는 것은 주춧돌과 무너진 돌기둥, 그리고 그곳에 어떤 건물이 있었는지를 알려주는 표지석 뿐이었다. 원형 그대로 남아

아고라 박물관에 도편추방제도에 쓰인 도자기 조각(사금파리)들이 전시되어 있었다. 이 사금파리들은 오늘날로 치면 투표용지다.

있는 것은 헤파이스토스(Hephaistos) 신전이 유일했다. 세월 탓이라고 하기엔 덧없고 허망한 풍경이었다. 그나마 다행스러웠던 것은, 아탈로스 주랑(Stoa of Attalos)이 복원되어 아고라 박물관으로 사용되고 있다는 사실이었다. 이 박물관에 들어가 당시의 유물들을 둘러 보았는데, 그 까마득한 옛날에 고대 아테네인들이 얼마나 수준 높은 문명을 꽃피우고 살았는지 실감할 수 있었다.

그 단적인 예가 도편추방제도(Ostracism)에 쓰였던 사금파리들이다. 당시 아테네 시민들은 민주주의를 위협할만한 인물이 나타나면 도편(陶片)에 그의 이름을 쓰고 투표한 다음 국외로 추방했다. 우리나라의 고조선에 해당

아고라 풍경 지금은 무너진 돌기둥과 주춧돌만 남아 있지만, 2500년 전 이곳은 지상에서 가장 선진문화를 이룩한 공간이었다.

하던 시기에, 유럽 대부분 지역이 야만인처럼 살아가던 기원전 5세기경에, 그들은 세계 어디에도 없던 이런 제도를 시행하고 있었다.

저녁에 숙소에서 TV를 보는데 그리스 총리가 국가채무 협상 문제로 벨기에로 향했다는 CNN 뉴스가 나왔다. 화려했던 과거는 사라지고, 유럽의 빚쟁이로 전락해 돈을 구걸해야 하는 장면이, 아고라 박물관의 유물들과 오버랩되면서 쓸쓸한 여운을 남겼다.

소깔로 광장, 아메리카가 유럽 되다

모든 게 기대 이상으로 술술 잘 풀리는 날이 있는가 하면(샐리의 법칙), 아침부터 왠지 일이 꼬이는 날도 있다(머피의 법칙). 소깔로(Zocalo) 광장 가는 날은 머피의 법칙이 작용한 날이었다. 치안 나쁜 나라는 여행하기 싫어하는 아내를 구슬려 멕시코에 온 것까진 좋았으나, 정작 아내를 힘들게 한 것은 치안이 아니라 배탈이었다. 전날 길거리 음식을 함께 먹었는데, 나는 멀쩡했고 아내는 배탈이 나 숙소에 드러눕는 처지가 됐다. 할 수 없이 약국에서 약을 사다 주고 혼자 소깔로 광장으로 갔다.

이 광장은 멕시코시티의 광화문 광장쯤 되는 곳으로, 아즈텍 제국의 심장부에 해당하던 곳이다. 아름답기로도 유명하고, 주변에 볼거리가 밀집되어 있어 멕시코시티를 여행하는 사람이라면 누구나 들르는 곳이다. 나도 상당한 기대를 가지고 갔다. 그런데 광장에 도착해보니 광장 전체가 경찰 버스와 천막으로 뒤덮여 있는 게 아닌가. 이유는 광장에서 노동자들이 농

대성당 안마당에서 본 소깔로 광장의 한쪽 풍경 농성 천막, 버스, 바리케이드, 경찰들이 보이지 않는 방향
은 이쪽밖에 없었다.

성하고 있기 때문이란다. 광장을 제대로 보는 건 속절없이 물 건너 가버렸
고, 주변이라도 둘러보려 먼저 대성당에 들어갔다. 이 성당은 바로 옆에 있
었던 아즈텍의 신전을 파괴하여 그 석재를 가져다 만든 것이라고 한다. 성
당은 크고 아름다웠지만, 그렇다고 (페루) 리마의 대성당이나 (칠레) 산티아
고의 대성당과 특별히 다르게 느껴지는 건 없었다.

성당을 보고 나서 대각선 맞은편에 자리잡은 국립궁전(대통령궁)으로 발
길을 돌렸다. 국립궁전 자리는 원래 아즈텍 제국의 궁전이 있었던 곳이다.
아즈텍 신전을 허물고 대성당을 지었듯이, 아즈텍 궁전을 허물고 코르테

광장에서 농성을 하든 말든 대성당 앞에는 기념품을 파는 노점상들이 곳곳에 있었다.

스의 관저(총독관저)를 지었던 것이 오늘날 대통령궁으로 이어진 것이다. 소깔로 광장 주변엔 이처럼 정복자의 흔적이 짙게 남아 있다. 이 궁전을 찾은 이유는 멕시코를 대표하는 화가 리베라(Diego Rivera)의 벽화가 있기 때문이다. 이 벽화는 아즈텍 문명에서부터 스페인 침입, 멕시코 독립까지의 일대 서사시가 그려진 것으로 리베라의 최고 걸작이라고 불리는 작품이다. 그런데 광장의 농성 때문인지 국립궁전도 입장을 허락하지 않았다. 안 풀리는 날은 늘 이런 일이 이어진다. 어쩔수 없이 아쉬운 마음을 뒤로 하고 인근의 템플로 마요르(Templo Mayor)로 발길을 돌렸다.

　아즈텍 신전 유적지인 템플로 마요르는 바로 옆의 대성당에 비하면 아

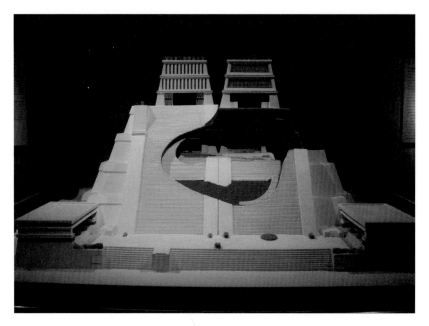

템플로 마요르 내부의 박물관에 전시되어 있는 아즈텍 신전 모형 꼭대기의 두 개 신전 가운데 왼쪽은 비와 다산(多産)의 신을 위한 신전이고, 오른쪽은 전쟁과 태양의 신을 위한 신전이었다고 한다.

주 초라한 모습이었다. 주변은 도시 뒷골목처럼 어수선했고, 신전은 제대로 복원되지도 않은 상태였다. 유적지 내부에 있는 작은 박물관에서 당시의 유물과 신전의 상황을 볼 수 있었던 것이 그나마 다행일 정도였다. 템플로 마요르에서 가장 충격적으로 와닿았던 것은 아즈텍의 인신공양 흔적이다. 아즈텍 문명과 마야 문명에는 인신공양 풍습이 있었는데, 특히 아즈텍이 심했다고 한다. 템플로 마요르의 촘판틀리(tzompantli, 해골을 나란히 쌓아둔 곳)를 보니 그 말이 과장이 아님을 알 수 있었다.

16세기 초, 아즈텍의 수도였던 테노치티틀란(Tenochtitlan, 오늘날의 멕시코

아즈텍 제국의 중앙신전이었던 템플로 마요르 유적 인신공양의 흔적이 보기 불편하고 낯설었다.

시티)의 인구는 30만 명 정도였다고 한다. 당시 유럽에서 가장 큰 도시였던 파리의 두 배 규모다. 아즈텍이 결코 만만한 제국은 아니었다는 얘기다. 그런데 이 거대한 제국이 불과 500명 남짓한 코르테스(Fernando Cortes, 1485 ~1547)의 군대에게 2년도 되지 않아 멸망했다(1521년). 어떻게 이런 일이 일어날 수 있었을까. 왕이 어리석었고, 무기 수준에 차이가 있었고, 전염병의 확산도 있었지만, 그것 못지않은 또 하나의 원인으로 지목되는 것이 바로 인신공양 풍습이다.

인신공양의 주된 대상자는 죄수와 포로다. 포로로 잡혀 인신공양을 당한 사람들은 아즈텍 제국을 구성하고 있던 약소 부족민들이다. 인신공양으로 죽은 사람의 숫자가 수 만에서 수십 만에 이를 정도였다고 하니, 그 부족들 입장에서는 아즈텍이 멸망하길 간절히 바랬을 것이다. 코르테스가 이들 약소 부족민들의 협조를 구할 수 있었던 것이 우연이 아니었던 거다.

나라가 흥하고 망하는 것은 다반사로 일어나는 일인데 아즈텍의 멸망을 굳이 언급하는 이유는, 이때부터 아메리카 대륙이 유럽화하기 때문이다. 이와 관련된 얘기는 이어지는 쿠스코 아르마스 광장 편에서 함께 다루기로 한다.

템플로 마요르를 보고 나서 주변 탐방지 몇 군데를 더 돌아다녔다. 그래도 소깔로 광장을 제대로 보지 못한 아쉬움을 상쇄시키지는 못했다. 아내는 숙소에 누워 있고, 광장은 농성장으로 변해 있고, 국립궁전엔 들어가 보지도 못하고… 이래저래 꼬인 하루였다.

쿠스코 아르마스 광장, 달팽이와 참새

쿠스코에 와본 사람치고 이 도시에 반하지 않는 사람이 있을까. 광장, 신전, 골목, 박물관, 시장… 어디를 가도 쿠스코는 마음에 들지 않는 곳이 없었다. 가본 도시 중에 가장 맘에 드는 도시 세 군데만 꼽으라면 나는 주저 없이 교토, 이스탄불, 쿠스코를 꼽을 것이다. 그만큼 쿠스코는 매력적인 도시였다.

아즈텍의 멸망도 어이없는 사건이었지만 잉카의 멸망 과정은 이보다 더했다. 잉카 제국의 수도였던 쿠스코에 비극이 찾아온 건 피사로(Francisco Pizarro, 1471 또는 1476~1541)라는 어느 보잘 것 없는 한 사내의 등장 때문이었다. 하급귀족의 사생아로 글도 읽지 못했다는 그는, 돼지치기를 하다 아메리카 대륙으로 건너와 군인이 되었다. 어느 날, 먼 친척 동생뻘인 코르테스가 아즈텍 제국을 무너뜨려 엄청난 재물을 획득하고 총독의 지위에 오

대성당 앞에서 내려다 본 쿠스코 아르마스(Armas) 광장 게으름 피우며 휴식 취하기에 딱 좋은 공간으로, 조용하고 평화로웠다.

르는 대박을 터트렸다는 사실을 알게 된 피사로는, (코르테스를 벤치마킹하듯) 안데스 산맥에 황금의 나라가 있다는 소문을 듣고 잉카 제국 탐험 길에 나섰다.

당시 잉카 제국은 이복형제 간의 내전으로 나라가 어정쩡한 상태였다. 제국의 11번째 지도자였던 잉카가 죽으면서(잉카Inca는 왕King을 의미) 차남이 권좌를 물려받았는데, 3남이었던 배 다른 동생이 반란을 일으켜 권력을 장악했다. 이 사람이 제국의 마지막 잉카인 아타우알파(Atahuallpa)라는 인물이다.

형의 세력을 제압하고 권력을 장악한 아타우알파는, 황제로 즉위하기

아르마스 광장에 있는 라 콤파니아 데 헤수스(la Compañía de Jesús) **교회** 원래 잉카의 궁전이 있던 자리에 세워진 것이다. 아즈텍을 무너뜨린 자들이 그랬던 것처럼, 잉카를 무너뜨린 자들도 원주민의 신전과 왕궁을 허물고 그 위에 자신들을 위한 건물을 세웠다.

위해 쿠스코로 가던 도중 페루 북서부에 위치한 도시 카하마르카 (Cajamarca)에 잠시 머물렀다. 이때 그는 이상한 생김새를 한 이방인들이 주변에 와 있다는 말을 듣고 그를 만나러 갔다. 그 이방인들이 바로 피사로 일당이었다. 당시 아타우알파와 동행했던 잉카 군대는 8만 명 정도였고 피사로의 군대는 고작 168명에 불과했다. 그러나 피사로의 계략에 빠진 아타우알파는 어이없이 포로로 잡혔고, 수천 명의 잉카 군대가 바로 그날 그 자리에서 학살당했다(재래드 다이아몬드 지음, 김진준 옮김, 『총, 균, 쇠』, 문학사상사, 2018, 92~113쪽). 이것이 그 유명한 카하마르카 학살(1532년 11월)이다. 잉카 제국의 보스를 사로잡은 피사로는 그를 인질로 삼아 몸값으로 막대한 황금과 보석을 손에 넣었고, 잉카인들의 공격이 두려워 아타우알파를 목졸라 죽였다(1533년 7월). 그리고 그걸로 잉카 제국의 운명은 사실상 끝났다. 이후 수십 년간 잉카인들의 저항이 계속되었지만 대세를 뒤집을 수는 없었다.

황제를 교살한 피사로와 그 일당들은, (아즈텍 문명을 파괴한 코르테스 못지않게) 잉카문명을 철저히 파괴하고 닥치는대로 재물을 약탈했다. 그 흔적이 쿠스코의 아르마스 광장과 그 주변에 그대로 남아 있다. 광장에 접해 있는 대성당은 잉카 제국의 비라코차 신전 터에 세운 것이고, 성당 옆 교회는 잉카의 궁전 자리에 만든 것이며, 광장에서 남쪽으로 조금 떨어진 곳에 있는 산토도밍고 교회는 잉카 제국 '태양의 신전'이었던 코리칸차(Qorikancha)

잉카의 신전이었던 코리칸차의 정원 코리칸차란 '황금이 있는 곳'을 의미한다. 스페인 인들은 코리칸차를 부수고 그 자리에 산토도밍고 교회를 세웠다. 이 정원은 교회 정원이기도 하고 코리칸차 유적이기도 하다. 정원 한쪽에 코리칸차의 신전 일부와 석벽이 남아 있었다.

마추픽추의 모습 2천 미터가 넘는 산꼭대기, 첩첩산중으로 둘러싸인 주변, 심한 경사와 협소한 부지… 잉카인들은 왜 이곳에 살게 되었는지, 그들은 언제 어디로 사라졌는지, 풀리지 않는 수수께끼는 여전히 많다. 분명한 것은, 이런 열악한 지형에 살아야 했을 만큼 절박한 이유가 있었을 거라는 거다.

를 부수고 만든 것이다.

사이먼과 가펑클이 잉카의 토속음악을 리메이크한 '엘 콘도르 파사(El Condor Pasa)'는 이런 구절로 시작된다.

I'd rather be a sparrow than a snail.	달팽이가 되기보다는 참새가 되어야지
Yes I would If I could. I surely would.	그럴 수만 있다면
I'd rather be a hammer than a nail.	못이 되기보다는 망치가 되어야지
Yes I would If I only could I surely would.	그럴 수만 있다면

그럴 수만 있었다면 잉카인들도 달팽이가 되고 싶지 않았을 것이고, 못이 되고 싶지 않았을 것이다. 그러나 그들은 달팽이가 되었고 못이 되었다. 참새에 쫓기고 망치에 얻어맞은 잉카인들은 삶의 터전을 뒤로 하고 우루밤바 계곡을 따라 눈물의 유랑길을 떠나야 했다. 우리 부부도 그 유랑길을 따라, 우루밤바 계곡과 오얀타이탐보를 거쳐 그들이 머물렀을 것으로 추정되는 마추픽추에 올라보았다. 능선에 걸터앉아 폐허처럼 남은 마추픽추 유적지를 내려다보니, 남미 음악이 왜 그렇게 애잔하고 가슴 에이게 하는지 조금은 이해할 수 있을 것 같았다.

정복자들이 휘두른 폭력의 흔적이 남아 있긴 하지만 아르마스 광장은 평화로웠다. 대성당 앞 계단에 앉아 광장과 그 너머의 산자락을 보고 있노라면, 잉카인들이 참 멋진 곳에 멋진 도시를 만들었구나 하는 생각이 절로 든다. 한없이 머물고 싶어지게 만드는 곳, 쿠스코는 그런 곳이었다.

아메리카 대륙의 유럽화

콜럼부스가 아메리카에 첫 발을 디딘 때는 지금으로부터 약 500년 전인 1492년이다. 콜럼부스가 오기 훨씬 이전부터 아메리카 대륙에는 대대손손 살아가던 원주민들이 있었다. 북미에는 인디언들이 있었고, 중미에는 아즈텍 제국이 있었으며, 남미에는 잉카 제국이 있었다. 그런데 콜럼부스가 아메리카 대륙에 발을 디딘 지 불과 수십 년만에, 아즈텍 제국과 잉카 제국이 유럽에서 온 백인 남자 둘(코르테스와 피사로)에 의해 멸망하는 어이없는 일이 발생한다. 이들이 자행한 대량학살과 이들이 가져온 전염병(천연두)으로, 한 세기도 지나지 않아 중남미 원주민들 90%가 죽음을 맞이해야 했다(당시 유럽인들은 이미 천연두에 대해 면역력을 가지고 있었지만, 원주민들은 전혀 그렇지 못했다). 인류 역사상 최대의 홀로코스트가 일어난 것이다.

북미대륙의 인디언들이 백인들에게 쫓겨 고사되는 일은 이보다 훨씬 뒤의 일이다. 1622년 제임스타운(Jamestown)에서의 충돌이 백인과 인디언 간의 본격적인 첫 충돌이라 할 수 있고, 1890년 운디드니(Wounded Knee) 학살이 마지막 충돌이라고 할 수 있다. 북미의 인디언들과 백인들 간의 충돌은 아즈텍 제국의 멸망 과정이나 잉카 제국의 멸망 과정처럼 일시적인 사건이었던 것이 아니라, 300년 가까이 수시로 진행된 사건이었다.

아즈텍과 잉카의 멸망이 중요한 이유는, 이 일을 계기로 아메리카 대륙이 유럽화하기 때문이다. 이 두 제국이 멸망하기 전까지는, 대서양이라는 큰 바다가 가운데 있어서 아메리카 원주민들의 문명이 외부 영향 없이 잘 유지되어 갔다. 그러나 대서양을 마음대로 횡단할 수 있는 능력을 갖게 된 유럽인들은, 아즈텍과 잉카의 멸망을 시작으로 아메리카 대륙의 고유 문명을 초토화시켰고, 중남미를 300년간 식민지로 삼으면서 모든 시스템을 유럽화시켰다. 아즈텍 제국을 멸망시킨 테노치티틀란 전투(1521년)와 잉카 제국을 무너뜨린 카하마르카 학살(1532년)은, 단순히 나라가 망한 사건이 아니라 아메리카 대륙의 운명을 바꾼 세계사적 대사건이었던 것이다.

코르테스와 피사로는 원주민들 입장에서 보면 치가 떨리는 인물들임이 분명하다. 그러나 콜럼부스가 아니었어도 아메리카 대륙은 유럽인들에게 발견되었을 것이고, 코르테스나 피사로가 아니었어도 아즈텍 제국과 잉카 제국은 또다른 유럽인과 마주하게 되었을 것이다. 그 또 다른 유럽인들은 과연 이 낯선 땅을 평화적으로 접촉하려 들었을까? 그랬을 리 없다. 기독교에 바탕을 둔 서구 문명은 기본적으로 폭력적이었다. 아메리카에 대해서 뿐만 아니라 아시아, 아프리카 지역에 대해서도 서구 문명은 언제나 폭력적으로 접근했다. 개인으로서의 코르테스, 개인으로서의 피사로 문제로만 볼 수는 없는 것이다.

동양문명도 이 점에서 별 차이는 없다. 동양에서도 힘을 가진 나라는 언제나 폭력적으로 주변에 접근했다. '힘이 곧 정의다(Might is right)'라는 속담은 동서양 가릴 것 없이 어느 인간집단에서나 통용되어 왔고, 지금도 그렇다.

✈ 05
마드리드의 마요르 광장, 마치 아무 일도 없던 것처럼

사진이나 그림 하나가 여행지를 결정하게 되는 경우가 있다. 마드리드의 마요르 광장(Plaza Mayor)이 내겐 그런 곳이었다. 스페인 여행을 위해 자료를 찾다가 우연히 프란시스코 리치(Francisco Rizi)의 그림을 보게 되었다. 제목은 '마드리드 마요르 광장의 종교재판'. 곧 뭔가 큰일이 일어나기 직전인 듯 음산한 긴장감이 감도는 분위기. 호기심이 발동했고, 마드리드에 도착한 다음 날 이곳을 찾아갔다.

이 광장은 다른 광장들과는 달리 길에서 잘 보이지 않았다. 좁은 골목과 아치형 구조물을 통과하고서야 겨우 광장을 마주할 수 있었는데, 광장 안으로 들어서자 대저택의 안마당에 들어온 듯 편안한 기분이 들었다. 제법 큰 직사각형 구조의 광장은 브뤼셀의 그랑 플라스(Grand Place)를 연상시켰다. 코블스톤(Cobble stone)이 깔린 광장은 깔끔했으며, 광장을 둘러싼 건물

1683년, 궁정화가였던 프란시스코 리치가 그린 종교재판 그림 무대는 마드리드 마요르 광장. 종교재판 현장을 이만큼 잘 기록한 그림은 없을 것이다. 프라도 미술관 소장. (이미지 출처 : 위키피디아)

들이 만들어 낸 공간도 단순하고 아름다웠다.

그런데… 이 멋진 공간에서, 이 아름답고 평화로운 광장에서, 어떻게 그런 야만적인 일이 일어났을까. 상상력을 동원해도 잘 이해되지 않았다. 대중이 모이는 광장에서 종교재판과 화형식이 치러졌다는 것은 두 가지 사실이 전제되어야 한다. 그것을 집행하는 권력이 존재해야 하고, 그런 행위가 사회적으로 정당화될 수 있어야만 한다. 그렇지 않았다면 수백 년에 걸쳐 지속적으로 시행되기란 불가능했을 테니까. 또한 당사자를 단순히 감옥에 가두는 것이 아니라 화형을 했다는 것은 극도의 증오심이 자리잡고 있었다고 봐야 한다. 기독교의 부활 신앙을 감안할 때, 화형에 처한다는 것은 부활의 가능성조차 없애버리겠다는 극단적인 적개심의 표현이기 때문

종교재판의 현장이기도 했던 마요르 광장 마드리드에서만 이런 일이 일어난 것이 아니다. 바르셀로나, 발렌시아, 세비야, 코르도바, 그라나다, 톨레도 등 종교재판소가 들어섰던 도시의 광장에서는 어김없이 이런 일이 자행되었다. 스페인에서 종교재판이 중지된 것은 1834년이 되어서였다고 한다.

이다.

　종교재판의 집행 주체는 알려진 대로 카톨릭이다. 문제는 사회적 정당화다. 리치의 그림이 그려진 시기를 보면 1683년이다. 이때는 이미 중부유럽과 북유럽에서 종교 개혁이라는 거대한 파도가 지나간 시기다. 지독한 종교 전쟁이었던 30년 전쟁(1618~1648)도 수십 년 전에 끝난 시기다. 그런데도 스페인에서는 여전히 종교재판이 자행되고 있었다는 사실이 놀라운 거다.

　단언하긴 어려우나, 이는 아마도 스페인이라는 나라의 탄생 과정과 무

마요르 광장 표지판 주변에 발코니가 보인다. 광장을 둘러싸고 있는 4층짜리 건물의 3개 층에는 200개가 넘는 발코니가 광장 쪽으로 나 있다. 그때 그 사람들은 저 발코니에서 화형식을 지켜봤을 것이다.

관하지 않을 것 같다. 스페인은 이베리아 반도에서 이슬람 세력을 몰아내는 레콩기스타(Reconquista) 과정을 겪으면서 탄생한 나라다. (알함브라 궁전 편에서 언급한 바 있는) 이사벨과 페르난도가 그라나다를 무너뜨리고 이슬람 세력을 몰아내는 데는 교황의 도움이 컸다. 원래가 독실한 카톨릭 신자인 데다 교황의 도움으로 이슬람 세력까지 몰아낸 이들 부부는, 스페인을 철저한 카톨릭 나라로 만들고 싶어 했고, 그들 뜻대로 스페인은 카톨릭 국가가 되었다. 여기에다 이들 부부의 뒤를 이어 스페인을 지배한 합스부르크 왕가와 부르봉 왕가도 보수적이고 폐쇄적인 카톨릭 유산을 스페인에 단단히 심어 놓았다. 이런 역사적 배경이, 스페인의 종교재판이 다른 나라에 비해 유독 심하게 일어났던 원인으로 작용하지 않았을까.

스페인에서 카톨릭이 차지하는 위상이 어느 정도인지 실감하기 좋은 곳이 마드리드 왕궁 바로 앞의 알무데나 대성당(Almudena Cathedral)이다. 이 성당은 유럽의 유명 성당들에 비해 역사가 오래된 것도 아니고 건축미가 뛰어난 것도 아니다. 그러나 이 성당 안에 있는 박물관에 가보니 스페인에서 카톨릭이 갖는 위상이 어느 정도인지 알 수 있었다.

카톨릭 전통이 워낙 강해서 그런지 스페인 출신의 종교개혁가는 없다. 위클리프, 후스, 루터, 칼뱅 모두 각각 영국, 체코, 독일, 프랑스 출신들이다. 스페인에서도 로욜라를 중심으로 한 개혁적인 움직임(예수회 운동)이 있었으나, 이는 카톨릭 전통을 더욱 강화시키는 결과를 낳았을 뿐이다.

종교재판을 통한 이단자와 배교자의 처단은 카톨릭의 영향력을 유지시키는 데 도움이 되었을까. 일부 국가에서는 약간의 성공을 거두기도 했지만 유럽 전체로 볼 때는 대실패였다. 신앙의 자유에 대한 카톨릭의 가혹한 탄압은 프로테스탄티즘을 더욱 불타오르게 만들었고, 결국 30년 전쟁으로 구교(카톨릭)와 신교(프로테스탄드)가 완전히 갈라서는 결과까지 낳았기 때문이다. 이는 1054년 일어난 동서교회의 분열 이후 최대의 종교 분열이었으며, 이로써 기독교 세계는 카톨릭, 정교회, 개신교로 삼분(三分)되었고, 교황은 크게 위세를 잃었다.

프라하 구시가지 광장엔 종교개혁가 얀 후스(Jan Hus, 1369~1415)의 동상이 있다. 대학 총장이자 사제였던 후스는 카톨릭의 부패를 비판하다 콘스탄츠에서 화형 당한 인물이다. 조형미가 뛰어난 이 동상은 그 시대를 증언하

프라하 구시가지 광장의 얀 후쓰 동상 후스 사망 500주년을 맞아 1915년에 세워진 것으로 이 광장의 아이콘이다.

며 광장을 살아있는 공간으로 만든다. 그러나 마요르 광장엔 건립 당시의 국왕이었던 필리페 3세의 기마상만 있었을 뿐, 종교재판과 관련된 흔적은 어떤 것도 없었다. 마치 아무 일도 없었던 것처럼. 카톨릭 국가인 스페인은, 자신들의 어두운 기억을 광장에 남겨두고 싶지 않았던 모양이다.

06

콩코르드 광장, 세상 속으로 스며든 DNA

파리 하면 떠오르는 이미지는 여럿이다. 영화로 보면 낭만의 도시고, 미술관을 보면 예술의 도시다. 브랜드로 보면 패션의 도시고, 시민의식으로 보면 똘레랑스(Tolerance)의 도시다. 여기에 하나 더 있다. 자유다. 역사를 더듬어 올라가면 파리에는 자유의 냄새가 난다. 자유를 상징하는 대표적 사건이 프랑스 혁명(1789년)이고, 혁명의 현장이 콩코르드(Concorde) 광장이다.

이 광장은 루브르 박물관에서 10분 남짓 걸으면 도착할 수 있는 곳에 있다. 루브르를 보고 나서 피곤한 상태에서도 이곳을 찾은 이유는 역사의 현장을 직접 보고 싶어서였다. 그런데 광장에 도착해서 주변을 이리저리 돌아다녀 봐도 딱히 이거다 싶은 게 없었다.

광장 중앙에 오벨리스크가 있고 그 양쪽에 분수가 하나씩 있을 뿐, 혁명을 기억할만한 흔적이나 기념물은 전혀 찾아볼 수 없었다. 근대사가 시작

파리는 낭만의 도시고, 예술의 도시고, 패션의 도시고, 똘레랑스의 도시다. 그리고 자유의 도시다. 맨 우측의 다리 위쪽에 콩코르드 광장의 일부가 보인다.

된 장소치고는 뜻밖이었다. 거창한 기념관까지는 아니더라도 조그마한 기념비 정도는 있어야 하는게 상식 아닌가….

프랑스 혁명이 어떤 혁명인가. 자잘한(?) 다른 혁명들과는 비교할 수 없을 만큼 무게감을 지닌 사건이라는 것은 초등학생도 안다. 세계사를 그 이전과 이후로 나눌 수 있을 만큼 비중이 높다. 프랑스 혁명이 근본적으로는 지식과 재력을 갖춘 당시의 신흥세력을 위한 혁명이었다고 하나, 이 혁명이 민주주의 역사에서 불멸의 위치에 있다는 점에는 의문의 여지가 없다. 이 혁명이야말로 자유와 평등의 기치 아래 절대왕정을 타도하고 신분제를 무너뜨린 최초의 혁명이기 때문이다.

콩코르드 광장에는 오벨리스크를 중심으로 좌우에 두 개의 분수대가 있다. 사진에 보이는 분수대는 세느 강 쪽 분수대. 이 광장의 원래 명칭은 '루이 15세 광장'이었는데, 혁명의 광풍이 지나간 1795년, '화합'을 뜻하는 '콩코르드 광장'으로 이름이 변경되었다고 한다. 참혹하고 비정상적이었던 장면을 잊고 싶었을 것이다.

    대부분의 혁명들과 마찬가지로 프랑스 혁명도 처음부터 치밀하게 계획된 것은 아니었다. 제대로 된 마스터 플랜이 없었다. 그래서 혁명 이후 몇 년 간은 극심한 혼란을 겪었다. 그 혼란이 정점을 이룬 시기는 국왕이 단두대에서 처형된 때다. 역사상 권력다툼으로 인한 왕의 피살은 더러 있었지만, 새로운 패러다임을 주장하는 세력에 의해 한 나라의 국왕이 처형된 것은 이때가 처음이었다. 그만큼 이 사건은 단순한 권력 교체 행위가 아니었다. 왕이라는 제도 자체, 귀족이라는 (대물림되던) 신분 자체가 부정되었고, 17개의 조항으로 구성된 인권선언이 선포되었다. 이 선언문을 읽어보면 자유, 평등, 박애의 이념 아래, 이전과는 전혀 새로운 사회가 등장했음을 알 수 있다. 그래서 혁명이고, 그래서 근대가 시작되었다고 하는 것이다.

콩코르드 광장은 혁명의 광풍이 가장 강하게 거쳐간 장소다. 1793년 1월, 당시 국왕이었던 루이 16세가 이 광장에 설치된 단두대에서 공개 처형되었다. 그리고 그 해 10월 같은 장소에서 왕비 마리 앙트와네트도 처형되었다. 지존의 자리에 있던 왕과 왕비가 처형되는 상황이었으니, 그 아래 귀족들은 더 말할 나위도 없었다. 외국으로 도망가지 못한 귀족의 80% 가까이가 처형되었다. 이 광장에서 처형된 사람만 1,300명이 넘고, 아이러니하게도, 수많은 사람들을 처형한 장본인이었던 자코뱅파의 영수 로베스피에르 자신도 이곳에서 처형되었다(1794년). 그리고 로베스피에르까지 사라지고 나서야 혁명은 일단락되었다.

혁명 이전과 이후의 세상은 달랐지만, 그렇다고 역사가 혁명 이념대로 곧바로 앞으로 진행된 건 아니었다. 엎치락 뒤치락 하는 역사의 반작용들이 수없이 일어났다. 1830년 7월 혁명, 1848년 2월 혁명, 1871년 파리코뮌 등 새로운 체제가 안정적으로 자리잡기까지 적잖은 혼란이 있었다. 이런 혼란은 프랑스에서 뿐만 아니라 주변의 다른 나라에서도 마찬가지였다. 그러나 커튼 너머의 바깥 세계를 본 이상, 이미 커튼 안쪽 세계는 과거가 되어 버리는 것이 역사의 거스를 수 없는 흐름이다.

이렇게 중요한 역사의 현장에 어떻게 아무런 흔적이 없단 말인가. 역사의식 높은 프랑스인들이 혁명을 부끄러워할 리는 만무하지 않은가(해마다 프랑스에서는 7월 14일을 전후하여 혁명을 기념하는 성대한 행사가 펼쳐진다). 그러나 한편으로 곰곰이 생각해보면, 이 광장에서 일어났던 혁명의 이념은 세상에

콩코르드 광장의 또다른 분수대인 마들렌 성당 방향 분수대 사진의 왼쪽 건물이 크릴롱(Crillon) 호텔이다. 이 건물 앞에서 루이 16세가 처형되었다는데 아무런 흔적을 찾을 수 없었다.

존재하는 수많은 공동체들에게 DNA처럼 스며들어 있으므로, 굳이 광장에 기념비를 세우지 않더라도 그게 무슨 문제인가 싶기도 하다. 오히려, 사소한 것에도 기념비 못 세워 안달인 우리나라 문화에 젖은 내 의식이 문제일 것이다. 어쨌든 우리와는 너무 대조적인 모습이라 약간의 문화충격을 받았다.

07

상트페테르부르크 궁전광장, 바람과 함께 사라지다

80년대는 이념이 판치던 시대였다. 정치적 낭만주의가 팽배하던 그 시절, 각종 이념이 지식인과 학생들의 영혼을 파고들었고, 그 이념들 가운데는 사회주의 계열도 있었다. 그런데 80년대 말에 접어들면서 사회주의 세력에 결정타를 날려버리는 사건이 연달아 일어났다. 베를린 장벽 붕괴(1989년)와 연이은 동구권 붕괴, 구소련의 해체(1991년)가 바로 그것이다. 이런 일련의 사건들은 사회주의 체제의 백기를 의미했고, 그로 인해 범세계적으로 이데올로기 논쟁은 종언을 고했다. 상트페테르부르크 궁전광장(Palace Square)은 별도로 시간 내서 보러 간 것이 아니라, 에르미타주 가는 길이 어차피 그곳을 거쳐 가게 되므로 들르게 된 곳이었다. 물론 사회주의 역사의 빅뱅 현장에 대한 호기심도 약간은 있었다.

불과 1세기 전인 20세기 초, 러시아의 상황은 한심했다. 프랑스 혁명이 일어난 지 100년이 넘었지만 러시아는 여전히 짜르(Tsar)를 정점으로 한 후진적 전제군주제를 유지하고 있었다. 여기에다 농노제도의 모순과 초기 자본주의의 비인간적인 모습까지 더해져 내부 갈등은 극에 달해 있었다. 사회는 한계상황까지 나아갔고 필연적으로 새로운 체제를 만들려는 움직임이 생겨났다. 당시 러시아에는 사회주의 물결이 광범위하게 확산되어 가고 있었으므로 새로운 체제란 곧 사회주의 체제를 의미했다. '빵을 달라'는 슬로건으로 시작된 1917년 3월 혁명(그레고리력 기준)은 니콜라이 2세를 황제의 자리에서 끌어내렸고, 동시에 관료, 경찰, 장교, 사제, 지주 등 짜르 체제 하의 지배층들도 대거 몰락시켰다. 이념이 판을 치기 시작했고 세상은 뒤집어졌다.

그러나 3월 혁명으로 등장한 새정부(케렌스키 임시정부)도 민중들의 불만과 요구를 감당하기에는 역부족이었다. 결국 그 해 11월 레닌과 트로츠키를 구심점으로 한 볼셰비키 혁명 세력이, 겨울궁전에 머물고 있던 임시정부 각료들을 체포하고 모든 권력을 장악함으로써 러시아 혁명은 일단락되었다. 볼셰비키 적위대가 가로질러간 광장, 그곳이 바로 상트의 겨울궁전 앞 광장이다.

네프스키(Nevskiy) 대로에서 에르미타주 쪽으로 접어들어 개선 아치를 지나자 넓다란 공간이 펼쳐졌다. 러시아 혁명 현장인 궁전광장이었다. 광장은 엄청 컸다. 길이도 길었지만, 폭이 족히 200미터는 되어 보여 모스크바의 붉은 광장보다 훨씬 더 크게 느껴졌다. 그러나 광장은 텅 비어 있었다. 그 넓은 공간에 (알렉산드르 1세가 나폴레옹과의 전쟁에서 승리한 것을 기념하여 세웠다는) 원주기둥 하나만 덩그러니 서 있을 뿐, 혁명을 기억할만한 것은 어떤

피의 일요일 사건(1905년)의 현장이자 러시아 혁명 현장인 궁전광장 지금으로부터 약 100년 전인 1917년 11월 7일 새벽, 일단의 무리들이 이 광장을 가로질러 정면에 보이는 궁전을 점령하면서 러시아 혁명이 일어났다. 로마노프 왕조의 정궁이었던 이 궁전은 지금은 박물관(에르미타주)으로 사용되고 있다.

것도 보이지 않았다. 파도가 지나가면 모래밭의 그림이 사라지듯, 이념의 광풍이 지나간 그곳엔 아무것도 남아 있지 않았다. 눈에 보이는 건 그저 무심한 텅 빈 공간, 그게 전부였다. 100년 전 그 날, 이 광장을 사이에 두고, 한쪽에는 타도의 대상으로 여겨지던 사람들이, 다른 한쪽에는 새 세상을 열어갈 거라고 주장했던 사람들이, 서로를 적대시하며 대치하고 있었다는 사실이 신화 속 얘기처럼 여겨질 정도였다.

　한때 세계의 수많은 청춘들을 설레이게 했던 사회주의 이념은 어느 날

궁전광장에서 **이삭 성당**(사진 왼쪽의 황금색 돔 지붕 건물) **쪽으로 본 모습** 광장으로 사용하기에는 너무 넓어 보였다.

갑자기 역사 속으로 사라졌다. 러시아 혁명이 일어난 것이 1917년 11월이고, 소련이 붕괴된 것이 1991년 12월이니, 사회주의 깃발이 날린 기간은 기껏해야 74년밖에 되지 않았다. 불과 한 세기도 버티지 못하고 바람과 함께 사라져 버린 것이다.

사회주의 이념은 초창기에는 노동자와 농민을 얽매고 있던 굴레를 벗겨 주는 것처럼 보였다. 그러나 그것이 착각이었음이 드러나는 데는 오랜 시간이 걸리지 않았다. 황제, 귀족, 지주는 없었지만, 그 자리엔 그들보다 훨씬 더 강력한 대체 그룹이 등장했기 때문이다. 스탈린과 브레즈네프의 권력이 짜르보다 작지 않았고, 당 간부의 권력이 귀족보다 작지 않았으며, 사회주의 체제의 부자유가 지주로부터 받던 억압을 능가했다. 혁명의 과실을 취한 자들은 권력자와 그 주변 인물들이었으며, 사회주의 이념은 그들

수많은 사회주의 혁명가들이 갇혀 있던 페트로 파블로프스크 요새의 감옥 혁명가들이 추구하던 억압 없는 세상은 그들의 가슴속에나 있었을 뿐, 현실에서의 사회주의 체제는 평등한 세상과 거리가 멀었다.

의 지위를 유지하기 위한 악세서리로 전락했다. 프랑스 혁명은 우리 삶을 바꾸었지만, 러시아 혁명은 이데올로기라는 것이 얼마나 허황한 것인가를 보여주었을 뿐, 아무 것도 남겨주지 않았다. 사회주의는 초기 자본주의의 비인간적인 모습에 대한 반작용이 빚어낸 환상에 지나지 않았던 거다.

겨울궁전에서 네바강 건너편을 바라보면 페트로 파블로프스크 요새가 보인다. 표트르 대제가 스웨덴으로부터 러시아를 지키기 위해 건설한 요새다. 이 요새에 제법 규모가 큰 감옥이 있어 안으로 들어가 보았다. 그 감옥의 각 방 앞에는, 그 방에 수감되었다가 생을 마감한 사회주의 혁명가들의 삶이 기록된 팻말이 이력서처럼 붙어 있었다. 님 웨일즈(Nym Wales)가 쓴 '아리랑'의 주인공 김산이 그러했듯, 사회주의는 그 감옥에서 목숨을 바친 혁명가들의 가슴속에서나 순수한 형태로 남아 있을 것이다.

언뜻 보면, 묵은 질서를 갈아엎고 새 세상을 만들겠다는 낭만주의적 이데올로기가 그럴듯해 보인다. 실제로 그렇게 할 수 있을 거라고 믿었던 이들도 있다. 그러나 그런 비현실적인 이데올로기가 얼마나 허망하고 위험한 것인지 이제는 사람들이 안다. 그런 이데올로기는 요란한 구호와 완장 찬 인간들만 양산했을 뿐, 세상을 바꾸지도 개선하지도 못했다. 세상은 수리(repair)하면서 나아가는 것이지, 어느 날 하루 아침에 새로 포맷할 수 있을 정도로 단순한 게 아니었던 거다.

08

붉은 광장, 러시아는 여전히 짜르를 필요로 한다

앞에서 소개한 두 개의 광장이 혁명이라는 거창한 사건이 일어난 곳이었다면, 마지막으로 다룰 두 개의 광장인 붉은 광장과 천안문 광장은, 역사적 사건의 현장이라기보다 권력의 이벤트 무대 성격이 강한 곳이다.

러시아에 관한 뉴스가 나올 때마다 어김없이 등장하는 배경화면인 붉은 광장(Red Square). 오랫동안 서방 세계 사람들에게 두려움과 적개심을 불러일으킨 공간이었던 이 광장을 꼭 한번 가보고 싶었다. 그러나 유럽의 다른 나라 여행을 우선순위에 두다 보니 러시아로 갈 기회가 잘 생기지 않았다. 2014년 여름, 드디어 큰맘 먹고 핀란드, 러시아, 에스토니아, 라트비아를 한 바퀴 돌 계획을 세우고 배낭을 꾸렸다.

모스크바로 가기 위해 헬싱키 중앙역에서 탄 야간열차의 이름은 톨스토이 호. 흥미로운 점은 이 기차는 부부일지라도 남자와 여자를 구분해서 탑

모스크바의 상징 붉은 광장 국립역사박물관과 굼 백화점, 바실리 사원으로 둘러싸인 거대한 광장은 크렘린의 붉은 성벽과 잘 어울렸다.

승시켰고, 그래서 같은 컴파트먼트 티켓을 구입했는데도 아내와 나는 서로 다른 컴파트먼트에서 다른 외국인들과 함께 잠을 자야 했다. 색다른 경험이었다.

다음날 아침, 모스크바에 도착하자마자 호텔에 배낭을 던져두고 산책삼아 붉은 광장으로 향했다. 지하철 역에서 나와 광장으로 바로 들어가려다, 기왕이면 크렘린 성벽을 돌아보려고 방향을 틀었다. 알렉산드로프 공원을 출발점으로 하여, 러시아 권력의 심장부인 크렘린 성벽을 한 바퀴 돌아서 거꾸로 광장으로 들어가기로 한 거다. 크렘린을 도는 기분은 묘했다. 딱히 특이할 것 없어 보이지만, 뭔가 의뭉스럽고 뭔가 음모가 꾸며지는 공간일 것 같은 크렘린. 세상의 모든 비밀을 손에 쥐고 자기들 입맛대로 요

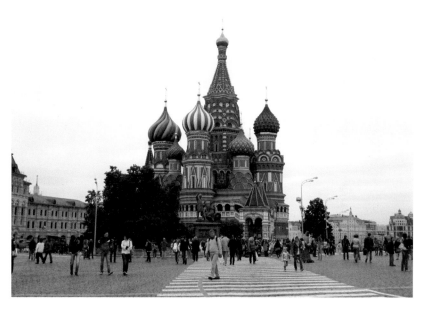

붉은 광장의 상징물 성 바실리 대성당 독특한 디자인과 색상이 맘에 들어 꼭 가보고 싶었던 사원이다.
기대가 너무 컸던 탓일까, 실물이 사진만큼 아름답진 않았다.

리하는 듯한 느낌을 주는 곳. 닫힌 사회는 막상 열어보면 별것 없지만, 닫
혀 있는 동안에는 타인에게 증폭된 두려움과 호기심을 불러 일으키는 법
이다. 이런저런 생각을 하며 걷다 보니 어느덧 크렘린 성벽을 다 돌게 되
었고, 멀리 바실리 사원이 보였다.

그렇게 크렘린을 돌아서 마주한 붉은 광장은 꽤 멋진 곳이었다. 이렇게
까지 멋진 공간일 줄은 몰랐다. 이 광장의 첫 인상은 크고, 아름답고, 자유
롭다는 것이다. 광장은 TV에서 보았을 때보다 훨씬 크게 느껴졌다(길이
330m, 폭 70m). 또한 큰 광장치고는 매우 아름다웠다. 북쪽의 국립역사박물
관, 동쪽의 굼 백화점, 남쪽의 바실리 사원, 서쪽의 크렘린 성벽으로 둘러

붉은 광장의 또 다른 상징물 굼(GUM) 백화점 내부에 명품 샵이 가득했는데, 물건 값이 꽤 비쌌다.

싸인 직사각형의 광장은, 멋진 조형미를 간직한 아름다운 광장이었다. 그래서 시민들의 사랑을 받기에 충분해 보였고, 실제로도 많은 사람들이 자유롭게 오가는 통로 역할을 하고 있었다(광장 주변에 수많은 공안을 배치해두고 사람들을 검문검색하는 천안문 광장과는 질적으로 달랐다).

물론 이 광장엔 서방 국가의 광장에서 보기 어려운 것들도 있었다. 그것은 국가, 권력, 권위, 이데올로기 등을 대변하는 구조물들이다. 이 광장엔 러시아 공산화를 주도한 레닌의 무덤이 있었고, 이 광장과 연결된 크렘린 성벽 옆 알렉산드로프 공원에는 수많은 공산주의 영웅들의 무덤과 2차대전 때 숨진 무명용사들의 무덤이 있었으며, 알렉산드로프 공원과 연결된

붉은 광장에 접한 알렉산드로프 공원의 무명용사 무덤에 꺼지지 않는 불이 타오르고 있다. 붉은 광장을 둘러싼 크렘린 벽 주변 곳곳엔, 러시아 국가 영웅들의 무덤과 기념물이 조성되어 있었다.

마네쥐 광장에는 2차대전 영웅인 주코프 장군의 동상이 있었다. 광장 끝자락에 서 있는 바실리 성당 역시 러시아 민족주의와 무관하지 않은 것이며, 그 성당 앞에 있는 미닌과 포자르스키 동상도 마찬가지다.

아무리 소비에트 연방이 무너졌다고 해도, 아무리 냉전체제가 무너지고 동구권 국가들이 자유체제로 변화했다고 해도, 러시아는 미국과 더불어 여전히 세계의 양대 축(Axis)일 수밖에 없다고 이 광장은 주장하고 있는 것처럼 보였다. 이 광장뿐만 아니라 국립역사박물관이나 대조국전쟁기념관에서도, 이들은 자기 나라가 '나폴레옹(프랑스)도 물리치고 히틀러(독일)도 물리친 매우 자랑스러운 역사를 가진 나라'라고 대대적으로 홍보, 전시하고 있었다.

붉은 광장은 여타 유럽 국가들의 구시가지 광장들처럼 앉아서 수다떨기에 좋은 광장은 아니었다. 평소 때는 시민들이 자유로이 오가는 곳이지만, 이 광장은 러시아의 국가주의적 이벤트를 치르는 장소라는 또 다른 용도가 있다. 그래서 무시무시한 무기들을 선보이는 열병식이 여전히 이곳에서 행해진다.

러시아 권력층이 선호하는 국가상은, 민주적이고 인간적이고 살기 좋은 나라보다는 세계를 쥐락펴락 할 수 있는 '강력한 국가'라고 한다. 자존심 강하기로는 둘째가라면 서러워할 러시아 국민들도 권력층의 그런 의도에 잘 호응하는 것처럼 보인다. 그래서 러시아에선 고르바초프 같은 느슨한 인물보다, (부패하든 말든) 푸틴 같은 짜르 스타일의 강력한 지도자가 훨씬 더 인기가 있다고 한다. 이런 현상의 근저에는 서방 세계에 대한 러시아의 정서적 반감이 자리잡고 있다. 그런 반감이 서방에 대한 피해의식때문인지 아니면 러시아 특유의 민족주의 성향때문인지는 모르겠으나, 러시아가 짜르 체제를 쉽사리 극복하지 못하게 만드는 요인인 것만은 분명한 것 같다.

09

천안문 광장, 차이나 스테이지(Stage)

중국의 랜드마크를 만리장성이라고 한다면 베이징의 랜드마크는 자금성이다. 자금성을 생각하면 천안문 광장은 자동으로 떠오른다. 5.4운동이 이곳에서 일어났고(1919년), 마오가 중화인민공화국 수립을 선포한 곳도 이곳이며(1949년), 천안문 사건이 일어난 곳도 바로 이곳이다(1989년). 그만큼 이 광장은 중국 현대사의 현장이라 할만하고, 여전히 뉴스 배경화면에 단골로 등장하는 무대이기도 하다.

이 장 서두에서 언급했듯이 동양에는 광장문화가 없었다. 천안문 광장도 그저 왕궁 문 앞에 조성된 작은 정원과 공터에 불과했을 뿐, 이곳이 서양의 광장들처럼 만남의 장소라거나 시민의 휴식처 역할을 했던 것은 아니었다. 천안문 광장이 지금의 형태를 갖춘 것은 20세기 중반 수 차에 걸쳐 확장한 결과다. 이 광장에서 중국 현대사의 몇몇 장면이 연출되긴 했어도, 이 광장에 가보고 싶었던 것은 '과거의 역사성' 때문이 아니라, 지금도

천안문에 걸린 마오 초상화 초상화 양 옆의 대형 현판을 보라. "중화인민공화국 만세. 세계인민대단결 만세." 중국 사회의 현주소를 이만큼 정확하게 보여주는 곳은 없다.

수행하고 있는 '중국 통치체제 속에서의 역할' 때문이었다.

중국 사회는 독특하다. 정치는 공산당이 독점한다(사람들은 중국이 여전히 공산당 치하의 권력중심 사회라는 사실을 너무 쉽게 잊는다). 경제는 자본주의를 도입했으나 중앙정부의 손아귀에서 벗어나지 못한다. 외교는 주변국에 대해서는 종속화를 도모하고, 먼 곳인 중동, 아프리카, 남태평양 국가들에 대해서는 시장 확보, 자원 확보 측면에서 영향력을 키워간다. 언론은 철저히 국가 통제 하에 둔다. 여론은 필요할 때마다 적절하게 기획하여 만들어 간다. 천안문 광장은 이 마지막 부분, 여론 만들기에 일정한 역할을 하는 곳이다.

천안문 광장 탐방의 동선은 정양문에서 시작하여 모주석 기념당과 인민영웅기념비를 거쳐 천안문 성루에 올라가는 것으로 잡았다. 정양문 인근에서 광장으로 들어갈 때 한 차례 검문 절차가 있었다. (특별한 행사가 진행되고 있지 않은) 광장에 들어가면서 검문을 받은 곳은 이곳이 처음이었다.

광장으로 들어와서 사방을 한 바퀴 둘러보고 받은 느낌은 단순했다. 크다는 것, 오직 크다는 것 이 한가지 뿐이었다. 남북 880m, 동서 500m라고 하니 의문의 여지 없이 세상에서 가장 큰 광장일 것이다. 이 광장은 아름다움과는 거리가 멀었고 자유로움과는 더더욱 거리가 멀었다. 광장 초입의 모주석 기념당은 들어갈 기분이 나지 않아 생략했고, 인민영웅기념비를 본 다음에 바로 천안문 성루로 향했다. 성루로 올라가기 위해선 별도의 입장료를 내야 했고, 크든 작든 일체의 가방을(여성들 핸드백조차) 보관소에 맡겨야 했다.

성루에서 천안문 광장을 내려다본 사람이라면, 이곳을 광장이라고 표현할 사람은 드물 것이다. 이곳의 기본 구도가 광장이라기보다는 무대에 더 가깝기 때문이다. 중국인들이 들으면 기분 나쁘겠지만, 이 광장은 잘 짜여진 거대한 세트처럼 보였다. 쇼를 하기 위해서는 공연장 세트가 그럴듯하게 꾸며져야 하고, 소품 배치에도 신경을 써야 한다. 성루에서 광장을 내려다보면 정면에 국기 게양대가 보이고, 그 너머에 인민영웅기념비가, 기념비 너머엔 중화인민공화국 수립을 선언했던 마오의 무덤인 모주석 기념당이 보인다. 광장 우측엔 우리나라의 국회에 해당하는 인민대회당이 있고, 좌측엔 중국국가박물관이 있다. 이 모든 소품들은 그냥 만들어진 것이 아니다. 천안문 광장이라는 세트에 각기 일정한 역할을 하도록 의도적으로 배치시킨 것들이다.

권력자는 자기 권력을 정당화하기 위해 끊임없이 상징조작을 한다. 시카고대학 교수였던 메리엄(Charles E. Merriam)의 상징조작 이론 가운데 미란다(Miranda)라는 개념이 있다. 미란다를 행하는 방식에는 여러가지가 있다. 그 가운데서도 대규모 열병식을 통해 공동체의 힘을 과시하거나, 여론을

천안문 누각에서 바라본 광장 이 광장은 도시의 광장이 아니라 중국의 쇼 윈도우 역할을 하는 국가의 광장이다. 정면의 국기 게양대 뒤로 보이는 기념비는 인민영웅기념비이고, 기념비 너머의 건물은 모주석 기념당이다.

천안문 누각에서 볼 때 광장 우측에 자리잡은 인민대회당

한쪽으로 몰아가기 위한 관제시위를 벌이는 것이 가장 전형적인 방식이다. 여전히 권력이 지배하는 사회인 중국에서, 천안문 광장은 미란다를 시행하기에 적합한 공간이고 실제로도 그런 용도로 사용되고 있다.

많은 인력을 동원하고 복잡한 절차를 거쳐야 했던 물리적 상징조작의 횟수는 이제 점점 줄어들고 있다. IT 기술의 발달 덕분에 훨씬 더 쉽고도 효율적으로 통제, 검열, 감시가 가능해졌고, 상징조작 또한 훨씬 더 교묘해졌기 때문이다. 그래도 중국 통치체제 속에서 천안문 광장의 비중이 쉽게 줄어들 것 같지는 않다. 여행자 처지에, 남이야 광장에서 무슨 짓을 하든 그게 무슨 상관이냐고 반문할 수는 있다. 그러나 좋든 싫든 이 나라의 정치 수준에 영향 받지 않을 수 없는 것이 반도의 운명이다. 그래서 그저 무심히 지나가기만은 어려운 곳이 이 광장이다.

제 3 장

사원과 쉼터

01

사원, 고단한 영혼의 에너지 충전소

　신앙인이든 아니든, 여행하면서 사원에 가보지 않는 여행자는 없을 것이다. 유럽에서 성당을 제외하고, 중동에서 모스크를 제외하고, 아시아에서 사찰을 제외한다면 앙꼬없는 찐빵 같은 밋밋한 여행이 될 수밖에 없다. 아무리 탈종교화 시대고 종교가 예전만한 영향력이 없다고 하더라도, 사원이 그 나라의 정신문화가 집약된 탐방지라는 걸 부정할 수는 없는 법.

　어느 종교의 사원이 되었든 나는 가리지 않고 탐방했다. 가릴 이유가 없었다. 그렇다고 모든 사원이 다 비슷한 설레임을 주었던 건 아니다. 기독교, 불교, 이슬람교의 사원들은 아무래도 관심이 더 갔다. 세 종교 모두 기본적으로는 만인이 평등하다는 믿음을 바탕으로 하고 있고, 국적과 인종, 신분을 따지지 않는 보편성을 전제로 하는 종교들(universal religion)이기 때문이다.

　반면 보편성이 부족한 민족종교(ethnic religion)들인 유대교, 힌두교, 도교,

라오스 탓루앙(Pha That Luang) **사원의 중앙 탑** 부처님의 유물과 가슴뼈를 안치하고 세웠다는 이 탑은, 라오스의 상징이며 라오스 국장(國章)과 지폐에도 들어가 있다. 어느 나라든 그 나라의 문화에서 종교가 차지하는 비중은 컸다.

신토의 사원은 위의 세 종교 사원들에 갈 때만큼 설레이지 않았다. 이들 종교들은 토착성이 워낙 강해 제3자에게 어필되기 어렵고 내게도 마찬가지였다. 다만 문화적 다양성의 관점에서, 이들 종교의 사원에 대해서도 건축 양식이나 분위기는 궁금했으므로 눈에 띄는 대로 가보았다.

세상살이에 종교가 꼭 필요한 건 아니다. 하라리의 표현을 빌면, 종교란 '의미의 그물망'에 지나지 않는 것인지도 모른다(유발 하라리, 『호모데우스』, 김명주 옮김, 김영사, 2017, 207~212쪽). 종교에 의지하지 않고도 사람들은 얼마든지 건강한 윤리의식을 유지할 수 있고 의미있는 삶을 살아갈 수 있다. 그러나 어떤 이들은 종교를 필요로 한다. 필요로 하는 정도가 아니라 종교에 절대적인 의미를 부여하며 살아가기도 한다. 어느 경우든 서로의 태도에 대해 비난하거나 폄하할 필요는 없다.

누군가는 그리스도의 품 안에서, 누군가는 붓다의 가르침을 통해, 누군가는 알라의 말씀 속에서 삶의 고단함을 이기고, 자신의 욕망을 이기고, 마음의 평화를 얻는다. 민족종교를 믿는 사람들도 자기들의 사원에서 지친 영혼을 위로받고, 뭔가를 소망하며, 새로운 에너지를 충전한다. 종교마다 제3자에게 어필하는 힘은 다르지만, 사원에서 마주친 사람들의 진지함에서는 차이를 발견할 수 없었다.

우리 사회에는 종교 담론에 대한 너그러움이 없다. 자기와 다른 신앙을 가진 사람을 존중하는 모습은 보기 드물고, 심한 경우 적대시하기까지 한다. 어떤 때는 고대나 중세의 이단 논쟁을 연상시키는 장면까지 보이기도 한다. 그래서, 하려면 끝도 없고 자칫 잘못 얘기하면 돌팔매 맞기 십상인 종교 얘기는 하고 싶지 않다. 그저 각 종교별로 유독 가보고 싶어했던 사원 몇 군데를 방문한 소감만 적어본다.

가족, 인연의 유효기한

사원에 갈 때마다 수시로 오버랩 되었던 단어는 가족이다. 결혼한 사람이 갖는 고민의 대부분은 십중팔구 가족에 관한 것일 거다. 가족이란 삶의 에너지원이기도 하고 십자가이기도 하다. 에너지원으로 작용하는 기간은 짧고 십자가로 작용하는 기간은 길다. 가족문화는 나라마다 가정마다 편차가 커서 두부 모 자르듯 구분짓기 어렵다. 그러나 그동안의 여행 경험을 뭉뚱그려 구분하면 크게 두 가지 패턴으로 나눠볼 수 있을 것 같다. '함께하기형'과 '홀로서기형'.

나이 들면 결혼하고, 결혼하면 자식 낳고, 자식 낳으면 관습따라 기르고, 자식과의 인연을 평생 끈끈하게 가져가려고 애쓰는 가족문화, 이것이 전형적인 '함께하기형'이다. 낳은 자식 기르느라 허리 휘고, 기른 자식 잘사는 모습 보기를 오매불망 기다리고, 가족 간의 유대 옅어질까 노심초사 애 태우는 이런 가족문화에서는 자식이 결혼해도 독립한 게 아니며, 내 인생이 가족 인생이고 가족 인생이 내 인생이다. 가족 간의 관계가 너무 끈끈하고, 그 끈끈한 관계에 유효기한이 없다. 경제적 독립, 심리적 독립이 요원한 이런 상호의존적 가족문화에서는, 자식을 위해 자신의 삶을 희생하고, 그래서 자식에 대한 보상심리가 작동하고, 그 결과 기대하고 서운해하며, 지지고 볶고 사는 감정적 삶이 끝없이 반복된다. 관계과잉, 애정과잉, 감정과잉 풍습은 대를 이어 전수된다. 이런 나라 사원에서 기도하는 사람들의 표정은 언제나 간절해 보여 가슴이 짠했다.

홀로서기형은 다르다. 나이 들었다고 반드시 결혼해야 한다는 고정관념이 없다. 결혼 하더라도 자식을 낳고 안 낳고는 선택이지 필수가 아니다. 자식을 낳더라도 때가 되면 독립할 수 있도록 홀로서기를 가르치고, 때가 되면 실제로 독립시킨다. 자식이 독립한 후에는 부모도 자식도 서로 의존하지 않는다. 이때부터 부모와 자식은 '특별한' 남남으로 자리매김한다. 잘 살든 못 살든 넘어지든 일어서든, 모든 걸 자기 스스로 해결해야 한다. 내 인생은 내 인생이고 자식 인생은 자식 인생이다. 인연의 유효기한을 두고, 자기 스스로 정(情)을 절제한다. 각자 자기 인생을 즐기고 자기 인생을 책임진다.

이런 상호독립적 가족문화에서는 서로에게 기대하지 않으므로 서로에게 실망하는 경우도 드물다. 노후도 스스로 책임져야 하므로 평소 검소하게 생활한다(잘사는 나라 사람들의 특징은 검소함이 몸에 배어 있다는 점이다. 그들이 동전 한닢 허투루 다루지 않는 모습을 여러 번 봤다). 이들은 삶의 과정에서 경제적인 부분을 절대로 소홀히 하지 않는다. 가족이라는 이름으로도, 사랑이라는 이름으로도 서로가 서로에게 짐이 되지 않는 문화를 가진 나라. 이런 나라 사원에서 간절한 장면을 본 기억은 없다.

'상호의존'적 가족문화에서는 가족이라는 믿는 구석이 있다. 홀로서기형에 비해 냉엄함이 덜 작동한다. '상호독립'적 가족문화에서는 일정 시기만 지나면 믿는 구석이 사라진다. 부모는 더 이상 자식을 경제적으로 돌보지 않으며, 자식은 스스로 홀로서기 해야만 한다. 홀로서기 과정에서 자식은 세상의 냉혹함과 삶의 엄정함을 배운다. 그 배움이 자기 인생의 밑천이 된다. 그런 밑천을 가진 사람은 잘 무너지지 않고, 무너지더라도 다시 일어설 수 있는 힘을 가지고 있다. 인연에 유효기한을 두는 홀로서기형이 더 와닿는 이유다.

02

쉐다곤 파고다, 남방불교 랜드마크

기독교가 카톨릭, 정교회, 개신교로 분화되어 갔듯이, 불교도 남방불교, 북방불교, 티베트불교(밀교)로 분화되어 갔다. 우리나라는 북방불교에 해당하므로 남방불교나 티베트불교의 분위기에 대해서는 생소할 수밖에 없었고, 늘 궁금증이 있었다. 남방불교의 전통을 가진 나라들은 스리랑카, 미얀마, 태국, 라오스, 캄보디아다. 이 가운데 스리랑카를 제외한 나라들의 사찰은 몇 군데씩 가보았다. 그러나 쉐다곤을 보지 않고서는 남방불교에 대한 미진한 마음을 지울 수가 없었다. 그래서 양곤에 도착한 다음 날 아침 바로 쉐다곤(Shwedagon Pagoda)으로 향했다.

쉐다곤에 들어섰을 때 가장 먼저 눈에 띈 건 역시 이 사원의 상징이자 가장 중요한 성소(聖所)인 중앙탑이었다. 탑이 워낙 거대해서 고개를 크게 꺾어 쳐다봐야만 겨우 꼭대기를 볼 수 있었다. 전설에 따르면 이 사원은

136 여행, 또 다른 세상

미얀마 불교의 상징인 쉐다곤 중앙탑 높이가 무려 326피트(99.36m)에 이른다.

부처님 생전에 지어졌다고 할 정도로 오래되었다고 한다. 그러나 현재 이곳에 있는 탑과 건물들은 그리 오래된 것이 아니다. 지진과 화재로 여러 차례 사원이 파괴되었고, 그때마다 증축과 개축을 거듭했기 때문이다. 팜플렛에 기재된 내용에 의하면, 중앙탑은 1774년 신뷰신(Sinbyushin) 왕에 의해 지금의 형태로 개축된 것이라고 한다.

쉐다곤(Shwedagon)이라는 명칭에서 쉐(Shwe)는 미얀마어로 황금을 뜻하고, 다곤(Dagon)은 언덕을 뜻한다고 하니 쉐다곤은 곧 황금 언덕이고, 쉐다곤 파고다(Shwedagon Pagoda)는 황금 언덕의 탑이라는 의미가 된다. 그래서 그런지 중앙탑은 물론 그 주변의 탑들도 모두 황금색이었다.

쉐다곤은 중앙탑을 중심으로 동서남북 네 방면에 각각 예불전이 하나씩 있고, 그 네 개의 예불전 사이에 64개의 작은 탑들이 원형에 가깝게 둘러싸고 있는 구조다.

사원의 전체적인 구도는 직사각형이었으나 핵심 공간인 중앙탑 주변은 정사각형 형태였다. 중앙탑을 중심으로 동서남북 네 방면에 각각 예불전이 하나씩 있고, 4개의 예불전 사이에는 총 64개에 달한다는 작은 탑들이 마치 중앙탑을 호위하듯이 세워져 있었다. 각 예불전에는 현겁 세상에 왔다는 4명의 부처가 모셔져 있었는데, 동쪽 예불전에 모셔진 분은 첫 번째 부처인 구류손불, 남쪽에 모셔진 분은 두 번째 부처인 구나함모니불, 서쪽에 모셔진 분이 세 번째 부처인 가섭불, 그리고 북쪽에 모셔진 분이 네 번째 부처인 석가모니불이라고 한다.

흥미로운 것은, 중앙탑을 중심으로 8개 방향에 요일별 코너가 있고(수요일은 오전과 오후 코너가 따로 있어서 8개가 됨), 각 코너에는 그 요일에 해당하는 동물상과 불상이 있다는 점이다. 미얀마 사람들은 자기가 태어난 요일이 자기의 운명을 결정한다고 믿어서, 그 요일에 해당하는 코너에 있는 부처에게 복을 기원하는 풍습이 있다고 한다. 기독교 문화에서 시작된 요일이, 불교 사원에 적용된 모습이 특이했다.

중앙탑, 4개의 예불전, 64개의 작은 탑, 이것이 쉐다곤의 핵심이고, 나머지 건물들은 모두 부속건물이다. 안내 팜플렛을 보며 부속건물들도 모두 가보았다. 그러나 어느 곳도 중앙탑과 그 주변만큼 강렬한 인상을 주는 곳은 없었다. 중앙탑을 제외한 여타 건물들의 건축미는 낮았고, 불상과 벽화의 미적 감각도 그다지 인상적이지 않았다. 또한 사원 내에 건물과 탑, 불상이 필요 이상으로 많았다. 그 숫자가 적었더라면 오히려 더 멋진 사원이 되었을 것이다. 그래도 남방불교 랜드마크답게 중앙탑을 중심으로 동서남북 대칭적인 형태로 만들어진 건축 구조는 아주 매력적이었다.

시간이 지날수록 사원엔 여행자와 현지인들이 넘쳐났다. 날씨는 청명했고 대리석 바닥은 선선해 맨발로 걷기에 딱 좋았다(맨발로만 출입이 가능했다). 이색적인 건축물을 접한 여행자들은 들떠 보이는 표정이었고, 기도하는 현지인들의 표정은 진지해 보였다.

불교는 깨달음을 추구하는 종교다. 절대자에게 간청하는 종교가 아니다(불교에는 절대자가 없다). 그런데도 사람들은 불상 앞에 제물을 놓고 간청한다. 돈 벌게 해달라, 아들 낳게 해달라, 병 낫게 해달라, 합격하게 해달라, 취직하게 해달라… 젊은 시절, 나는 이런 모습들이 불교의 가르침에 어울리지 않는 태도라고 생각했다. '제행이 무상하고 제법이 무아인데, 찰나 같

쉐다곤 경내에서 가장 아름다운 예불전인 북쪽 예불전 화려하게 금박을 입힌 불상과 기둥, 기도하는 사람들의 진지한 자세가 인상적이었다.

은 인생에서 그런 것에 매달리면 무얼 하나, 불자라면 깨달음을 추구해야지'라고 생각했던 거다.

그러나 인생은 찰나가 아니다. 삶이 힘겨울수록 더욱 그렇다. 또한 부질없다고 생각되는 세속적인 욕망도 현실에선 중요하다. 세속적인 욕망을 추구하는 과정에서 얻는 깨달음이, 세속을 멀리한 공간에서 얻는 깨달음보다 떨어진다고 할 수 있는 것도 아니다. 세속에서도 얼마든지 깨달을 수 있으며, 세속적인 것도 얼마든지 성스러울 수 있는 것이다. 성속(聖俗)은 함부로 구분지을 수 있는 것이 아니며, 그 둘의 가치에 우열을 매기는 것이야말로 부질없는 짓인지도 모른다.

마하시 명상센터 승려들이 탁발한 음식이 담긴 발우를 들고 식당으로 향하고 있고, 불자들은 그들을 향해 합장하고 있다.

쉐다곤을 보고 나서, 남방불교 수행법인 위파사나(vipassana)의 전통을 가장 잘 만나볼 수 있다는 마하시 명상센터를 찾았다. 이곳은 한 번에 3천 명의 수행자들이 머무를 수 있다고 하는 거대한 명상센터로, 예상했던대로 승려도 많고 수행자도 많았다. 우리나라 승려들도 보였다. 위파사나가 뭐길래 이렇게 많은 사람들이 이 센터로 몰려든단 말인가.

저녁에 숙소로 돌아와 이곳에서 받은 위파사나 자료를 읽어봤다. 여행 끝난 후 위파사나에 관한 책도 몇 권 읽어보았다. 그러나 지나칠 정도로 육체와 마음의 움직임에 초점을 맞추는 위파사나는 여전히 낯설었고 잘 와닿지 않았다. 대승불교와 선불교의 전통에 익숙해서일 것이다. 같은 종교일지라도 지역마다 문화적 편차가 크다는 것을 실감했다.

✈ 03

조캉 사원, 떠나기 전에 그리움부터 밀려오는 땅

남방불교의 사원들 못지않게 밀교(密敎) 전통을 가진 사원들에 대한 궁금증도 컸다. 밀교는 티베트을 중심으로 부탄, 몽골로 퍼져나간 불교를 가리키는 것으로 흔히 티베트불교라고 한다. 티베트불교에는 독특한 특징이 몇 가지 있다. 대표적인 것이 활불(活佛)제도다. 달라이 라마와 판첸 라마가 그 예다. 몽골의 젭춘담바도 마찬가지다.

티베트불교의 또 다른 특징은 밀교라고 불리는 데서 알 수 있듯이 신비주의적이라는 거다. 밀교의 밀(密) 자는 '은밀할 밀' 자다. 무엇이 은밀한가. 깨달음을 얻는 방식과 그것을 전달하는 방식이 은밀하다. 은밀하다 보니 대중이 이해하기 어렵고, 대중이 이해하기 어렵다보니 라마(=고승)의 역할과 권한이 커질 수밖에 없다. 티베트불교가 라마교라고도 불렸던 이유다.

티베트불교가 은밀한 이유는 힌두교의 신비주의 요소와 티베트 토착종교인 뵌교의 미신적 요소가 뒤섞여 있기 때문이다. 티베트 신관인 네충

(Nechung) 제도나, 부탄에 남아있는 탄트라(Tantra) 불교의 잔재는 티베트불교에 신비주의와 미신이 뒤섞여 있다는 사실을 보여주는 단적인 예다.

불교는 원래 신비로운 것이 아니고 비밀스러운 것도 아니며, 미신과 연결되는 것은 더더욱 아니다. 불교가 추구하는 세계는 명쾌하고, 신비보다는 과학에 더 가깝다. 그렇기 때문에 신비주의적 사유체계를 가진 밀교의 세계에 대해 나는 관심 없었다. 다만 그들의 문화, 사원의 건축 양식, 사원의 분위기가 궁금했을 뿐이다.

가장 먼저 가본 곳이 드레풍 사원(Drepung Monastery)이다. 라싸 시내에서 서쪽으로 10km 정도 떨어진 산자락에 위치한 이 사원은 세계 최대 규모의 사원으로, 전성기 때는 1만여 명의 승려들이 수행했다고 한다. 주차장에 내려 사원 위로 올라가자 '옴마니반메훔'이 새겨진 바위와 마니차(摩尼車)

드레풍 사원 경내 옴마니반메훔이 새겨진 바위 이 육자진언을 계속 외우면 관세음보살의 자비에 의해 모든 번뇌와 죄악이 소멸되고, 온갖 지혜와 공덕을 갖추게 된다고 티베트인들은 믿는다.

가 늘어선 벽이 눈에 띄었다. 이어 하얀색 벽, 나무로 된 창틀, 자줏빛 처마, 금빛 지붕 장식물 같은 티베트사원 특유의 건축 양식이 차례로 눈에 들어왔다. 그런 건축 양식은 주변 환경과 잘 어울렸고 시각적으로도 보기 좋았다.

경내를 돌아다니며 여러 건물에 들어가 보았는데, 외부에서 볼 때와는 달리 건물 내부는 어둠침침했고, 기둥이 많았으며, 기둥 따라 길게 늘어뜨려진 천 조각들은 무속신앙의 신당을 연상시켰다. 건물 내부가 외부만 못한 거다. 그래도 이 사원은 내가 처음 본 티베트사원이었으므로 많은 것들이 인상적으로 와닿았다. 불상에 옷을 입힌 모습, 달라이 라마의 숙소로 쓰인 공간의 소박함, 산자락 바위에 그려진 탕카(唐卡, Thangka) 등 기존의 불교사원에서 보았던 것과는 완전히 다른 풍경들이 이색적으로 느껴졌다.

드레풍 사원을 방문한 다음 날 티베트불교 성지인 조캉 사원(Jokhang Temple)으로 갔다. 이 사원은 라싸에 오는 사람이라면 누구나 들르는 사원으로, 티베트를 통일한 송첸캄포가 7세기 중엽에 건립했다는 고찰이다. 이 사원은 티베트 각지에서 오체투지하며 걸어온 순례자들의 최종 목적지로 유명하다. 이 사원이 순례의 종착지가 된 이유는, 이 사원 안에 특별한 불상이 모셔져 있기 때문이다. 이 불상은 당나라 문성공주가 티베트에 시집올 때 장안에서 가져온 것으로, 12세의 석가모니와 똑같은 크기로 만든 불상이라고 한다. 티베트인 가이드 L에 따르면, 티베트인들은 이 불상을 보는 것을 석가모니를 만나는 것과 동일시할 정도로 이 불상을 성스럽게 여긴다고 한다. 그래서 이 불상을 보기 위해 수백 리, 수천 리 밖에서 비바람 눈보라 아랑곳 않고 오체투지 순례길을 나서는 것이며, 순례를 마친 후에

조캉 사원 앞 광장 멀리 황금색 지붕이 보이는 곳이 조캉 사원의 법당이 있는 곳이다.

는 반드시 이 불상을 보고 간다는 것이다.

　사원 옆문을 통해 경내로 들어서니 사람들이 두 개의 줄로 나눠 서 있었다. 하나는 여행자 전용, 다른 하나는 현지인 전용. 여행자 줄은 조금씩 움직이고 있었지만 현지인 줄은 거의 움직이지 않았다. 그러나 기다리는 대열에서 이탈하는 현지인은 없었다. L의 설명에 의하면, 현지인들은 2시간 이상 기다리는 경우도 허다한데, 그래도 모두 이 불상을 보고 간다고 한다.

　특이하게도 티베트사원엔 석가모니 부처님 상(像)이 드물었다. 반면, 티베트에 불교를 전한 파드마삼바바나 게룩파의 시조인 총카파, 역대 달라이 라마의 상은 흔했다. 석가모니 불상이 있는 경우에도 관세음보살이나 미륵불보다 크기가 작았고, 사람들도 별로 찾지 않았다. 단 한 곳 예외가 있었는데 그곳이 바로 이곳 조캉 사원이었다. 이 사원에서만큼은 석가모니 불상이 최고의 지위를 누리고 있었고, 가장 화려했고, 사람들도 가장 많이 붐볐다.

조캉 사원의 전체적인 분위기는 드레풍 사원과 별 차이가 없었다. 어둠 침침한 조명 아래 야크 기름 타는 냄새를 맡으며, 관음보살, 아미타불, 약사여래, 파드마삼바바, 총카파, 석가모니상, 미륵불상을 보면서 천천히 한 바퀴 돌았다. 이동 공간이 좁은 데다 방문자가 너무 많아 차분히 탐방할 수 있는 환경은 아니었다. 특히 이 사원의 하이라이트인 석가모니 불상 앞엔 워낙 많은 사람들이 있었는데, 하염없이 줄 서서 기다리는 티베트인들에게 미안해서 차마 오래 볼 수 없었다. 여행자의 시선으로 내가 무심히

조캉 사원 내부 아래층이 1층이고, 1층이 이 사원의 핵심 공간이다. 좁은 공간에 사람들이 너무 많아 편안하게 탐방하기 어려웠다. 건물 내부에서는 촬영이 금지되었다.

바라본 저 석가모니 불상이, 누군가에게는 평생에 단 한 번만이라도 보고 싶었던 간절함의 대상이었을 테니까.

사원의 1층을 보고 나서 위로 올라갔다. 2층엔 송첸캄포 부부의 소상(塑像)이 있는 건물과 요사채처럼 보이는 부속건물이 있었고, 1층 같은 무게감은 없었다. 황금빛 법륜상과 녹원전법상, 금동당번이 있는 3층은 조캉 사원 주변과 포탈라궁을 조망하기에 안성맞춤인 곳이라 잠시 머물렀다.

조캉 사원을 보고 나서 바코르(Bakor)로 향했다. 라싸에서 가장 오래된 거리라는 이 길은 조캉 사원을 찾은 불자라면 누구나 도는 순례길이다. 조캉 사원에 모셔진 부처님을 중심으로 시계방향으로 돌며 순례를 하는데, 이를 코라(Kora)라고 한다. 우리 부부도 현지인들과 함께 돌았다. 마니차를 돌리며 걷는 사람, 염주를 세며 걷는 사람, 경전을 외며 걷는 사람, '옴마니반메훔' 진언을 외는 사람, 할머니, 할아버지, 어린아이, 장애인… 검게 탄 얼굴, 헤쳐진 머리카락, 남루한 옷차림… 순례 행렬은 늘어났다 줄어들기를 반복하면서 쉼없이 이어졌다.

이들의 신앙은 왜 이토록 간절하고 절실한가. 무엇이 이들로 하여금 오체투지 순례길에 나서게 만들고, 무엇이 이들로 하여금 성지를 돌게 만드는 것일까. 현실이 너무 힘들어서인가. 아니면 더 나은 내세를 소망해서인가. 그도 아니면 윤회의 사슬에서 영원히 벗어나고 싶어서인가.

눈이 시리도록 맑은 햇살, 한없이 아름다운 고원 풍경, 가난하지만 친절한 티베트인들, 그러나 곳곳에 도사리고 있는 중국 공안의 감시, 수시로 행해지던 검문, 모든 것이 잊을 수 없는 장면이었다. 흐르는 시간이 아쉬웠고

바코르를 걸으며 순례길을 도는 사람들 삶이 윤회인 듯 이들은 성지를 중심으로 돌고 또 돈다. 사원을 돌고, 도시를 돌고, 산을 돈다.

더 오래 머물지 못하는 것이 아쉬웠다. 티베트불교의 세계에 매력을 느꼈던 것도 아니고, 티베트사원의 분위기에 매력을 느꼈던 것도 아닌데, 무엇이 내 발길을 떨어지지 못하게 하고 무엇이 내 가슴을 저미게 하는지 정체를 알 수 없었다.

신앙대상의 비주얼화(visualization)

종교현상을 이해하는 중요한 키워드 가운데 하나가 '문맹'이라는 사실을, 여행하기 전에는 미처 생각하지 못했다. 마니차는 티베트불교 소품 가운데 하나다. 형태는 원통형이고 그 안에 불교 경전이 들어있다. 크기는 손에 쥘 수 있는 크기부터 몇 미터에 달하는 것까지 다양하다. 티베트 사람들은 마니차를 한 번 돌릴 때마다 경전을 한 번 읽는 것과 같다고 여긴다.

논리적으로 보면 말도 안 되는 얘기다. 그러나 그 아득한 옛날에 글을 깨우친 이가 몇이나 되었겠는가. 극히 소수의 사람들을 제외하곤 글을 몰랐을 것이 분명한데, 글 모르는 사람에게 경전은 무용지물이다. 그러나 신심을 가진 사람에게 그 신심을 발휘하는 방법을 단순화시키면 모든 것이 해결된다.

마니차도 그런 것의 산물이었을 것이다. '옴마니반메훔'이라는 진언을 외는 것도 같은 이치이다. 복잡한 교리나 어려운 경전 구절보다는 단순하게 진언을 외는 방식이 민중들에게 파급 효과가 훨씬 더 크다. '나무아미타불 관세음보살'이라는 주문도 마찬가지다. 진언종, 정토종이 성행할 수 있었던 배경이다.

또한 말로 어떤 인물을 백 번 설명하는 것보다는 어떤 상(像)을 만들면 포교에 아주 효과적이다. 아무리 언어로 예수님의 가르침, 부처님의 가르침을 잘 설명한들, 상대방의 가슴속에 전달하기란 쉽지 않다. 그러나 눈 앞에 보이는 이미지가 있다면, 그것은 신심의 현실감을 높이고 믿음을 구체화해 나가는 데 효과적으로 작용한다. 십자가 상(像)이나 예수님 상이, 글을 모르는 신자들에겐 그 어떤 것보다 효과적인 포교 수단이었을 것이며, 불상이나 불탑 역시 그러했을 것이다. 정교회의 이콘(icon)도 마찬가지며, 박물관, 미술관에서 볼 수 있는 (성경의 내용을 소재로 그린) 수많은 종교화들도 같은 맥락으로 이해할 수 있다.

주문을 외는 방식을 논리(교리)의 단순화라고 한다면, 이미지(image, 像)를 만드는 것은 신앙 대상의 비주얼화라고 할 수 있다. 사람들은 복잡한 논리를 싫어하고 단순한 것을 좋아한다. 또한 추상적인 신앙 대상보다는, 구체적이고 직접적인 형상을 보며 신앙생활 하기를 더 선호한다.

이슬람을 제외하면 대부분의 종교에서 이미지의 역할은 중요하다. 서양종교에서든 동양종교에서든 마찬가지다. 차이를 따지자면, 서양종교(기독교)보다는 상대적으로 동양종교(불교, 힌두교, 도교)에서 이미지가 더 중요시 되고 있다고 할 수 있다. 동양종교에서 중요시되는 이미지는 평면적인 이미지(그림)보다는 입체적인 이미지(像)다. 입상(立像)이든 좌상(坐像)이든 입체적인 상(像)이 하나 없는 사원을 생각하기란 쉽지 않은 점만 봐도 그 중요도를 짐작할 수 있다.

신화와 전설을 바탕으로 한 힌두사원이나 도교사원과 달리, 불교사원인 사찰의 상(像)에 대해서는 이해되지 않는 의문이 한 가지 있었다. 그것은 불상 주인공들의 실존성에 관한 것이다. 불교의 세계를 개창한 이는 고타마 싯타르타(석가모니)다. 그런데 사찰에는 석가모니 부처님 외에도 여러 인물상(像)들이 있다. 그 가운데는 부처(여래)도 있고 보살도 있다. 이들은 실존인물인가 가상인물인가. 이들은 어떤 연유로 법당 안에 자리잡게 되었는가. 이 의문을 명쾌하게 해결해줄 자료를 나는 아직 보지 못했다. 다만 여행지의 사원에서 (간절한 표정으로 기도하는 신자들의 모습을 보며) 느낀 힌트는 다음과 같다.

싯다르타가 걸었던 길은 깨달음의 길이다. 가장 이상적인 길이다. 그러나 그 길은 멀고 험한 길이다. 싯타르타 같은 분도 혹독한 과정을 거치고 나서야 도달한 길이다. 누구나 그 길을 따라갈 수는 있으나 그 길에서 성공한다는 보장은 없다. 반면 힘겨운 현실은 일상생활 가운데 늘 존재하고 있다. 따라서 (깨달음이라는 거창한 목표도 좋지만) 눈 앞의 현실적인 문제를 해결해줄 누군가가 있다면 그 분에게 의지하고 싶은 마음이 생기는 것은 자연스런 현상이다. 이런 배경이, 아픈 사람을 위한 약사여래, 중생들의 어려움을 해결해줄 관세음보살, 극락정토 왕생을 도와줄 아미타불, 지옥에서 고통받는 영혼을 구제해주는 지장보살…이 등장하게 된 계기가 되지 않았을까.

다시 말해, 싯타르타와 달리 나머지 부처나 보살은 실존인물이라기보다는 사람들의 필요에 의해 등장하게 된 분들(의인화된 분들)이라고 보는 것이 현실적이다. 경전이나 설화에서 그 분들의 실존성이 언급되고 있는 경우가 있으나, 그 내용이 설득력을 가진 것이라고 보긴 어렵기 때문이다. 그렇다고 해서 그 분들을 단순히 중생의 욕구에 의해 만들어진 가상의 인물이라고 바로 단정해버리는 것도 문제가 있다. 그 이유는 불교가 가진 기본전제 때문이다.

불교의 기본전제는 누구나 깨달음을 얻으면 부처가 될 수 있다는 것이다. 싯타르타가 깨달음을 얻었다면, 어떤 서원(아픈 사람을 구제하겠다는 서원, 지옥에 있는 영혼을 구제하겠다는 서원, 자비로써 뭇 중생들의 괴로움을 해결하겠다는 서원 등등)을 한 누군가가 깨달음을 얻지 말라는 법이 없다. 그 누군가가 곧 여래(부처)나 보살이 될 수 있는 것은 논리적으로 문제 될 여지가 없다. 즉, (실존성을 입증하기 어렵다고 할지라도) 약사여래도 지장보살도 관세음보살도 아미타불도 얼마든지 존재할 수 있는 것이며, 또 다른 서원을 한 여래나 보살도 얼마든지 존재할 수 있는 것이다. 동일한 이치로 싯타르타가 세상에 와서 깨달음을 얻어 성불했다면, 싯타르타 이전에도 누군가가 와서 깨달음을 얻어 부처가 되었을 수 있을 것이며, 싯타르타 이후에도 그런 이는 존재할 수 있을 것이다. 앞서 쉐다곤 파고다에서 얘기한 구류손불, 구나함모니불, 가섭불이 전자의 개념이고, 미륵불은 후자의 개념이다.

실존성을 입증하기 어려운 여래나 보살이 사찰에 있음에도 불구하고, 그런 모습이 부자연스럽지 않게 느껴지는 것은 불교가 갖는 이런 특성 때문이 아닐까.

료안지(龍安寺), Less is more

북방불교(대승불교) 전통을 가진 나라는 우리나라, 중국, 일본, 베트남이다. 우리나라 사찰은 이미 익숙하므로 제외하고 나면, 세 나라만 남는다. 그 가운데 중국과 베트남 불교는 공산화 과정을 거치면서 활기를 잃어버려 그 나라 사찰들에 대해서는 관심이 없었다. 그러나 일본 사찰에 대해서는 호기심이 컸다.

일본 불교도 메이지유신으로 큰 타격을 입었다. 그 전까지는 토착신앙인 신토(神道)와 불교가 서로 뒤섞이며 공존해 온 신불습합(神佛習合) 체제가 이어지고 있었다. 그런데 1868년에 신불분리령이 발표되면서 모든 게 달라졌다. 이는 단순히 신토와 불교를 분리하는 정책이 아니라, 메이지 정부의 강력한 불교 배척 정책이었다. 메이지 정부가 이런 정책을 내세운 이유는 쇼군 체제의 흔적을 최대한 없애고 싶었기 때문이다. 전통적으로 신토는 덴노 가문과 가까웠고 불교는 쇼군 가문과 가까웠으므로, 쇼군으로부터 권력을 접수한 덴노 가문 입장에서는 불교를 배척할 필요가 있었다. 어쨌든 그때부터 2차대전이 끝날 때까지, 일본불교는 기나긴 고난의 시간을 보내야 했다. 최근 일본불교가 교세를 조금씩 회복하고 있다고는 하나, 사회적으로 차지하는 비중은 여전히 신토에 못 미친다.

　일본불교에는 우리에게 낯선 문화도 있다. 승려가 결혼하고 자식 낳으며, 절을 상속시키기도 한다. 사찰의 주요 수입원은 장례를 치러주는 일과 납골당 운영인 경우가 많다. 이런 모습들은 모두 정통불교의 모습과는 거리가 있는 것들이다. 현실이 이렇다 보니 일본불교에 대해 매력을 느끼기는 어렵다.

료안지 방장 건물로 들어오는 입구와 석정으로 가는 통로 사이의 가림막 역할을 하는 액자 적절한 자리에 적절한 크기로 적절한 의미를 가진 멋진 작품이 있었다. 운관(雲關)의 뜻은 선종사찰로 들어가는 관문이라는 뜻.

그러나 일본 사찰에는 다른 나라에서 보기 힘든 매력이 있다. 독특한 건축미가 바로 그것이다. 특히 정원은 세계적으로 유명하다. 일본 사찰의 정원은 대부분 꽃, 나무, 연못, 모래, 자갈, 돌, 이끼 등을 이용해서 만든 인위적 정원이다. 인위적이라고 해서 수준 낮을 거라고 생각하면 오산이다. 일본 사찰 정원의 선미(禪美)는 다른 나라 사찰에서는 도저히 느끼기 어려울 정도로 격(格)이 있기 때문이다. 일본 사찰의 백미는 정원이라 해도 과언이 아니고, 그런 정원을 가진 사찰은 지천에 널려 있다. 일본 사찰을 탐방하는 즐거움이 여기에 있다.

정원이 빼어난 사찰 가운데 가장 가보고 싶었던 곳은 교토의 사이호지(西芳寺)와 료안지(龍安寺)였다. 사이호지는 이끼정원으로 유명하고, 료안지는 석정(石庭)으로 유명하다. 사이호지는 미리 우편으로 예약하고 답장을 받아야 입장할 수 있고, 료안지는 바로 가도 된다. 사이호지는 예약을 하지 않은 바람에 다음 기회로 미루고 료안지로 향했다.

료안지 산문(山門)은 다른 사찰 산문들과 달리 아담한 크기라 편안한 느낌을 주었다. 산문을 지나 좌측의 연못을 끼고 낮은 경사의 언덕길을 올라가자, 금방 석정이 있는 방장 건물에 닿았다. 건물 안에는 먼저 온 여행자들이 마루에 걸터앉아 석정을 감상하고 있었다. 나는 선 채로 한동안 석정을 바라 봤다. 그것은 오래도록 가슴속에 간직하고픈 특별한 순간이었다. 어떤 언어도 필요 없는 장면이었고 어떤 수사(修辭)도 어울리지 않을 장면이었다. 알함브라 궁전에서 '라이언 궁 안뜰'을 보았을 때의 감동처럼 마음속 깊이 느껴지는 것이 있었다.

료안지 석정은 크지 않다. 동서 25미터, 남북 10미터라고 하니 80평이 채

료안지 석정 모습 돌의 모양, 크기, 위치, 돌 사이의 거리, 하얀 모래, 모래의 결, 담장 색깔이 어우러져 말로 표현하기 힘든 그 무언가를 느끼게 했다. 석정을 둘러싼 담장은 유채 기름을 반죽한 흙으로 만들었기 때문에, 세월이 지남에 따라 기름 성분이 배어 나와 자연스레 저런 색상이 만들어졌다고 한다.

방장 건물 옆 이끼로 뒤덮인 정원 크지 않은 정원이지만 이 정원이 있음으로써 석정의 느낌이 더 자연스러워 보였다.

되지 않는 크기다. 이 작은 공간에 15개의 돌을 배치하고 나머지 공간에는 모래만 깔아 둔 극히 단순한 형태다. 그러나 그 단순함이 주는 절제의 미(美)는 매우 인상적이었다. 그 단순함은 담장의 형태와 높이, 색상과 어울려 더할 나위 없이 완벽한 느낌을 연출하고 있었다. 석정과 담장의 환상적인 하모니! Less is more(단순한 것이 더 낫다)!! 마루에 앉아 오랫동안 석정을 기억속에 담았다.

석정과 하모니를 이루는 것은 담장만이 아니었다. 방장 건물 우측에 이끼로 뒤덮인 작은 정원이 있었는데 이 역시 석정과 잘 어울렸다. 방장 건물 안의 옛 유물들과 미닫이 문의 그림들도 석정의 운치에 한몫 거들었다. 방장 건물을 둘러싼 툇마루를 한 바퀴 돌다 마주친 쓰쿠바이(蹲踞. 손씻는 물확)에

사진엔 잘 보이지 않지만 쓰쿠바이 둘레에 '五隹矢疋'이라는 글씨가 양각되어 있다. 이 글자들만으로는 아무런 의미가 없다. 각각의 글자에다 쓰쿠바이 중앙의 'ㅁ(ㅁ)' 자를 결합시키면 오유지족(吾唯知足)이 된다.

새겨진 문구도 마찬가지였다. 몇몇 기행문을 통해 이미 알려진 그 유명한 구절 오유지족(吾唯知足). 직역하면 '나는 단지 족함을 알 뿐이다.' 풀어보면 '이미 충분한데 뭘 더 바라겠는가….' 이런 구절을 만난 날은 왠지 마음이 느긋해진다.

성탄교회, 그날 이후 서양사는 달라졌다

사원 가운데 가장 많이 가본 곳은 교회(성당)이다. 여행한 나라 가운데 유럽과 중남미가 차지하는 비율이 높기 때문일 뿐 다른 이유는 없다. 수많은 교회를 가보았지만, 그 가운데서도 가장 가보고 싶었던 곳은 예수님이 태어나신 곳에 세워진 교회(성탄교회), 예수님이 돌아가신 곳에 세워진 교회(성묘교회), 그리고 바티칸의 베드로 대성당이었다.

(요르단) 암만에서 (이스라엘) 예루살렘까지의 거리는 100km 남짓하다. 자동차로 1시간 반이면 충분하고도 남을 만한 거리다. 그런데 이 구간을 통과하는 데 무려 6시간 넘게 걸렸다. 대기, 검문, 대기, 검문, 대기, 검문… 줄, 새치기, 줄, 새치기… 뜨거운 햇살 아래 참 피곤한 장면들이었다. 육로로 국경을 넘으면 그 나름의 보고 겪는 재미가 쏠쏠한 곳도 많은데, 이 구간은 짜증 날 정도로 피곤했다. 예루살렘에 도착하고 나니 진이 빠져 그날은 아무것도 할 수 없었다.

다음 날 아침, 새로운 기분으로 성탄교회(Church of the Nativity)가 있는 베들레헴으로 향했다. 예루살렘 구시가지로 들어가는 다마스쿠스 게이트 앞의 아랍버스터미널에서 로컬버스를 타고 30분 정도 가니, 목적지인 베들레헴 사거리가 나타났다. 버스로 이동하는 도중, 체크포인트에서 이스라엘 군인들이 버스 안을 검문했지만 별다른 해프닝은 없었다. 베들레헴과 예루살렘 사이의 거리는 10km 남짓하므로 사실 한 도시나 마찬가지다. 그러나 베들레헴의 분위기는 예루살렘과 크게 달랐다. 거리는 허름했고 사람들의 표정엔 활기가 없었다. 팔레스타인이 처한 현실을 보는 것 같아 마음 편치 않았다.

성탄교회로 가는 길은 찾기 쉽지 않았다. 버스에서 내린 지점에서 언덕 위로 난 길을 따라가는 내내 아무런 표지판도 볼 수 없었다. 지나가는 사람들에게 물어보았으나 영어가 통하는 사람을 만날 수 없었다. 이럴 줄 알았더라면 구글맵이라도 다운받아 올 걸… 하는 후회가 밀려올 때쯤 멀리 성탄교회가 보였고, 그 앞에 조그마한 광장이 있는 것도 보였다. 버스에서 내려 교회까지 오는 데 헤매느라 20분 정도 걸렸던 것 같다.

광장 쪽에서 본 교회는 요새 같았다. 지붕 위의 십자가만 없다면 교회라고 보기 어려운 건물이었다. 교회로 들어가는 입구도 차마 문이라고 하기 민망한 형태였다. 크기는 작았고 여닫는 문도 없었다(다른 곳에 문이 있는 것을 나중에 발견했다). 고개를 숙여 교회 안으로 들어가니, 중앙 제대를 중심으로 좌우에 2열씩 늘어선 대리석 기둥들이 눈에 들어왔다. 이어 벽과 바닥의 빛 바랜 문양들은 세월의 무게를 전해주었다. 성당 내부는 낡고 누추했으며 제대로 관리되지 않는 것처럼 보였다. 이 성스러운 교회가 방치된 듯한

성탄교회 출입구를 가까이에서 본 모습 높이 120cm, 넓이 80cm에 불과하다. 오스만 제국 시절, 말을 타고 들어오는 것을 막기 위해서 이렇게 작은 구멍을 만들었다고 한다.

모습을 보이는 이유는, 이 교회를 로마 카톨릭, 그리스 정교회, 아르메니아 사도교회 세 종파가 공동으로 관리하고 있어서, 이들 종파들끼리 의견 일치를 이루기 어려워서라고 한다.

예수님이 태어나신 동굴로 내려가려고 중앙 제대 옆 계단으로 갔을 때, 마침 동굴 안에서 미사가 진행중인 것이 보였다. 잠시 후 미사가 끝나자 동굴 안에 있던 사람들이 먼저 움직이기 시작했고, 이어 계단에 서서 미사를 보던 사람들이 하나둘 계단 아래 동굴로 내려가기 시작했다. 맨 뒤에 서 있던 우리 부부도 마침내 동굴 바닥까지 내려갔다.

동굴 안에는 벽난로처럼 생긴 작은 제대(祭臺)가 있었고, 그 밑바닥에 예수님이 태어나신 곳을 나타내는 실버스타(Silver Star)가 있었다. 미사에 참석했던 사람들이 한 사람씩 실버스타 앞에 무릎 꿇고 경배한 다음, 잠시 묵상하다가 계단으로 빠져나갔다. 우리는 사람들이 다 떠나고 난 다음 맨 마지막에 그렇게 했다. 사람들에게 방해받지 않는 조용한 시간을 갖고 싶었기 때문이다.

동굴 안은 어두웠고, 크기는 아파트 거실보다 작았다. 그러나 제대 아래 실버스타 앞에 앉는 순간, 표현하기 어려운 강렬한 느낌을 받았다. 이곳이, 이 작고 어둡고 누추한 공간이 바로 2천년 전의 그곳이구나….

어떤 이들은 이곳이 예수님이 태어나신 곳이 맞는지 의문을 표시한다. 얼마든지 제기될 수 있는 의문이다. 그러나 이곳이 대충 선정된 것은 아니다. 이 동굴을 예수님이 태어나신 곳이라고 정한 사람은, 기독교를 공인한 콘스탄티누스 황제의 어머니 헬레나(Saint Helena)다. 신심 가득했던 그녀는, 이곳에 와서 예수님이 탄생하신 장소를 찾기 위해 현지의 모든 정보를 수집했으며, 그 결과 이 장소가 예수님 탄생지임을 확신했다. 그리고는 곧바로 교회 건립을 추진했고, 완공된 교회는 339년 봉헌되었다. 이때 건립된 교회는 약 200년 후 사마리아인들의 반란으로 파괴되었고, 현재의 교회는 유스티니아누스 황제 때인 565년에 재건축된 것이라고 한다. 이곳이 예수님이 탄생하신 곳이라고 믿든 말든 그건 각자의 자유. 다만, 자료나 머리로만 판단하는 것과, 현장에 와서 눈으로 직접 보았을 때 받는 느낌은 크게 다르다는 것만은 분명히 말할 수 있다.

그의 탄생은 지극히 평범했으나 그가 세상에 끼친 영향은 지대했다. 서

교회 안 제단 아래에 예수님이 탄생하신 동굴이 있고, 그곳에 아기 예수가 탄생한 자리를 표시한 은별(Silver Star)이 있다. 은별 둘레에 새겨진 라틴어는 '여기서 예수 그리스도가 동정녀 마리아에게서 탄생하셨다'라는 뜻이라고 한다.

성탄교회에 붙어 있는 캐서린 교회의 성 제롬(St. Jerome, 347~420) **동굴** 카톨릭 교부(敎父)였던 제롬은, 예수님이 탄생한 곳 바로 옆 이 동굴에서 필생의 작업으로 성경의 라틴어 번역을 완성했다. 그가 라틴어로 번역한 성경은 20세기까지 카톨릭 교회의 공식 성경이었다.

양의 사상, 역사, 건축, 미술, 조각, 음악, 이름, 결혼, 장례… 어느 영역이든 기독교의 영향이 미치지 않은 곳이 없다. 오늘날 연도 앞에 쓰는 'BC, AD' 도 여기서 출발하고, 서양사는 그리스도 탄생 이전과 그 이후로 구분된다. 이 동굴은 그 전과 후를 가르는 Before & After의 분기점이 되는 곳이다.

06

성묘교회, 비아 돌로로사의 끝

베들레헴에 다녀온 다음 날 아침, 예루살렘 올드시티로 향했다. 목적지는
예수님이 묻히신 곳에 세워졌다는 성묘교회(Church of the Holy Sepulchre).
이 교회를 바로 가려다 기왕이면 비아 돌로로사(Via Dolorosa)를 거쳐서 가보
기로 했다. 라틴어로 '슬픔의 길'이라는 뜻인 비아 돌로로사는, 예수님이 십
자가를 지고 골고타 언덕을 향해 걸어갔다고 여겨지는 길이다. 역사적으로
입증된 것은 아니고, 콘스탄티누스 황제 시대 때부터 순례자들이 그렇게
믿고 걸었던 신앙적인 길로, 카톨릭에서는 '십자가의 길'이라고 표현한다.
600m 남짓한 이 길에는 모두 14개의 지점(station)이 있다. 1처에서 6처까지
는 아랍인 구역에 속해 있고, 7처부터는 크리스찬 구역에 속해 있으며, 10
처에서 14처는 성묘교회 안에 있다.

비아 돌로로사를 걷기로 마음 먹은 것까진 좋았는데, 첫 지점부터 헤맸
다. 표지판이 제대로 보이지 않았기 때문이다. 현지인들에게 몇 번을 물은

비아 돌로로사(Via Dolorosa) **6처** 우측 문 위의 벽에 붙은 둥근 동판에 6처임을 알리는 숫자가 새겨져 있다. 예수님이 십자가를 메고 지나가신 그 길이, 오늘날은 아랍 어디서나 볼 수 있는 평범한 이런 골목으로 변했다.

다음에야 겨우 1처를 찾아낼 수 있었고, 이후 9처까지 오는 동안에도 일부 지점은 찾기 어려워 사람들에게 물어야 했다. 1처에서 9처까지는, 성지라고 하기엔 너무 평범하고 어수선한 아랍 스타일의 시장통 골목이었고, 잡동사니 물건들을 파는 가게들로 가득한 골목길 그 이상도 이하도 아니었다. 그나마 각처마다 기도할 수 있는 작은 공간이 마련되어 있어 다행이었다.

성묘교회 안에 있는 지점은 분위기가 달랐다. 교회 안에는 예수님이 옷을 벗기신 곳(10처), 십자가에 못 박히신 곳(11처), 십자가에서 숨을 거두신

골목길을 지나 성묘교회 앞 광장으로 들어가는 입구 통로 위쪽 벽면에 성묘교회임을 알리는 Holy Sepulchre 라는 표지판이 보인다.

곳(12처), 십자가에서 내려지신 곳(13처), 예수님이 묻히신 곳(14처)이 있었다. 이 구간들도 순서대로 답사했다. 아침이라 교회 안에 사람들이 별로 없어 분위기가 차분하고 좋았다. 그러나 성탄교회 탐방 때와는 달리 별다른 느 낌이 들지 않았다. 성스럽다고 하기도 그렇고, 그렇지 않다고 하기도 그런, 쉽게 표현하기 어려운 애매한 분위기였다. 가슴 저미는 듯한 느낌도 있었 고, 뭔가 답답하고 불편한 느낌도 있었으며, 어딘가에 갇혀있는 듯한 느낌 도 들었다. 오래 머물고 싶었지만 그럴 정도로 편안한 기분이 들지 않았다. 그 이유를 알 수 없었다.

교회 내부는 성탄교회처럼 낡고 누추했다. 어느 곳엘 가도 어두웠고 분위기가 칙칙했다. 특히 이디큘(Aedicule)의 붕괴를 막기 위해 건축물을 감싸고 있는 철제 빔은 아주 보기 불편했다. 안전을 위해서라도 내부 수리가 절실하지만 공사가 진행될 조짐은 보이지 않는다고 한다.

이유는 성탄교회의 경우와 유사하다. 이 교회를 여섯 개의 종파(로마 가톨릭, 그리스 정교, 아르메니아 정교, 시리아 정교, 에티오피아 정교, 콥트교)가 구역을 나누어 사용하고 관리하는 탓에, 어느 부분이 낡아 고치려 해도 다른 종파에서 반대하기 때문이다. 오죽하면 교회 외벽에 걸쳐진 사다리 하나를 치우는 데도 교파 간 동의가 이뤄지지 않아 200년 넘게 사다리가 그 자리에 있다는 말까지 있겠는가. 종교 조직이 세속보다 훨씬 더 한심한 모습을 보이는 것은 새삼스런 일이 아니다.

성묘교회에서 마지막으로 탐방했던 지점은 이 교회가 만들어지는 계기가 된 이디큘이었다. 이디큘은 예수님의 무덤이 있던 곳으로, 비아 돌로로사의 마지막 지점이다. 내부 크기는 야간열차의 컴파트먼트 만한 크기였고, 주변 벽에는 부조(浮彫) 조각과 성화, 정교회 스타일의 이콘(icon)이 있었다. 이곳에서 충분한 시간을 갖고 싶었으나 (다음 순례자에게도 기회를 주어야 하므로) 오래 머물 수는 없었다. 이디큘 안에서 잠시 묵상하면서 비아 돌로로사 순례를 마무리했다(다행히 우리가 다녀오고 나서 2년이 지난 2017년 부활절에, 이디큘 복원 공사가 마무리되어 대중에게 공개되었다는 뉴스를 접했다).

성탄교회의 경우처럼, 어떤 이들은 이곳이 정말로 예수님 무덤이 있었던 곳인지 의문을 제기한다. 이곳에 교회를 처음으로 세운 이는 기독교를 공인한 콘스탄티누스 황제다. 그는 예수님이 십자가형을 당한 장소와 무덤을 찾아 교회를 짓도록 명했고, 그에 따라 이곳이 선택되어 교회가 건립,

성묘교회 입구 이 교회 안에 예수님이 십자가에 못박히셨다는 곳과 묻히셨다는 곳이 있다.

봉헌되었다(335년). 그 선택이 얼마나 신뢰할만한 것이냐의 문제가 남아 있는 거다.

성탄교회가 그렇듯이 이곳 역시 역사 속의 그 장소라고 100퍼센트 확신할 수 있는 곳은 아니다. 누가 그것을 단언할 수 있을 것이며 누가 그것을 입증할 수 있겠는가. 그리고 여기가 아니면 또 어떤가. 중요한 것은 어떤 이가 세상에 와서 남다른 메시지를 전했고, 그 일로 인해 십자가에서 죽음을 맞았으며, 그의 사후 수많은 사람들이 그를 기억하고 그의 가르침을 따르며 그가 걸었던 길을 걷고 있다는 것, 그것일 테니까.

07

베드로 성당, 시대를 완성해 간 천재들의 합작품

앞에 소개한 두 교회와 달리, 이 성당은 예수님의 제자인 베드로와 관련 있는 곳이다. 이 성당은 베드로가 순교한 곳이라고 전해지는 곳에 세워졌다. 그래서 이름도 베드로 성당(St. Peter's Basilica)이고 주인공도 베드로다. 성당 지하에 베드로의 무덤이 있고, 성당 안에 베드로의 좌상(坐像)이 있으며, 성당 앞마당에는 베드로의 입상(立像)이 있다.

이곳에 성당을 맨처음 건립한 이도 콘스탄티누스 황제다. 그의 지시에 따라 4세기 초반 이곳에 성당이 세워졌다. 이후 천년 세월이 지나면서 그 성당이 점점 낡아지자, 기존 성당을 대체할만한 새 성당의 필요성이 대두되기 시작했고, 그런 배경 하에 만들어진 것이 지금의 베드로 성당이다. 새 성당은 1506년에 공사를 시작하여 1626년에 완공하였다. 완공까지 백년 넘게 걸리다 보니 필연적으로 수많은 장인들의 손길을 거칠 수밖에 없었

베드로 성당 전경 120년에 걸쳐 수많은 천재 예술가들의 손길이 빚은 작품. 지상에 존재하는 교회 건축물 가운데 최고의 작품이 아닐까.

는데, 그 장인들이 모두 르네상스, 바로크 시대의 천재 예술가들이었다는 점이 이 성당 탐방의 핵심 포인트다.

브라만테(Bramante)가 기본 설계를 했고, 미켈란젤로(Michelangelo)는 돔을 재설계했으며, 마데르노(Maderno)가 중랑 확장과 파사드를 완성했고, 베르니니(Bernini)는 발다키노를 비롯한 성당 내부 인테리어를 책임졌다. 모두가 둘째가라면 서러워할 불세출의 예술가요 장인들이다. 성당 건립에 관여한 천재들이 어디 이 사람들뿐이었겠는가. 일일이 언급하기 어려울 정도로 많을 것이다.

위대한 천재들의 합작품, 그들이 남긴 흔적 앞에 감탄하지 않을 사람이 있을까? 이 성당은 길이 220m, 너비 150m, 높이 137m로 세계 최대 규모의 성당이다. 500년 전에 이렇게나 큰 규모의 건물을 기획했다는 것 자체가 믿기지 않을 정도다. 단순히 규모만 큰 것이 아니다. 성당 내부에 수백 개가 넘는 예술품들이 있어, 성당 전체가 거대한 작품이요 예술품이라고 해도 과장된 표현이 아니다. 워낙 규모가 크고 공간이 화려하여 처음에는 어디부터 봐야 할지 갈피를 잡기 어렵고, 보고 나서도 제대로 기억하기 어렵다. 나도 두 번째 갔을 때에야 비로소 이것저것 눈에 들어오기 시작했고, 하나씩 찬찬히 볼 여유를 가질 수 있었다. 여유를 가지고 보니 이 성당은 더 대단했다. 천장, 바닥, 벽면, 돔, 지하, 제단, 동상, 조각, 글씨… 어느 것 하나 대단치 않은 것이 없었다.

이 성당은 그 자체만으로도 엄청난 감동을 선사하지만, 바로 앞의 베드로 광장과 어우러질 때 더 빛을 발한다. 해마다 부활절과 성탄절이 되면 성당 앞 광장은 전세계에서 몰려든 가톨릭 신자들로 가득 채워진다. 그들이 바라보는 곳은 이 성당 2층의 중앙 발코니. 발코니에 모습을 드러낸 교황은 축복 설교를 하고, 사람들은 열광한다. 이 축복을 받기 위해 수많은 사람들이 서 있는 곳, 그곳이 바로 성 베드로 광장이다.

이 광장은 베드로 성당 내부 공사를 담당했던 베르니니의 작품이다. 가로 240m, 세로 340m의 거대한 이 광장은, 성당과 분리된 공간이 아니라

교황의 제단을 덮고 있는 거대한 청동 발다키노 베르니니가 만든 것으로 화려함의 극치를 자랑한다. 저 제단 아래에 베드로의 무덤(Confessio)이 있다. 이곳이 이 성당에서 가장 핵심적인 공간이다.

성당과 연결된 하나의 공간이다. 성당이 무대라면 광장은 객석이고, 성당이 머리라면 광장은 팔이다. 실제로 광장을 설계한 베르니니도 그리스도가 인류를 향해 팔을 벌리고 있는 모습을 형상화하여 이 광장을 만들었다고 한다. 광장 형태는 단순하면서도 기하학적이다. 중심에 오벨리스크가 있고, 그 좌우에 두 개의 분수가 있다. 외곽에는 284개의 열주회랑이 광장을 둘러싸고 있고, 그 회랑 위에는 베르니니의 제자들이 만든 140개의 성인 대리석상이 있다. 워낙 크고 넓어 이 광장을 제대로 보려면 성당의 돔꼭대기로 올라가야 한다. 방문했던 두 번 모두 꼭대기에 올라가보았는데, 그곳에서 내려다본 광장은 언제 봐도 일품이었다.

아침 안개가 걷히기 시작할 무렵 성당 꼭대기에서 바라본 베드로 광장 성당에서 광장으로 이어진 공간의 형태가 자물쇠 구멍처럼 보이기도 한다.

멋진 성당, 멋진 광장이지만 그 못지않게 어두운 면도 있다. 100년이 넘는 기간 동안 이런 거대한 교회를 만들려면 엄청난 돈이 들어갈 수밖에 없는 것은 당연지사. 그래서 면죄부를 판매하는 낯부끄러운 악수까지 두었고, 그것이 종교개혁의 빌미로 작용하기도 했다. 교회는 환상적인 작품으로 지어졌는데, 세상은 교회를 외면하는 일이 발생한 것이다. 종교 권력의 오만과 독선, 부패와 타락이 빚은 자업자득이요 사필귀정이다. 그렇다고 이 대단한 유산을 종교적 측면과 역사적 측면에 집착해서만 볼 필요는 없다. 여행자에게 어필되는 이곳의 매력 포인트는 어디까지나 건축물의 예술적 측면이니까.

08

쉴레이마니예 모스크, 텅 빈 공간이 주는 편안함과 여유

기독교나 불교가 그렇듯이, 이슬람이라고 다 같은 이슬람이 아니다. 나라마다 지역마다 편차가 크다. 외부인에게도 개방적인 국가가 있는가 하면 폐쇄적인 나라도 있다. 특히 중동의 이슬람 국가들은 대부분 폐쇄적인 편이고, 비무슬림들의 모스크 출입을 제한하는 경우가 많다. 그런데 터키는 그렇지 않다. 터키가 매력적인 이유다. 터키에서도 모스크를 보기에 가장 매력적인 도시는 단연 이스탄불이다. 오백년 가까이 오스만 제국의 수도였던 곳이라 이스탄불에는 수많은 모스크가 있다. 교토가 사찰의 도시라면 이스탄불은 모스크의 도시다. 이스탄불의 모스크 가운데 가장 유명한 곳은 블루 모스크고 나도 몇 번 가보았다. 그러나 내 마음을 사로잡은 건 쉴레이마니예 모스크(Süleymaniye Mosque)였다.

신시가지에서 구시가지로 넘어가는 갈라타 다리를 건너자 작은 모스크가 하나 보였다. 이름은 뤼스템 파샤 모스크(Rüstem Pasha Mosque). 푸른 빛의 이즈닉 타일이 유명하다고 해서 들어가 봤는데 생각보단 그저 그런 정도였다. 이 모스크에는 방문자가 가져갈 수 있도록 만든 포켓 사이즈의 영문 꾸란(Quran) 책자가 비치되어 있어서 나도 한 부 가져와 여행 도중 틈틈이 읽어봤다.

뤼스템 파샤 모스크를 보고 나서, 시끌벅적한 시장통 골목을 지나 5분 남짓 걸어가자 쉴레이마니예 모스크로 올라가는 입구가 나타났다. 입구를 통과하니 모스크 앞뜰이 나타났고, 그 뜰의 한쪽 면은 바다 쪽으로 연결되어 있는 것이 보였다. 뜰 가장자리로 걸어가 바다 풍경을 보자 답답했던 가슴이 확 트였다. 그것은 이 모스크가 골든혼(Golden Horn)이 내려다 보이는 언덕에 자리잡고 있는 덕분에 누릴 수 있는 호사였다. 어디든 높은 데서 아래를 내려다보면 전망이 좋은 법인데, 그 아래에 물이 있다면 더욱

쉴레이마니예 모스크의 세정(洗淨) 시설 모스크에 들어가기 전에 무슬림들은 얼굴과 손, 발을 씻는다. 덕분에 모스크 내부 중앙홀에서는 발냄새가 나지 않았다.

쉴레이마니예 모스크 안뜰 풍경 햇살 좋고, 바람 좋고, 조용하고, 아늑하고, 평화롭고, 아름답고… 이보다 더 좋을 순 없다.

그렇다. 이 모스크를 건립하도록 한 이는 쉴레이만 대제. 오스만 제국의 전성기를 이끌었던 위대한 술탄답게 그는 이스탄불에서도 최고로 전망 좋은 곳에다 모스크를 짓게 했을 것이다.

이 모스크를 만든 건축가는 그 유명한 미마르 시난(Mimar Sinan)이다. 시난은 생전에 100개가 넘는 모스크를 건립하여 오스만 건축 양식을 완성했다는 불세출의 천재다. 예니체리(술탄의 직속 친위부대) 지휘관이었다가 건축

가로 변신한 특이한 이력을 가진 그는, 7년간의 공사를 거쳐 1557년에 이 모스크를 완공했다고 한다. 아무리 천재라지만 그 짧은 시간에 이런 위대한 건축물을 완공했다는 것이 믿어지지 않는다.

오스만 제국 역사상 최고의 술탄과 최고의 장인이 만났으니 최고의 모스크가 탄생했을 것임은 불문가지. 모스크의 위치, 외관, 미나렛, 정원, 내부 홀, 묘당… 어느 것 하나 아름답지 않은 것이 없었다. 특히 모스크 본당의 구조는 시난의 천재성이 유감없이 드러난 것으로, 시난은 거대한 돔으로 큰 공간을 확보하면서도 시야를 방해하는 기둥들을 바깥쪽에 배치함으로써, 모스크에 온 무슬림들이 기둥 뒤에 가려진 채 기도하던 불편을 멋지게 해결했다.

기둥 때문에 시야가 가리는 것을 없애야 하는 문제는 동서양 가릴 것 없이 건축가들에게 큰 고민거리였다. 서양에선 이 문제를 일찌감치 돔으로 해결했다. 그 전형적인 사례가 로마의 판테온(Pantheon), 이스탄불의 아야소피아(Ayasofya)로 각각 2세기, 6세기에 건립된 건축물이다. 반면 동양에선 이 문제를 제대로 해결하지 못했다. 서양 건축물이 주로 돌로 만든 것이고, 동양 건축물은 나무로 만든 것이라는 근본적인 차이가 있긴 하지만, 기둥을 여럿 두어야 지붕 무게 감당이 가능하고, 기둥이 없어져야 시야 확보가 가능해지는 이 모순되는 건축 원리의 해법을, 동양에서는 제대로 풀어내지 못했던 거다. 그래서 동양의 왕궁이나 사찰 내부에 들어서면 지붕 무게를 지탱하기 위한 기둥들이 여럿 서 있는 것을 볼 수 있고, 그 기둥들 때문에 시야가 가려지는 사각지대가 생겨나는 것도 보게 된다. 건물 내부 공간확보에 관한 한, 저들이 동양보다 한 수 위인 것이다.

쉴레이마니예 모스크 내부 바닥엔 카펫이 깔려 있고, 천장과 벽엔 아랍어 캘리그라피와 아라베스크 문양이 있는 것이 전부다. 이슬람교는 우상 숭배를 금하므로 모스크에는 어떤 성상도 성물도 성화도 없다. 이런 텅 빈 상태가 모스크를 찾는 이들에게 편안함과 여유를 선사한다.

이 모스크는 조용했다. 블루 모스크가 시장바닥만큼 혼잡한 데 비해 이 곳은 산속 암자처럼 조용했다. 블루 모스크에 비해 접근성이 떨어져 여행자들이 잘 오지 않기 때문일 것이다. 사실 그 점이 이 모스크를 더욱 매력적으로 만드는 요소라고 할 수 있다.

이슬람교는 우상 숭배를 금하므로 모스크에는 어떤 성상(聖像)도 성물(聖物)도 성화(聖畵)도 없다. 우러러볼 상(像)이 없으니 저절로 마음이 편해진다. 또한 이슬람에는 성직자가 없으므로 이래라 저래라 간섭하는 이도 없다. 누구든지 모스크에 가서 기도할 수 있고, 언제든지 모스크에 가서 쉴 수 있다. 사람에게서 비롯되는 피곤함이 없어 더욱 편안한 곳이 모스크다. 성당, 교회, 사찰, 힌두사원, 도교사원, 신사, 바하이교 사원… 여러 종교의 사원에 가보았지만 모스크만큼 편안한 곳은 없었다. 모스크, 텅 빈 공간이 주는 편안함과 여유. 여행하기 전에는 모스크가 이렇게 편안한 공간일 수 있다는 사실을 상상조차 하지 못했다.

모스크 탐방을 위한 이슬람 문화 이해

 이슬람의 역사에 대해서는 책을 통해서도 얼마든지 알 수 있었다. 그러나 이슬람 문화까지 책으로 이해하기에는 한계가 있었다. 특히 모스크와 관련된 부분은 현장에서 직접 보기 전에는 잘 와닿지 않았다. 이슬람 문화에 문외한이었던 나 같은 여행자도 있을 것 같아, 모스크 탐방을 위해 필요한 최소한의 내용을 메모한다.

모스크(mosque)
모스크는 아랍어 마스지드(masjid)의 영어식 표현이다. 아랍어로 '엎드려 절하는 곳'이라는 의미의 마스지드가, 스페인어 메스키타(mezquita)와 프랑스어 모스케(mosque)를 거쳐 영어로 모스크(mosque)가 되었다고 한다.

미나렛(Minaret), 아잔(Adhan), 무에진(Muezzin)
하루 다섯 번, 기도 시간을 알리는 소리가 모스크 첨탑에서 흘러 나온다. 이 첨탑을 미나렛이라고 하고, 기도 시간을 알리는 소리를 아잔이라고 하며, 아잔을 하는 사람을 무에진이라고 한다. 오늘날 아잔은 확성기로 대체한다. 아잔 멜로디가 특이했고 이 소리가 생각보다 컸다.

우두(Wudu), 사디르반(Shadirvan)
모스크에 들어가기 전에 무슬림들은 얼굴과 손발을 씻는다. 이 행위를 우두라고 하고, 몸을 씻는 세정 시설을 사디르반이라고 한다. 세정 시설은 모스크 안뜰에 있거나 모스크 외부 측면의 벽에 있다. 모스크 내부에 들어갈 때는 신발을 벗고 들어간다.

중앙홀 구조
모스크 내부 중앙홀에 들어서면 메카의 카바 신전이 있는 방향을 알 수 있다. 벽에 움푹 패인 벽감(壁龕, Niche)이 있는 쪽이 메카 방향이다. 그 벽감 옆에는 설교단이 있다. 여기서 카바신전이 있는 방향을 키블라(Qibla)라고 하고, 키블라 방향임을 알려주는 움푹 패인 벽감을 미흐랍(Mihrab)이라고 한다. 미흐랍 옆의 설교단은 민바르(Minbar)라고 하고, 민바르는 미흐랍을 정면으로 볼 때 우측에 위치한다.
이슬람교는 우상 숭배를 금하므로 모스크에는 어떤 성상(聖像)도 성물(聖物)도 성화(聖畵)도 없다. 중앙홀 내부 바닥엔 카펫이 깔려 있고, 벽과 천장에는 아랍어 캘리그라피 현판과 아라베스크 문양이 장식되어 있는 것이 보통이다.

캘리그라피(Calligraphy)
손으로 쓴 글씨 즉 서예를 의미한다. 이슬람에서는 그림이나 형상을 통한 상징은 일체 허용되지 않는다. 그래서 글씨를 통한 예술이 발달했다. 아랍어 캘리그라피의 현란한 서체를 보면 감탄사가 절로 나온다. 한자문화권의 서예만 현란한 줄 알았는데 이슬람 서예도 대단히 화려했다.

아라베스크(Arabesque) 문양

이슬람 공예품이나 건축물의 장식에 사용되는 아랍 특유의 문양. 직선과 곡선 또는 직각을 이용한, 좌우 대칭적이고 반복적인 형태의 문양이 주를 이룬다. 문양에 등장하는 소재는 꽃이나 식물이 많고, 기하학적 도형이나 문자 형태의 문양도 자주 등장한다.

묘당

규모가 큰 모스크에는 투르베(Türbe)라고 부르는 묘당과 묘지가 있는 경우도 있다. 위에 설명한 쉴레이마니예 모스크(Süleymaniye Mosque)도 그런 모스크 가운데 하나다.

꾸란(The Quran)

예언자 무함마드가 23년간 알라에게서 받은 계시를 기록한 이슬람 경전. 무함마드가 사망(632년)한 지약 20년 후에, 그의 친구이자 3대 칼리프인 우스만이 재위하던 시절에 결집되었다. 결집 이후 단 한 단어도 수정, 첨삭된 적이 없다고 한다. 총 114개의 장(章, Surah)으로 구성되어 있고, 각 장은 아야(Ayah)라고 불리는 절(節)로 나뉘어 있다. 꾸란은 독송할 때 운율과 리듬감을 느끼도록 되어 있어, 꾸란에 적혀 있는 단어는 점 하나도 소홀히 취급되지 않는다. 꾸란은 반드시 신심 깊은 무슬림이 직접 손으로 써서 펴내야 하는 것이 원칙이다.

이슬람에서 꾸란이 차지하는 비중은 절대적이다. 꾸란을 단순히 이슬람 경전이라고만 생각하면 오산이다. 기독교와 비교한다면, 꾸란은 성경이 아니라 예수의 위치에 해당한다. 그만큼 꾸란은 무슬림들에게 절대적인 기준이 되는 것이다. 아름답게 제작한 다양한 형태의 꾸란 판본을 보려면, 말레이시아 쿠알라룸푸르의 이슬람 예술 박물관(Islamic arts museum)에 가보면 된다.

이맘(Imam)

이슬람에는 성직자가 없다. 그래서 종교적 부패가 없다. 모든 무슬림은 알라 앞에 평등하다. 예배를 주관하는 사람을 이맘이라고 하는데, 이맘은 예배할 때의 리더이지 성직자가 아니다.

샤하다(Shahada)

무슬림들은 하루 다섯 번 기도한다. 기도할 때의 첫 구절과 마지막 구절은 샤하다라고 불리는 신앙고백이다. 샤하다는 단순하다. '알라 외에 다른 신은 없다. 무함마드는 알라의 사도이다(라 일라하 일랄라. 무함마드루 라수룰라, La ilaha illa-llah, Muhammadur-Rasulu-llah)'. 단순하지만 분명한 이 두 문장 속에 이슬람의 모든 것이 들어 있다. 알라 외에 다른 신은 없으므로 알라만이 경배 받을 수 있으며, 무함마드는 알라의 사도이므로 그가 전한 말씀은 그대로 따라야 한다. 평생동안 하루 다섯 번씩 이 구절을 암송한다는 점을 생각해보면, 이슬람에 대한 무슬림들의 로열티가 왜 강한지 짐작할 수 있다.

이슬람력(Muslim Calendar)

이슬람력의 기원은 헤지라(Hegira)가 일어난 622년 7월 16일이다. 1년이 354일, 12개월이고, 1개월이 29일 또는 30일로 되어 있다. 1년이 354일인 순수 태음력이다 보니, 이슬람력으로는 계절을 판단할 수 없다. 이런 불편 때문에 종교와 명절에 관한 사항은 이슬람력을 사용하지만, 일상생활이나 관공서에서는 세계적으로 통용되는 그레고리력을 사용한다.

라마단(Ramadan)

이슬람력으로 아홉 번째 달을 가리키는 것으로, 이 달은 무함마드가 동굴에서 천사 가브리엘로부터 코란의 계시를 받은 달이다. 이것을 기려 이 한 달 동안 무슬림들은 해가 떠 있는 동안에는 음식을 먹거나 물을 마시지 않으며, 술, 담배, 성행위도 금한다. 라마단 기간 중에는 외국인 여행자라도 무슬림이 보는 앞에서 먹거나 마시는 행위는 자제해야 한다.

이드 알피트르(Eid al-Fitr)

라마단이 끝난 후 (라마단 종료를 축하하며) 사흘간 펼쳐지는 이슬람 최대 축제이자 명절. 우리나라의 구정이나 추석 같은 분위기. 친척과 친구를 방문하고 음식을 나누며 선물을 주고받는다.

마드라사(Madrasah)

모스크 부속의 교육시설. 주로 젊은이들에게 이슬람 교리, 역사, 법률, 문학, 논리학, 철학, 천문학, 교양 등을 가르치던 곳이다. 내가 가본 마드라사 가운데 가장 멋진 외관을 가진 곳은 우즈베키스탄 사마르칸트의 레기스탄 광장에 있는 세 개의 마드라사였다.

09

마스지드 네가라, 가끔은 예상이 빗나갈 때가 더 좋다

이 모스크는 원래 내 버킷리스트에 없었다. 항공편을 연결하기 위해 쿠알라룸푸르에 들르는 김에, 기왕이면 동남아의 모스크 양식도 한번 볼 요량으로 가보기로 한 거다. 그래서 쿠알라룸푸르 센트럴 역에서 버스를 타고 이곳에 갈 때까지만 해도, 이슬람 문화권의 사원 하나를 더 보러 간다는 정도의 호기심만 있었을 뿐 특별한 기대감은 없었다. 그런데 버스에서 내려 모스크 앞에 서자 예상을 뛰어넘는 멋진 건축물이 있는 게 아닌가. 아니 이 도시에 이렇게 멋있는 모스크가 있었나… 갑자기 쿠알라룸푸르가 좋아지기 시작했다.

모스크 앞뜰은 넓고 깔끔했으며, 건물은 밝고 안정감이 있었다. 모스크 건물을 둘러싼 해자(垓子)도 모스크와 잘 어울렸다. 특히 우산을 접은 모양의 미나렛과 우산을 편 모양의 중앙홀 지붕은 매우 인상적이었다. 중앙홀을 기둥 없이 넓은 공간으로 만드는 것은 언제나 큰 과제인데, 이 모스크

말레이시아 독립의 상징물로 지어진 마스지드 네가라(Masjid Negara)의 외부 모습

는 우산을 편 모양의 기발한 디자인으로 그걸 해결한 것이다.

외관만 근사했던 게 아니었다. 내부 역시 외부 못지않게 깔끔하고 세련된 느낌을 주었다. 중앙홀 가는 길목의 회랑은 바로 옆의 분수가 피어오르는 인공 연못과 잘 어울렸다. 중앙홀 앞의 공간도 기둥과 외부 벽의 문양, 그 벽을 통해 들어오는 빛이 잘 조화를 이루어 채광 좋은 카페에 온 것 같은 느낌을 주었다. 중앙홀 안은 약간 어두운 느낌을 주었지만 스테인드글라스를 통해 들어오는 빛이 홀 내부의 조명과 잘 어울려 환상적인 색상을 보여주고 있었다. 와보지 않았더라면 후회했을 뻔한 모스크였다.

이 깔끔하고 심플한 회랑을 보라. 얼마나 세련되고 멋있는가.

이 모스크는 1965년에 지어진 것으로, 말레이시아 독립의 상징물로 만든 것이라고 한다. 말레이시아는 동남아 국가다. 중동과 멀리 떨어진 이 나라가 이슬람화 되었다는 사실은 어딘가 이상해 보인다. 그러나 특별한 이유는 없다. 어느 종교든 종교를 전파시키는 것은 사람이고, 사람 가운데서도 군대와 상인의 역할이 가장 크다. 이 지역이 이슬람화 된 것은 후자에 의해서다. 말라카 해협과 순다 해협이라는 지리적 요충지인 이 지역에 아랍 상인들이 진출하면서, 이 지역이 이슬람화 되는 계기가 되었다. 시기적으로는 13세기 말 이후부터 수 세기 동안이다(인도네시아도 유사하다).

나는 역사가 짧은 건물은 별로 매력적이지 않을 거라는 편견을 가지고 있었으므로, 여행할 때 습관적으로 오래된 건물을 찾아 다녔다. 그 편견이

마스지드 네가라의 중앙홀 정면에 움푹 패인 벽감(Mihrab)이 있는 쪽이 메카 방향이다. 스테인드글라스를 통해 들어오는 빛이 조명 불빛과 잘 어울린다.

이 모스크에서 여지없이 깨졌다. 오래된 건물만 아름다운 게 아니라 현대식 건물도 얼마든지 아름다울 수 있다는 걸 이 모스크에서 새삼 깨달았다. 이스탄불의 모스크들이 중후하고 기품 있는 중년 신사의 모습이라면, 마스지드 네가라는 밝고 세련된 젊은 여성의 느낌을 주었다. 그곳의 모스크도 좋았고 이곳의 모스크도 좋았다. 건축의 세계는 끝이 없는 영역인 것 같다.

유쾌하게 모스크를 탐방하고 이슬람 예술 박물관(Islamic arts museum)으로 갔다. 이곳도 위치가 이 모스크 바로 옆에 붙어 있어 가보기로 했을 뿐 큰 기대 없이 갔다. 그런데 웬걸, 이곳 역시 대박이었다. 그동안 여행한 이슬람 국가들 가운데 박물관에서 만족감을 느낀 경우는 없었다. 그런데 이곳은 달랐다. 1998년 건립되었다는 이 멋진 박물관엔 여러 종의 꾸란을 비롯하여 (이슬람 문화권의) 서적, 의복, 무기, 장신구, 생활도구, 금속공예품, 각종 도자기, 타일, 건축물 미니어처까지 없는 거 빼고 다 있어서 기대 이상의 행복감을 맛보았다. 이런 곳이 있다는 것을 모르고 이 도시에 왔다는 것이 부끄러울 정도였다. 이래저래 쿠알라룸푸르는 잊지 못할 행운의 도시였다.

10

도하니 시나고그, 하드웨어보다는 소프트웨어

유대교에 대해서는 관심 없었다. 신이 유독 자기 민족만 선택했다는데 그런 편파적인 신을 둔 종교에 무슨 매력을 느끼겠는가. 그러나 유대인에 대해서는 관심 있었다. 77억 세계 인구 가운데 유대인이 차지하는 비중은 겨우 0.2%에 불과하다. 그런데도 세계의 정치, 경제, 군사, 금융, 언론에 미치는 영향력은 엄청나다. 시나고그(Synagogue)에 가본 이유는, 유대교에 대한 궁금증 때문이 아니라 유대인에 대한 호기심 때문이었다.

어느 나라에서나 시나고그를 방문하는 것은 까다로운 편이었다. 시나고그는 지나가는 여행자가 아무 때나 들어가 볼 수 있는 곳이 아니었다. 정해진 시간에 정해진 절차에 따라야 했고, 외국인일지라도 반드시 키파(Kippa. 기도할 때 유대인 남자들이 쓰는 작고 테두리 없는 모자)를 써야 했으며, 시나고그 내부 촬영은 허용하지 않았다. 그래서 시나고그를 기분 좋게 탐방했던 기억이 없다. 그러나 부다페스트에 있는 도하니 시나고그(Dohany Synagogue)

도하니 시나고그의 정면 모습

는 달랐다. 유럽에서 가장 큰 시나고그라는 이곳은, 방문 시간에 대해서도 사진 촬영에 대해서도 모두 관대했다. 이곳이 인용된 이유다.

　지하철역에서 100m 남짓 걸어가자 길 건너편에 시나고그가 보였다. 멀리서 본 첫인상은 별로였다. 외관이 너무 평범해 보였기 때문이다. 그러나 가까이서 보니 파사드가 훌륭했다. 시나고그 내부의 홀은 파사드보다 훨씬 더 근사했고 화려했다. 규모도 상당히 커서 대(大)시나고그라고 할만했다. 내부 홀의 구조는 다른 나라에서 본 시나고그들과 유사했다. 정면 가운데에 제단이 있고, 채광에 스테인드글라스가 사용되었으며, 1층 좌석은 정면으로 향하고 있었고, 2층과 3층에 배치된 좌석들은 서로 마주보게 되어 있었다.

시나고그 내부를 보고 나서 밖으로 나오자 동선은 뜰로 연결되었다. 뜻밖에도 뜰과 그 주변은 온통 홀로코스트 흔적으로 덮여 있었다. 시나고그 옆뜰과 뒤뜰에 홀로코스트로 희생된 유대인들의 무덤과 그들을 기리는 조각상이 있었고, 지하 공간엔 나찌 점령 시절 희생된 유대인들의 사진이 전시되어 있었다. 다른 시나고그에서는 이런 모습을 본 적이 없다.

이 시나고그는 이스라엘 건국 주역 3인방의 한 사람인 테오도어 헤르츨(Theodor Herzl)이 태어난 집 옆에 세워졌다고 한다. 이 시나고그가 완공된 때가 1859년이고, 헤르츨이 태어난 해가 1860년이므로, 헤르츨은 태어나면서부터 이 시나고그 옆에서 자랐다고 할 수 있다. 1896년, 30대의 그가 『유대인 국가』라는 저서를 통해 유대인 국가 건립을 주장하고, 이듬해 최초로 시오니스트 대회를 소집하여 시오니즘의 깃발을 올리게 된 배경에는 이런 환경적인 요인이 크게 작용했을 것이다. 그가 태어난 집터에는 지금 박물관이 들어서 있다. 시나고그를 보고 나서 이 박물관에 들렀는데, 유대인의 삶에 종교가 차지하는 비중이 얼마나 큰지를 잘 보여주는 박물관이었다.

유대교도 이슬람교처럼 사제가 없다. 이맘이 사제가 아니듯 랍비도 사제가 아니다. 즉, 유대인은 신자가 스스로 경전을 읽고 하느님과 교통해야 한다. 그러므로 유대인은 반드시 글을 깨우쳐야 한다. 글을 아는 사람과 모르는 사람의 삶은 질적으로 다르다. 글은 지식을 효과적으로 습득하게 하고 그것을 후세에 전할 수 있게 한다. 글을 통해 공동체의 지혜가 대를 이어 전수될 수 있기에, 공동체 구성원들이 모두 눈 밝고 귀 밝은 사람들이

시나고그 내부 3천 명을 수용할 수 있는 규모로, 내부 장식이 화려했다.

시나고그 입구에 있는 기념공간 공동체에 기여한 유대인들의 이름이 새겨진 금빛 명패들이 나란히 매달려 있었다. 이들의 공동체 의식은 유별나다.

될 수 있는 거다. 중세 유럽인들은 글을 몰랐다. 평민은 물론이고 상인과 귀족들조차 대부분 글을 몰랐다. 중세 가톨릭 사제들의 타락이 가능했던 것은 사람들이 글을 몰랐기 때문이다. 근대 이전에 평민이 글을 아는 사회는 유대인 공동체가 유일했다. 나는 이 점이 지난 2천년간 유대 공동체가 다른 공동체와 다를 수 있었던 중요한 요인일 거라고 생각한다.

서기 66년에 시작된 유대인 독립전쟁은 4년을 넘기지 못하고 로마 제국에 의해 처참하게 끝이 났다. 그날 이후 유대인들은 팔레스타인에서 추방되었고, 세계를 떠도는 민족이 되었다. 그런데 결과적으로 보면 이것도 전

화위복이 되었던 것 같다.

2천년간 유랑 생활을 하는 동안, 유대인들은 생존을 위해서라도 다른 나라의 언어와 문화를 습득해야 했다. 자기 언어 이외에 현지어와 현지 문화까지 터득하게 된 덕분에 이들은 세계 어느 민족보다 먼저 국제화 될 수 있었다. 거기다 토착화를 거부하는 현지인들 때문에, 어디에 가든 통할 수 있는 '지식과 정보를 바탕으로 한 비즈니스'에 몰두할 수밖에 없었다. 가장 부가가치 높은 영역에 특화한 것이다. 이렇게 할 수 있었던 배경에는, 시나고그를 중심으로 형성된 유대인 특유의 공동체 문화가 있었다.

종교로서의 유대교는 와닿는 것이 없었고, 사원 건축물로서의 시나고그는 교회나 모스크, 사찰에 비해 건축미가 떨어졌다. 그러나 어느 시나고그든, 시나고그에는 그 지역의 유대 공동체에 기여한 인물들을 기리는 공간이 있었다. 시나고그가 유대 공동체의 구심점 역할을 하고 있다는 얘기다.

11

파슈파티나트 사원, 여행은 환상을 깨는 과정

인도를 소개하는 팜플렛의 타이틀은 '인크레더블 인디아(Incredible India)'였다. 누가 제목을 뽑았는지 모르지만 멋져 보였다. 그 제목처럼, 인도에 가면 뭔가 신비스럽고 환상적인 것이 기다리고 있을 것만 같았다. 아쉬람(ashram), 사냐신(sannyasin), 강가(Ganga), 해혼(解婚)··· 만나보고 싶었던 힌두 문화 아이콘들이 한두 개가 아니었다. 그랬으니 인도로 가기 전에 얼마나 설레었겠는가.

그러나··· 설렘이 무너지는 데는 오래 걸리지 않았다. 입국 수속을 마치고 공항청사 화장실에 갈 때부터 무너지기 시작한 환상은, 인도를 떠나는 순간까지 계속 이어졌다. 무질서, 지저분함, 견디기 힘든 소음, 하리잔들의 비참한 모습, 배탈··· 도저히 여행할 기분이 지속되지 않아 일정을 단축해 네팔로 넘어가버렸다. 그래서 인도에서는 북인도의 델리, 자이푸르, 아그라 이 세 지역을 돌아보는 데 그쳤다.

델리의 힌두 사원인 락슈미 나라얀 사원 석양에 물들어가는 모습이라 불그스름한 건물이 더 붉게 보인다. 경비원들이 자동소총을 들고 사원을 지키는 모습이 낯설었다.

북인도 지역은 무굴제국이 통치했던 지역이다. 무굴제국의 종교는 이슬람이었으므로 이 지역의 힌두문화 유산은 엷다. 내가 북인도에서 가본 힌두 사원도 델리의 락슈미 나라얀 사원 달랑 한 군데뿐이다. 이 사원은 이름 그대로 락슈미(Lakshmi)와 나라얀(Narayan)에게 바쳐진 사원이다. 락슈미는 나라얀(비슈누 신의 별칭)의 배우자다. 힌두교가 신화를 바탕으로 한 종교이다보니 신에게 배우자도 있고 자식도 있다.

이 사원은 처음으로 본 힌두 사원이었으므로 들어가기 전에 호기심이 제법 컸다. 그러나 한 시간도 지나지 않아 호기심이 증발해버렸다. 사원의 규모가 크고 건물 구조가 이국적인 것 외에는 아무런 감흥을 느낄 수 없었

링가(Linga)**와 요니**(Yoni) 남근을 형상화하여 세워진 부분이 링가이고, 여근을 형상화하여 포석정처럼 물이 흘러 내려가게 만들어진 부분이 요니다. 시바신을 모시는 사원에는 항상 이 상(像)이 있는데, 파슈파티나트 사원 주변에도 여럿 있었다.

기 때문이다. 사원 내부에 있는 여러 상(像)들은 조잡했고, 그 앞에서 기도하는 신자들의 모습은 도교 사원에서 보던 모습과 판박이였다. 기대했던 것에 비해 너무 싱거운 장면들을 보자, 힌두 사원에 대한 흥미가 급속히 줄어들었다. 북인도에서 다른 힌두 사원에 가보지 않았던 이유도 이 사원에서 받은 실망감이 컸기 때문이다.

그렇긴 했어도 네팔로 넘어와서는 다시 힌두 사원을 찾아갔다. 네팔은 국민의 80%가 힌두교도로, 인도와 더불어 대표적인 힌두국가다. 가보기로 한 사원은 네팔 힌두교의 본산인 파슈파티나트 사원(Pashupatinath Temple). 카트만두에서 5km 남짓 떨어진 외곽에 위치한 이 사원 일대는 주변이 온통 힌두문화와 관련된 건물들로 가득했다. 그 모습을 보니 저절로 흥미가 일어 사원을 향한 발걸음이 나도 모르게 빨라지기 시작했다. 그런데 정작 문제는 사원 앞에서 일어났다. 델리에서와 달리 이 사원은 힌두교도가 아니면 내부 출입이 허용되지 않았다. 그들과 다른 외모를 가진 나로선 어떻게 해볼 도리가 없었다. 여행자는 어디까지나 이방인이지만, 그래도 이런 방식으로 이방인임을 자각시킬 때는 기분이 좋지 않다.

아쉬움이 컸지만, 사원 주변을 돌아다니며 힌두 사원 분위기를 느껴보는 것 외에 달리 선택할 여지가 없었다. 사원 뒤에는 바그마티 강이라 불리는 작은 하천이 있었고, 하천 주변엔 여러 개의 화장터가 있었다. 화장터를 좀 더 자세히 보려고 건너편으로 넘어가 작은 탑들이 늘어서 있는 곳을 지나가자, 탑 안에 있던 어느 사두(Sadhu, 해탈을 추구하며 세상을 떠도는 힌두교 수행자. '사냐신'이라고도 한다)가 말을 걸어왔다. 표정과 제스처를 보니, (봉두난발한) 자신의 모습을 찍고 모델료를 달라는 뜻이었다. 거절하고 돌아서 걸어가는데 또 다른 탑에 있던 사두가 같은 제스처를 취했다.

사냐신(Sanyasin)! 대학 1학년 교양과목 때 알게 된 힌두교 용어. 세상사 모두 잊고 바람처럼 구름처럼 떠도는 삶의 단계…. 얼마나 신비로워했고 얼마나 멋있게 생각했던 라이프 스타일인가. 젊은 시절, 한때는 그 세계를 동경하기도 했고, 때가 되면 그렇게 살고 싶다고 생각했던 적도 있었다. 내가 힌두문화에 대해 관심을 가지게 된 계기도 사냐신이라는 아이콘이 있었기 때문이었다. 그런데 막상 남루한 행색으로 구걸하듯 돈을 요구하는 사두들을 보자, 내 마음 속 어떤 세계가 허공 속으로 사라져버리는 듯한 기분이 들었다. 사냐신의 모습이 겨우 이런 것이었단 말인가….

물론 이들의 모습이 사냐신의 전형이라고 할 순 없을 것이다. 그러나 어쩌면 이런 장면이 내가 미처 생각하지 못했던 막연한 동경의 실체인지도

바그마티 강 언덕에서 본 네팔 힌두교 총본산 파슈파티나트 사원 힌두교도만 출입이 가능해서 들어가 볼
수 없었다.

모른다. 인간은 살아있는 동안에는 누구나 먹어야 하고 입어야 하고 싸야 하고 씻어야 한다. 아플 때는 치료도 해야 한다. 평범해 보이는 일상에서의 이런 일들이 실은 평범한 게 아니다. 세상사 놓아두고 천하를 주유하는 것이 매력적으로 보일지라도 이 '평범'한 것들이 매끄럽게 해결되지 않는 한 주객이 전도되고 많은 것들이 무너지기 십상이다. 젊은 날의 나는 이 엄정한 진리를 너무 쉽게 생각했던 거고, 막연한 동경을 유지해 오다가 있는 그대로의 현실 한 조각을 보게 된 것이다.

다른 민족종교들(유대교, 신토, 도교)과는 달리 힌두교에 대해서는 늘 호기심을 가지고 있었다. 책을 통해 알게 된 힌두문화엔 어딘지 모르게 신비롭게 느껴지는 부분이 있었던 거다. 그러나 인도와 네팔을 여행하는 동안, 기존에 가졌던 힌두문화에 대한 호기심은 언제 그런 적이 있기라도 했냐는 듯 흔적 없이 사라져 버렸다. 힌두교에 무슨 문제가 있어서가 아니다. 힌두문화에 대한 내 호기심이 단순한 환상 수준을 벗어나지 못했기 때문이다. 여행이 반드시 실체를 알게 해준다고 하기는 어렵지만, 최소한 환상만은 깨뜨려주는 것 같다.

12

베이징 공묘(孔廟), 철 지난 바닷가

유교는 다른 종교와 차이가 많다. 신이 있는 것도 아니고, 교주나 창시자가 있는 것도 아니다. 성직자도 없고 예배 장소도 없다. 그러면서도 유교는 2천년 넘게 동아시아 사람들의 의식과 일상을 지배했다. 단순한 사상이었다고 하기엔 영향력의 범위가 너무 크다. 유교가 여러가지 면에서 다른 종교와 차이가 있는 것이 사실이나, 종교가 아니라고 하기도 어렵다.

유교에서 가장 중요시 되었던 건물은 공자 사당인 공묘(孔廟)다. 그렇긴 해도 공묘를 다른 종교의 사원과 동일하게 취급하긴 어렵다. 유교에서 공자가 차지하는 비중이 아무리 높다 한들, 그를 교주라고까지 할 수는 없기 때문이다. 공자는 유교적 사유체계를 정리한 사람이지 유교를 창시한 사람이 아니다. 그래도 유교에서 굳이 다른 종교의 사원과 유사한 기능을 가진 장소를 꼽으라면 공묘밖에 없는 것 또한 사실이다.

공묘의 핵심 건물 대성전 기와의 색상이 궁전에서 쓰는 황금색인 것이 눈에 띈다. 만세사표(萬世師表)라는 현판이 말해주듯, 공자는 2천년 넘게 동아시아의 사표 역할을 했다.

    내가 서양인이었다면 공묘에 대한 호기심이 컸겠지만, 유교문화권에서 자란 내게 공묘는 관심 밖이었다. 내가 북경에 있는 공묘에 간 것은 시간이 어중간해서였다. 티베트사원인 옹화궁에 들렀다가 나왔는데, 점심 먹기엔 이르고 어디 가기엔 시간이 잘 맞지 않아 (옹화궁 옆에 위치한) 공묘 쪽으로 발길을 돌렸던 거다.

    1306년에 건립되었다는 북경 공묘는 공자 고향인 곡부(曲阜)의 공묘에 이어 두 번째로 큰 것이고, 역대 황제들이 공자에게 제사를 지내던 곳이라 공묘 가운데는 중요도가 높았던 곳이다. 지금의 나는 별 흥미를 느끼지 않는 곳이지만, 내가 만약 조선시대 선비였다면 오매불망 와보고 싶은 장소였을 것이다.

공묘 입구의 선사문을 지나 대성문 앞에 도착하자 좌우에 비석들이 잔뜩 늘어선 모습이 눈길을 끌었다. 진사제명비(進士題名碑)라는 이름의 이 비석들은, 원·명·청 세 왕조에 걸쳐 과거에 급제한 인물들의 이름이 기록된 명부라고 한다. 비석의 숫자는 무려 198개. 중국의 진사는 우리나라 최진사 같은 유생이 아니라 황제 앞에서 최종시험을 통과한 과거 급제자를 말하므로, 그 비석에 이름 올린 사람들은 그 시절 어깨 힘 주고 살았을 것이다. 대성문에서 대성전(大成殿)으로 이어지는 마당엔 특별한 비석을 보관하는 정자인 비정(碑亭)이 몇 개 있었다. 비정 안의 비석은 명·청 시대 황제들이 남긴 흔적들이라는데, 별 관심 없어 스쳐 지나가듯 보며 통과.

몇 개의 비정을 지나고 드디어 대성전 안으로 들어섰다. 대성전은 공묘의 가장 핵심적인 공간이다. 내부 한가운데 공자의 위패와 감실이 있었고, 그 좌우에 안회, 증삼, 자사, 맹자의 위패가 있었으며, 그외에도 유문(儒門)에서 일가를 이룬 인물들의 위패가 여럿 있었다. 천장 쪽에는 황제들이 썼다는 현판 몇 개가 있었고, 바닥엔 편종과 편경, 슬(瑟) 같은 제사용 악기들이 놓여 있었다. 이곳이 (공자의) 사당이라서 그런지 대성전 내부는 신사(神社)와 비슷한 분위기를 풍겼다. 몇 세기 전까지는 이곳이 대단한 공간이었겠지만, 내겐 그저 철 지난 바닷가를 산책하는 기분 정도밖에 들지 않았다.

공묘 바로 옆은 국자감이다. 공묘와 같은 시기에 건립된 이곳은 원·명·청 시대에 걸쳐 최상급의 교육기관이었던 곳으로, 왕조시대 최고 지성을 길러내던 곳이다(오늘날로 치면 국립대학쯤 된다). 공묘와 국자감은 서로 연결되

대성전 내부의 공자 위패와 감실 분위기가 신사(神社)와 비슷하게 느껴졌다.

공묘에서 국자감 가는 길의 십삼경 각석비림

어 있어 공묘를 보고 나서 바로 국자감으로 넘어갔다.

인상적으로 와닿았던 것은, 공묘에서 국자감으로 넘어갈 때 통로에 세워져 있던 비석들의 모습이었다. 십삼경 각석비림(十三經 刻石碑林)이라 불리는 이 비석들은 유교의 13개 경전 내용을 새긴 것으로, 이름 그대로 비(碑)의 숲(林)이라 불릴만했다. 청나라 건륭제 시절, 12년에 걸쳐 63만 자에 달하는 글자를 이 비석들에 새겼다고 하니, 유학이 당시 식자층의 의식을 얼마나 강렬하게 지배했는지 짐작할만했다. 상황이 그 정도였으니, 누구든 그 시대에 태어났더라면 유교 이데올로기에서 자유로울 수 없었을 것이다.

비단 그 시대만이 아니다. 그때로부터 몇 백 년 지난 이 시점에서조차, 이웃나라인 우리 사회가 유교 이데올로기를 극복하지 못한 걸 보면, 유교의 생명력은 참으로 대단한 것 같다.

13

신사(神社), 신이 꼭 특별한 존재라야 하나?

힌두교에서는 신의 숫자가 3억 3천만이라고 한다(이 숫자는 상징적인 것이지 구체적인 의미를 갖는 것은 아니다). 이 정도는 아닐지라도 신의 숫자가 엄청 많은 종교가 하나 더 있다. 신토(神道)다. 다신교인 신토에서는 오만 가지가 다 신이 될 수 있다. 씨족신, 조상신은 물론이고 산이나 바위, 나무도 신이 될 수 있고, 심지어 거울이나 칼, 장식품도 신이 될 수 있다. 받들만한 이유가 있는 것이라면 무엇이라도 신이 될 수 있는 종교가 신토다.

솔직히 이런 신앙체계는 너무 유치하고 미신적이라 와닿는 게 없다. 그러나 일본인들은 한 해의 세시풍속은 물론이고, 태어나서 죽을 때까지 신토와 밀접한 연관을 유지하며 살아간다. 혹시 신토에 남모르는 어떤 세계가 숨어있는 건 아닐까 싶지만 그렇지도 않다. 경전이 있는 것도 아니고 특별한 메시지가 있는 것도 아니다. 그런데도 신토는 일본인들의 정신세계와 일상을 지배한다. 제3자로선 이해하기 어려운 현상이다.

사실 신토는 원시종교인 애니미즘과 별로 다르지 않다. 일찍이 서구화를 지향하여 오래전에 서구사회에 편입한 일본이 이런 신앙체계를 변함없이 유지하고 있다는 점은 뜻밖이다. 과학과 기술을 중시하고 투철한 직업정신이 몸에 밴 사람들이 일본인들인데, 그들 대다수가 이런 신앙체계 안에서 산다는 점을 어떻게 이해해야 할까.

신토가 일본인들의 정신세계에 얼마나 깊숙이 자리 잡고 있는지 보려면 일본 내 다른 종교의 상황을 살펴보면 된다. 기독교가 일본에 전래된 지 400년이 넘었지만 신자 수는 인구의 1%를 넘지 못한다. 불교는 신토와 혼합되어 그 경계가 불분명하다. 불교와 신토는 원래 합쳐질 수 없는 별개의 종교인데도 어정쩡하게 동거하고 있는 점도 특이하다. 이슬람교는 일본 사회에 아예 발을 붙이기도 어렵다. 보편적인 3대 종교의 일본 내 영향력이 겨우 이 정도에 불과하다.

신토가 아무리 유치해 보일지라도, 외부의 그 어떤 고등 종교도 일본에서는 신토를 능가하지 못한다는 이 사실이 중요하다. 일본인들은 '내가 믿는 것이 나의 신이지, 신이 꼭 특별한 존재라야 할 이유가 없다'라고 생각하는 것일까. 죽음에 대해서도 운명적인 체념이 있을 뿐, 사후세계에 대한 두려움이나 기대, 내세에 대한 욕망에는 별 관심이 없는 것처럼 보인다. 그저 지금 내가 원하는 그 무언가가 잘 이뤄지기를 기원하는 그 마음을 가장 중시하는 듯하다.

신토라는 종교는 와닿는 게 없지만 신사의 건축물은 개성 있다. 건축물이라는 볼거리가 있기에, 일본인들의 정신문화와 생활풍속도 구경할 겸 여행지에 신사가 있으면 산책하듯 가보곤 한다. 일제 때 신사참배를 강요했다는 사실 때문에 처음엔 꺼림칙하기도 했으나, 지금은 그런 기분 들지 않는다. 그렇다고 꼭 가보고 싶었던 특정 신사가 있었던 것은 아니다.

신사를 탐방한 소감은 두 문장이면 족하다. 건물배치 구조가 사찰과 닮았다는 것, 참배하는 장소의 분위기가 성황당과 닮았다는 것, 이게 전부다. 그저 뭔가를 기원하는 마음을 풀어놓는 곳, 내 눈에 보인 신사는 단지 그런 곳이었다.

신사는 예배를 보는 곳이 아니고 경전을 공부하는 곳도 아니며 포교를 하는 곳도 아니다. 단순히 참배하고 소원 비는 장소다. 그래서 아주 심플하다. 신사의 구조를 이해하는 데 필요한 기본적인 건축물은 토리이(鳥居), 데미즈야(手水舍), 하이덴(拝殿), 혼덴(本殿) 네 가지다.

절에 가면 일주문이 있듯이 신사 앞에는 토리이가 있다. 세속의 세계와 신사를 구분하는 경계지점이다. 토리이를 지나 신사 안으로 들어가면 한쪽에 손이나 입을 씻는 데미즈야가 있고, 국자처럼 생긴 물푸개가 있다. 데미즈야를 지나 신전 건물 쪽으로 가다 보면 나오는 첫 건물이 하이덴이다. 하이덴에는 사찰의 불전함처럼 생긴 헌금함이 놓여 있고, 사람들은 그곳에 돈을 넣는다. 헌금함 앞에는 큰 줄이 있고, 줄 끝에는 종이나 방울이 달려있다. 신사에 참배하는 사람들은 그 줄을 당겨 종이나 방울을 울려 신을 부른 다음, 두 번 절하고, 두 번 손뼉을 친 후, 다시 한번 절하고는 물러나온다. 이렇게 하면서 자신이 바라는 바를 기원한다. 신사의 중심 건물인 혼덴(本殿=神殿=正殿)은 하이덴 뒤에 있다. 이곳에는 그 신사의 예배 대상물인 신체(神體, 신이 깃드는 사물이나 장소)가 있다. 일반 참배객은 혼덴에 들어갈 수 없으며, 하이덴에서 참배하고 돌아가야 한다.

신사에는 참배객을 위한 악세서리도 있다. 대표적인 것이 에마(絵馬)와

오미쿠지(おみくじ)다. 에마는 말(馬) 그림이 그려져 있는 엽서 크기 만한 나무판이다. 말 그림이 그려져 있는 뒷면에 자신이 원하는 소원(주로 진학, 연애, 사업, 건강 관련 내용)을 적어 에마걸이에 걸어둔다. 오미쿠지는(마치 우리나라의 토정비결처럼) 운세를 알아보기 위해 구입하는 일종의 운세 풀이 종이다. 오미쿠지를 다 읽은 다음에 흰 면이 밖으로 나오게 접어 신사 안의 오미쿠지걸이에 묶어두고 나온다. 이해를 돕기 위해 교토의 신사들 위주로 사진을 싣는다.

❶ 신사에 들어가는 입구에 세워진 토리이(鳥居) 교토 시모가모 신사(下鴨神社).
❷ 신사에 들어가기 전에 손과 입을 씻는 장소인 데미즈야(手水舍) 교토 니시키텐만구(錦天滿宮) 신사.
❸ 소원을 적어 걸어두는 에마(絵馬)걸이 교토 야사카 신사(八坂神社).
❹ 운세풀이 종이를 걸어두는 오미쿠지(おみくじ)걸이 교토 헤이안 진구(平安神宮).

14

도관(道觀), 종교의 원형질과 I want vs. I will

도교는 중국의 민간신앙이다. 그래서 도교사원도 대부분 중화문화권 내에 있다. 중국, 타이완, 홍콩, 마카오, 싱가폴을 여행할 때 그곳에 있는 도교 사원들에 가보았다. 도교사원을 통칭하는 일반적인 용어는 도관(道觀)이다. 그러나 실제의 사원에는 사당이라는 뜻의 묘(廟)나 사(祠), 큰 건물이라는 의미의 당(堂), 존귀한 대상을 모신 곳이라는 의미의 궁(宮)으로 표기한 곳이 많았고, 심지어 사찰이라는 뜻의 사(寺)로 표기한 곳도 있었다.

도교(道敎)와 도가(道家)는 다르다. 도교가 부분적으로 도가사상을 받아들였다고 해도, 그 둘은 엄연히 구분되는 것이다. 도교는 종교이고, 도가는 사상이다. 나는 도가사상인 노장(老莊)엔 관심 있었지만 도교에는 아무런 관심이 없었다. 그래서 도교사원은 일본 여행할 때 신사 가보듯이 가벼운 마음으로 구경 삼아 가 보았을 뿐이다.

홍콩 MTR 야마테이역 부근의 틴하우 사원(天后廟) 여느 도교사원들과 마찬가지로 향내가 진동했고, 천장엔 고깔 형태의 향이 주렁주렁 달려 있었다.

특별히 인상적인 모습을 보여준 도교사원은 없었다. 어느 사원에서나 향냄새가 진동했고 사람들은 뭔가를 열심히 기원했다. 도교사원의 분위기도 성황당의 확대판쯤 되었으며, 기원하는 사람들의 표정도 힌두사원이나 신사에서 기도하는 사람들과 다르지 않았다. 그들이 믿는 것은 절대자라기보다 자기 마음속의 어떤 의지처고, 그 의지처가 사람마다 다를 뿐이다. 그것은 전설속의 인물일 수도 있고 토속신일 수도 있으며, 심지어 삼국지의 주인공일 수도 있다.

사원 내부구조는 여타 종교의 사원들과 다른 면이 있었다. 타이페이 롱

타이페이 롱싼스(龍山寺) 타이페이 시민들과 여행자들로 항상 북적이는 곳이다. 처마에 용과 봉황이 화려하게 앉아있다. 이 사원의 앞건물은 부처님을 모신 불교사원이었고, 뒷건물은 도교의 신을 모신 도교사원이었다. 한식과 양식을 겸한 식당과 같은 이치.

싼스(龍山寺)는 불교과 도교가 혼합된 사원이었고, 싱가폴의 티안혹켕(天福宮) 사원은 불교, 도교, 유교가 혼합된 사원이었다. 사원이란 하나의 종교, 하나의 믿음체계만 표방하는 곳인 줄 알았는데, 중화 문화권 사람들에겐 해당되지 않는 사항이었다. 그들은 '신(神)은 마음속에 있는 것이며, 내가 믿는 것이 곧 나의 신이다'라고 생각하는 것처럼 보였다. 도교와 신토는 이런 점에서 닮은 것 같다.

어쩌면 이런 모습이 종교의 원형질에 더 가까운 것인지도 모르겠다. 경

싱가폴 티안혹켕 사원 도교, 불교, 유교, 조상신, 해신(海神)… 신의 메뉴를 가리지 않고 모셔 놓았다. 방문자는 자기가 원하는 대상이 모셔진 칸에 가서 기도하면 된다. 이런 모습이 종교의 원형질인지도 모른다.

전이 있고 교리가 있고 논리가 있고 조직이 있는 종교보다는, 그런 것들이 아예 없는 종교가 사람들에게 더 잘 스며들고, 더 오랫동안 생명력을 유지하는 건 아닐까. 교리에는 반드시 '~을 해라', 또는 '~을 하지마라'가 따르기 마련이므로, 군이 골치 아픈 교리가 있는 종교보다, 막연한 그 어떤 대상에게 복을 비는 마음이 더 강렬하고 오래가는 것이 아닐까. 꼭 절대자에게 의지하거나 진리를 추구해야만 종교인 것이 아니라, 내 마음이 바라는 바를 투영 시킬 수 있는 대상이기만 하면 그것만으로도 충분하지 않을까… 이렇게 생각하면 힌두교와, 신토, 도교가 조금은 이해될 것 같기도 하다.

그렇다고 이런 형태의 신앙체계에 공감하는 건 아니다. 비유가 적절할지 모르지만, 이런 신앙은 언제나 그저 'I want~'의 반복이다. '~해 주세요'라는 구복적 요소가 대부분을 차지하다 보니 깨달음의 세계, 자기 성찰의 세계가 비어 있기 십상이다. 반면 'I will' 스타일의 신앙체계는, 그럼에도 불구하고(nevertheless)라는 전제가 있으므로, I want 스타일에 비해 상대적으로 고뇌가 있고, 성찰이 있고, 깨달음의 체화(體化)가 있는 편이다. 물론 I will의 신앙체계에 속해 있으면서 I want만 반복하는 사람들도 많아 현실에선 이 둘을 구분하기 어려운 경우도 많다. 어쨌든 I want 스타일의 신앙은 와닿지 않았고, 그런 믿음체계를 기초로 하는 도교사원 역시 와닿지 않았다. 그래도 문화적 호기심은 있으므로 사원이 있으면 가보곤 한다.

인도 델리의 로터스 템플(Lotus Temple)
아브라함 계열의 신흥종교인 바하이교(Bahaism) 사원이다.

제 4 장

박물관과 눈

🖅 01

박물관, 작품 하나 인생 하나

박물관만큼 가성비 높은 탐방지가 있을까. 여행지가 어디든 박물관이 있으면 어김없이 갔다. 그러나 돌이켜 보면 박물관만큼 한계를 느꼈던 장소도 없다.

예전에는 고급문화를 귀족이나 부자들만 누릴 수 있었다. 그러나 오늘날은 약간의 시간과 비용을 지불하면 누구나 최고 수준의 예술을 즐길 수 있다. 그런 점에서 보면 현대인은 축복받은 사람들이다. 문제는 예술을 감상할 수 있는 센서나 눈이 있느냐 없느냐다. 나도 예외가 아니었다.

유물을 보는 건 그나마 덜 어려웠다. 부족한 역사 지식은 수시로 자료를 찾아 보강하면 되었으니까. 그러나 예술품은 그렇지 않았다. 보고 또 봐도 이해하기 어려웠고, 작품이 내 안으로 들어오지 않았다. 미술사, 작품 해설서, 도록, 박물관 서적… 어느 것을 봐도 사정은 마찬가지였다. 활자로 된

메시지라면 웬만한 것은 흡수할 자신이 있었지만, 예술품은 그렇게 되지 않았다. 그러다 보니 '나도 거기서 그 전시품 봤다'는, 갈증날 때 물 한모금 마신 정도의 허망한 만족감에서 벗어나기 어려웠다.

한참 세월이 지난 후에야 내 자신의 접근방식에 문제가 있었다는 것을 알게 됐다. 유명 전시품을 보고 싶다는 욕망이 앞서다 보니, 정작 내 마음에 와닿는 것을 본 것이 아니라, 수많은 비평가들이 대단하다고 평가해 놓은 전시품을 그들의 생각따라 보려고 했던 게 문제였던 것이다. 굳이 그럴 필요가 없다는 것을 깨닫고 난 다음부터는 전시품을 보는 방식이 달라졌다.

작가의 명성에 괘념치 않고, 비평가들의 생각도 의식하지 않고, 내 눈길 끄는 전시품 위주로 보게된 거다. 어차피 내가 볼 수 있는 수준, 내 눈높이가 나의 감상 능력 수준이다. 작품을 보는 눈이 없는 건 여전하지만 그래도 이제는 박물관에서 전시품에 압도당하지 않는다. 작가의 명성에도 휘둘리지 않는다. 그냥 있는 그대로 본다. 유명 전시품은 유명한 대로, 모르는 전시품은 모르는 대로. 내 맘에 와닿는 전시품은 오랫동안 차분히, 그렇지 않은 전시품은 스캐닝 하듯이.

더러 어떤 전시품 앞에 서면 발길이 잘 떨어지지 않는다. 운 좋으면 그 작품을 빚은 예술가의 영혼 한 가닥을 만나는 듯한 느낌을 받기도 한다. 착각일지라도 그런 느낌을 받을 때는 기분이 좋아진다. 아무도 찾는 이 없는 허름한 공간에서 필시 고독한 시간을 보냈을 그 어떤 영혼을 느낄 때면 오랫동안 여운이 남는다. 작품 하나 인생 하나. 그렇게 만나게 되는 사람이 조금씩 늘어나는 기쁨, 수준 낮은 내 센서를 업그레이드시켜 가는 기쁨, 그게 박물관에서 누릴 수 있는 행복이다.

우리나라에서는 박물관과 미술관이 다른 단어다. 개념도 다르고 전시품도 다르다. 그러나 영어로는 구분이 명확하지 않다. 박물관이나 미술관 모두 뮤지엄(museum)으로 쓰기 때문이다. 더러 미술관을 '아트 뮤지엄(Art Museum)'이라고 표기하기도 하지만, 모든 미술관이 그런 건 아니다. 유물과 미술품의 경계를 구분하기 애매한 측면도 있다.

　나는 박물관이든 미술관이든 가리지 않았다. 낯선 나라, 낯선 문화를 접하는 것은 언제나 설레는 일인데 굳이 그런 것을 구분할 이유가 없었다. 여러 박물관(미술관)의 전시품들을 보며 감동 받았던 순간은 수없이 많다. 그러나 전시품을 본 소감을 얘기하는 것은 나 같은 문외한에게는 언감생심이고, 여기서는 유독 가보고 싶었던 박물관(미술관) 몇 곳에 대한 인상만 스케치해 본다.

렘브란트가 40대 중반에 그린 자화상(비엔나 미술사 박물관 소장) 무심해 보이는 그의 눈빛이 말해주듯, 다른 예술가들처럼 그의 삶도 고독하고 고단했다.

루브르 박물관, 우물 밖 첫 나들이

파리든 런던이든, 로마든 비엔나든, 유럽 대도시엔 어디나 많은 박물관과 미술관이 있다. 유럽의 도시여행이 싫증나지 않는 이유는 이처럼 풍요로운 문화공간이 있기 때문이다. 유럽 여행이 갖는 매력이다. 유럽 박물관 가운데 가장 먼저 가본 곳은 루브르(Louvre Museum)였다. 이 말은 곧 이곳에서 가장 강렬한 인상을 받았다는 의미이기도 하다. 개구리가 우물 밖으로 나와서 본 첫 박물관이니 오죽했겠는가. 산골 소년 서울 구경간 듯, 루브르에 홀딱 반해버렸다. 마음만 먹으면 언제든지 이런 멋진 박물관에 올 수 있는 파리 시민들이 부러웠다.

루브르는 유리 피라미드가 있는 마당을 중심으로 3개의 전시관으로 구성되어 있었고, 각 전시관은 내부에서 서로 연결되어 있었다. 다른 박물관들도 그렇듯이, 무게가 많이 나가는 고대 유물과 조각 작품은 건물의 아래

이 박물관은 유리 피라미드를 가운데 두고 ㄷ자 형태로 구성되어 있다. 사진의 정면 건물이 쉴리관, 좌측 건물이 리슐리외관, 우측이 드농관이다. 피라미드 아래가 관람이 시작되는 지점이다.

쪽에, 상대적으로 가벼운 회화 작품은 위쪽 층에 있었다. 어느 박물관에서나 나는 늘 아래쪽부터 보는 편이다. 전시품을 관람하다 보면 시간이 지날수록 체력이 소진되기 마련이므로, 후반으로 갈수록 (유물이나 조각보다는) 분위기가 밝은 편인 그림을 보는 것이 좋기 때문이다.

　볼거리가 넘쳐나는 메이저 박물관을 방문하면서 볼거리 목록을 선정해 간다는 것은 어울리지 않는 일이다. 그러나 관람의 우선순위를 구분해 두는 것이 그렇게 하지 않는 것보단 나을 것 같아, 가기 전에 부지런히 자료를 뒤져 보고 싶은 전시품들을 미리 선별해 뒀다. 그런데 내가 우선순위를 부여해 둔 전시품들(레오나르도를 필두로 베로네세, 들라크루와, 제리코, 다비드, 앵그르…의 작품들) 앞에는 어디나 사람들이 빼곡했다. 관람객들의 눈높이가 비

안토니오 카노바의 〈에로스의 키스로 되살아난 프시케〉 비너스의 꾐에 넘어가 죽음과 같은 잠에 빠져든 프시케를 깨우기 위해 에로스가 입맞춤을 하는 장면을 조각한 것.

숫한 걸 보면 교육받은 내용이 서로 비슷한 모양이다. 전시품 가운데는 차라리 도록이 실물보다 훨씬 나은 경우도 있었다.

　그래도 전체적으로는 아주 좋았다. 루브르를 방문한 이후 이름깨나 있는 박물관들을 웬만큼 돌아다녀 보았는데, 내겐 루브르만한 곳이 없었다. 다른 박물관들에 비해 뭐가 그리 좋았느냐고 물으면 딱히 할 말은 없다. 그래도 얘기해 보자면, 우선 이 박물관은 하드웨어가 월등했다. 건물 외부는 물론 내부도 화려하고 아름다웠다. 원래 궁전이었던 곳을 박물관으로 만들었기 때문이다.

　하드웨어 못지않게 좋았던 것은 소프트웨어였다. 전시품의 다양성, 전시

다비드의 〈나폴레옹 황제의 대관식〉부분 가로 10m에 가까운 대작이다. 이 그림은 제목과 내용이 제대로 매치되지 않는 면이 있다. 그것에 얽힌 얘기는 미술사 책 한 권만 펼쳐봐도 알 수 있다.

품의 역사성, 전시공간, 동선, 관람 시스템, 스탭들의 매너, 편의시설, 모든 것이 세계 최고요 스페셜 원(special one)이었다. 서양 박물관 가운데 처음 가본 곳이라서 그렇게 생각하는 것만은 아니다. 루브르에 가보고 난 이후, 10년 넘게 세계의 수많은 박물관을 다녀보고 나서 다시 루브르에 가보았는데, 역시 그 생각엔 변함이 없었다. 루브르는 언제 봐도 루브르였다.

아무리 루브르가 대단하다고 해도, 그곳의 전시품들 가운데는 다른 나라에서 꿍쳐온 것들이 많지 않으냐고 시비할 수는 있다. 틀린 말은 아니나, 그 얘긴 이어지는 대영박물관에서 하는 편이 나을 것 같다.

03

대영 박물관, 장물 가득한 보물창고

미국, 영국, 프랑스, 독일은 서구세계를 대변하는 나라들이다. 그런데 이 나라들은 하나같이 고대사가 없다. 그래서 고대사 자료를 전시하려면 (자신들의 뿌리인) 서양문명 초기의 유물을 전시할 수밖에 없다. 서양문명은 이집트와 메소포타미아 지역에서 시작하여 그리스, 로마를 거쳐 왔다. 그러므로 이들 지역의 유물을 확보해야 한다.

문제는 유물 확보 과정이다. 유물을 정상적으로 구입하거나 기증받은 경우라면 상관 없지만, 그렇지 않은 경우가 많은 게 문제다. 특히 대영박물관(British Museum)은 그런 시비에 심하게 시달린다. 이유는 19세기 말까지 영국이 세계 최강국의 지위를 유지했고, 그 덕분에 남의 나라 유물을 비정상적인 방법으로 가장 많이 획득했기 때문이다(British Museum을 번역하면 영국 박물관인데, 제국주의 냄새가 짙게 배어있는 '대영'이라는 용어를 그대로 사용한 이유도 이 때문이다).

대영박물관 외관 그리스 신전 스타일로 지어져 웅장한 파사드가 돋보인다. 1759년 개관한 세계 최초의 공공박물관인 이 박물관은 언제 가도 만원이다.

시빗거리가 된 소장품 가운데 대표적인 것으로 엘긴 마블(Elgin marble)이라 불리는 파르테논 신전 조각품이 있다. 이 조각품은 영국 외교관으로 오스만 제국에 파견되어 있던 엘긴이 그리스 아테네의 파르테논 신전에서 뜯어 영국으로 가져온 것이다(당시 그리스는 오스만 제국 치하에 있었다). 그리스는 줄기차게 이 조각품의 반환을 요구했지만 영국은 한결같이 거절했다.

영국도 자기들 나름대로의 거부 논리는 편다. 가져가봤자 제대로 관리할 능력이 되느냐고도 하고, 세계적인 유물은 어느 특정 민족의 소유물일 수 없다고도 하며, 심지어 친부모만 권리가 있는 게 아니라 양부모에게도 권리가 있다(버려진 것을 발굴하고 보살핀 측도 권리가 있다)고도 한다. 이런 논리

대영박물관의 파르테논 전시실 이 전시실 안의 모든 유물은 아테네의 파르테논 신전에서 떼어 온 것들이다.

가 얼마나 유치한 것인지는 굳이 얘기할 필요 없을 것이다. 이유 여하를 불문하고 돌려주기 싫다는 건데, 눈 어둡고 힘 없으면 언제나 이런 수모 겪는다.

그래도, 오래전에 이미 그 고대유물의 가치를 알아보고 수집할 생각을 한 그들의 눈은 부러웠다. 학문적 깊이와 문화적 소양 없이 백년, 이백년 전에 그런 유물의 가치를 제대로 알고 가져온다는 것은 어림없는 일이다. 그저 단순한 돌 조각품에 지나지 않아 보이는 것들도, 이들은 인류의 발자취를 증언하는 소중한 유물인 줄 알았던 거다. 대부분의 나라들이 대대손손 관습 대로 살아가던 그 시절에, 이들은 이미 차원이 다른 영역에 나가

대영박물관에 들어서자마자 만나는 그레이트 코트(Great Court) 이 박물관에 처음 갔을 때 이 안에 있던 리딩 룸을 부러워하며 오랫동안 둘러보았던 기억이 난다.

있었다. 잘못된 것은 잘못된 거고, 부러운 것은 부러운 거다.

수집 과정의 부당성 부분을 제외하면, 이 박물관은 가히 인류의 보물창고라고 할만하다. 로제타 스톤, 람세스 2세상, 아메노피스 3세 두상, 이집트 미라, 이집트 네바문 고분벽화, 이집트 사자의 서, 라마수 석상, 검은 오벨리스크, 아슈르나시르팔 2세 궁전의 유물, 위에서 얘기한 엘긴 마블, 네레이드 신전… 선사시대부터 현대까지 세계 각처의 좋다는 건 다 긁어다 놔서 없는 거 빼고 다 있다. 루브르 소장품이 40만 점인 데 비해 대영박물관 소장품은 700만 점이라고 하니 알만하지 않은가. 그래서 관람객 입장에서만 보면, 인류 발자취를 한곳에서 스크린 할 수 있어 편리한 점도 있긴 하다.

런던에 여행 온 사람치고 이 박물관에 들르지 않는 사람은 없을 것이다. 나도 런던 갈 때마다 이곳을 찾았다. 그러나 이 박물관은 루브르와 달리 전시품이 온통 유물 위주다(회화는 트라팔가 광장 옆 내셔널 갤러리에서 전시한다). 그 때문인지 관람 만족도는 루브르만 못했다.

엉뚱한 얘기처럼 들리겠지만, 내가 이 박물관에서 가장 가보고 싶었던 공간은 리딩 룸(Reading Room)이었다. 둥글고 높은 천장을 가진 아름다운 이 공간은, 오랫동안 수많은 작가, 지식인들에게 마음의 고향이었다. 찰스 디킨스, 버나드 쇼, 코난 도일, 버지니아 울프, 오스카 와일드, 간디… 모두 이곳을 사랑했고 이곳에서 책을 읽었다. 나는 이 공간이 너무 보고 싶어서 이 박물관에 처음 갔을 때(2002년)는 한참 동안 리딩 룸에 머물렀다. 내가 사는 도시에 이런 공간이 있으면 얼마나 좋을까… 생각하면서.

바티칸 박물관, 꿈결에 님 만난 듯

바티칸에 처음 갔을때는 이 박물관(Vatican Museums)을 관람하지 못했다. 입장권을 구입하려는 사람들이 박물관 담장 따라 하염없이 늘어서 있었는데, 그들과 함께 줄에 서 있기엔 날씨가 너무 더웠다. 그렇게 많은 사람들이 기다리고 있을 줄은 예상하지 못했다.

두번째 갔을 때(2016년)는 (줄서기 싫어서) 온라인으로 미리 티켓을 구입하고 갔다. 박물관 탐방하면서 티켓을 미리 구입해 간 곳은 이곳이 유일하다. 바티칸에 여행 온 사람치고 이 박물관에 오지 않는 사람은 없는 것 같다. 연간 방문객 수는 루브르-대영-바티칸 순이지만, 여행자가 체감하는 혼잡도는 바티칸-대영-루브르다. 바티칸 박물관은 티켓 구입하는 줄부터 압도적으로 길고, 전시공간과 이동공간이 협소한 데다, 관람 동선이 일방적인 곳이 많기 때문이다.

주세페 모모(Giuseppe Momo)**가 설계한 아름다운 나선형 계단** 올라오는 사람과 내려가는 사람이 만나지 않게 이중나선 구조로 설계되어 있다.

이 박물관의 가장 큰 특징은 르네상스 시대의 작품이 많다는 점이다. 르네상스 때 교회조직은 돈도 있었고 권력도 있었다. 예술에 안목 있는 교황들도 몇 있었다. 좋은 건 죄다 구해올 수 있었고, 최고의 예술가들에게 작품을 의뢰할 수 있었다. 그 때문인지 이 박물관엔 미술사에 등장하는 유명 전시품들이 꽤 많았다.

이 박물관에서 가장 혼잡했던 공간은 '라파엘로의 방들'로 불리는 4개의 방이었다. 그 가운데서도 어느 미술사 책에나 나오는 '아테네 학당'이 있는 방은 사람들로 미어터질 지경이었다. 전세계에서 온 관광객들로 초만원인 데다가, 각국 언어로 떠들어대는 가이드들의 해설 소리로 이 방은 완전 난

바티칸 박물관 통로의 천장 원래 교황의 궁전이었던 곳을 용도 변경한 것이라 건물 자체가 예술품이라고 해도 될만하다.

장판 이었다. 메이저 박물관들 가운데 바티칸의 관람 환경이 가장 좋지 않았다.

시스티나 성당은 라파엘로의 방들보다 훨씬 더했다(바티칸 박물관 티켓은 시스티나 성당 관람을 포함한다). 성당 안은 관람객들로 발디딜 틈 없을 정도였다. 관리요원들이 '조용히 관람해 달라'는 안내방송을 수시로 했고, '다음 사람이 관람할 수 있게 너무 오래 머무는 것을 자제해 달라'고도 했다. 시스티나 성당은 박물관으로 쓰이는 공간 가운데서는 세상에서 가장 붐비는 곳일 것이다.

이 성당에 사람들이 몰리는 이유는 〈천지창조〉와 〈최후의 심판〉 그림 때

바티칸 박물관의 상징적 전시품인 라파엘로의 〈아테네 학당〉 라파엘로는 자신의 대표작인 이 작품속에 당대의 지성 54명을 그려 넣었다. 이 그림에 등장한 인물들에 얽힌 스토리도 흥미롭다.

문이다. 사람들은 이 그림을 보기 위해 이 박물관을 찾는다고 해도 과언이 아니다. 미켈란젤로가 30대 시절에 4년에 걸쳐 그렸다는 천장화 〈천지창조〉, 60대 시절에 6년에 걸쳐 그렸다는 제단화 〈최후의 심판〉, 그리고 보티첼리를 비롯한 다른 르네상스 화가들이 그린 벽화인 〈모세의 일생〉과 〈예수의 일생〉. 서양미술사의 정점을 차지하고 있는, 책과 도록을 통해 수없이 보고 또 봤던 그림들로 채워진 공간. 천장화·제단화·벽화로 3면이 그림으로 가득한 그 공간은 종교예술의 극치를 보여주는 곳이었다. 세상에 이런 곳이 다 있다니…. 교황을 선출하는 콘클라베(Conclave)가 왜 이곳에서 열리는지 알만했다.

관람 환경이 좋지 않은 점은 아쉬웠다. 미리 답안지를 보고 문제풀이 하듯 이곳의 작품들에 얽힌 스토리를 웬만큼 읽고 갔는데도, 어디서부터 무얼 봐야 할지 정신 차리기 어려울 지경이었고, 차분하게 감상하는 것이 불가능했다. 그만큼 복잡하고 산만하고 시끄럽고 그림과의 물리적 거리가 멀었다.

이 위대한 예술 공간에 여행자가 머무는 시간은 길지 않다. 사진 촬영이 금지된 곳이라 사진 찍는 데 시간이 소요되지 않는 데다, 천장을 쳐다보느라 목이 아프기도 하고, 다른 관람객들이 볼 기회도 주어야 하니까. 나도 30분 남짓 보다가 나온 것 같은데, 나오기 전 아쉬운 마음에 다시 한번 그림들을 눈에 담았다. 그런데 밖으로 나오자마자, 꿈결에서 님 만난 듯 방금 본 그 그림들이 아련해졌다.

에르미타주, 네바 강변에 핀 해바라기

일본에 교토가 있고 터키에 이스탄불이 있다면 러시아엔 상트페테르부르크가 있다. 표트르 대제가 러시아의 유럽화를 꿈꾸며 만든 도시. 200년 넘게 로마노프 왕조의 수도였던 도시. 궁전, 성당, 박물관, 운하, 요새, 광장… 가볼 데가 지천에 널린 이 아름다운 도시를 여행하고 싶지 않은 사람이 있을까.

볼거리 넘치는 상트지만, 내가 보고 싶었던 탐방지 1순위는 러시아를 대표하는 세계적 박물관 에르미타주(Hermitage Museum)였다. 에르미타주는 예카테리나가 남긴 유산이다. 표트르 대제의 유럽화 플랜이 상트페테르부르크의 건설이었다면, 예카테리나 여제(女帝)의 유럽화 플랜은 박물관 만들기였다. 프로이센 출신이었던 예카테리나는 러시아의 촌스런 문화 수준을 유럽 수준으로 바꾸고 싶어 했고, 기회가 생길 때마다 유럽에 선이 닿는

궁전 다리에서 본 에르미타주 표트르 대제의 딸이자 예카테리나 여제(女帝)의 직전 황제였던 '엘리자베타 페트로브나'가 재위하던 기간(1741~1762)에 지어진 건물이다.

미술상, 은행가들로부터 엄청난 양의 미술품을 사들였다. 어느 정도의 예술품이 모아지자 그녀는 겨울궁전에 별도의 건물을 지어 자신의 소장품을 전시하기 시작했고(1764년), 그곳을 자신의 에르미타주(은둔지)라고 이름 지었다. 이것이 에르미타주의 기원이다.

오늘날 이 박물관은 루브르, 대영, 바티칸과 더불어 빅4 자리를 차지하고 있다. 설레는 마음으로 찾아간 이 박물관은 기대했던 대로 이름 값을 했다. 우선 건물 자체부터 맘에 들었다. 원래 로마노프 왕조의 궁전이었던 건물을 박물관으로 전용한 덕분에, 건물 외관은 물론 내부 전시공간이 화려했다. 또한 전시실 창밖으로 보이는 네바 강의 아름다운 풍경은 전시품을 관람하는 즐거움을 배가시켰다. 전시품의 사진 촬영에 관대한 점도 좋

입장하기 위해 길게 늘어선 줄

왔다.

다른 메이저 박물관들처럼, 이 박물관에도 고대 이집트, 그리스, 로마 시대의 전시품들이 있었고, 르네상스 시대의 전시품들도 있었다. 이 박물관이 다른 박물관들보다 우위에 있는 부분은 회화작품이다. 무려 300만 점이 넘는 그림을 소장하고 있다는 에르미타주는 세계에서 가장 많은 미술작품을 소장하고 있는 것으로 유명하다. 이곳엔 내가 좋아하는 렘브란트와 인상주의 화가들(세잔, 르누아르, 모네, 고갱, 고흐 등)의 그림이 많이 전시되어 있어서 관람하는 기쁨이 컸다.

에르미타주가 대영박물관이나 루브르에 대해 어깨 힘 주며 자랑하는 대

전시실로 올라가는 계단 로마노프 왕조의 궁전이었던 건물답게 박물관 내부는 화려했다.

목은 소장품 취득 과정이다. 자신들은 대영박물관이나 루브르처럼 남의 나라 유물을 약탈한 것이 아니라 정당하게 거래해서 수집했다는 거다. 물론 이건 사실이다. 그러나 약탈 문화재가 없는 것은, 그들이 도덕적인 나라라서가 아니라(세상에 도덕적인 나라가 어디 있겠는가) 그들에게 그럴 기회가 없었기 때문이다. 영국과 프랑스가 남의 나라에 가서 분탕질하던 시절에 러시아는 그 판에 끼어들 처지가 못 되었을 뿐이다.

내 생각엔 소장품을 취득한 과정보다는 그것을 지켜낸 과정이 오히려 더 자랑스러워 보인다. 2차대전 때 독일군은 2년 반 가까이 레닌그라드(지금의 상트페테르부르크)를 포위 공격했다. 레닌그라드에 모든 연료와 음식 공급이 차단되었고, 이 때문에 백만 명 이상의 시민들이 굶주림과 질병으로 죽었다. 에르미타주도 무사하지 못했다. 소장품들 가운데 일부는 포위 공격을 받기 전에 기차에 실려 도시를 빠져나갔지만, 에르미타주엔 여전히 많은 소장품들이 남아 있었다. 미처 이송하지 못한 소장품들이 온전하게 보전될 수 있었던 것은, 극단적인 굶주림 속에서도 이를 지키려는 직원들의 눈물겨운 노력이 있었기 때문이라고 한다. 그들 덕분에, 네바강변엔 세계 어디에 내놓아도 뒤지지 않을 아름다운 한 송이 해바라기(러시아 국화)가 필 수 있었던 거다. 이만하면 자랑할만하지 않은가.

06

뉴욕 메트로폴리탄, 전시품보다 더 고귀한 것

유럽의 빅4 박물관은 워낙 유명해서 처음부터 내 버킷리스트에 올라 있었다. 반면 뉴욕 메트로폴리탄(Metropolitan Museum of Art)은 뉴욕에 가면 한번 들러봐야지 하는 정도였을 뿐, 빅4와 같은 열망은 없었다. 그런데 안 가봤으면 크게 후회할 뻔한 박물관이었다.

미국은 나라 역사가 짧다. 그래서 박물관 역사도 짧을 수밖에 없다(공식 명칭이 Metropolitan Museum of Art 이므로 미술관이라고 하는 것이 맞지만, 여기서는 편의상 박물관으로 표기했다). 북미 대륙에서 오래된 박물관에 속한다는 이 박물관도 1870년에야 개관했다. 역사가 짧으니 희귀한 소장품들을 수집할 여유가 없었을 거고, 따라서 박물관 수준은 유럽에 비해 한참 떨어질 거라고 생각했다. 그런데 막상 이 박물관에 가보니, 웬걸, 동서고금 전 시대와 전 지역을 아우르는 엄청난 양의 전시품에 입이 딱 벌어졌다. 전시품의 다양성은 물론, 전시공간의 쾌적함, 관람의 편의성에서도 탑 클래스였다.

뉴욕 메트로폴리탄 박물관 입구 북미 대륙에서 가장 큰 박물관일 뿐만 아니라 유럽의 빅4에도 뒤지지 않는다.

전시공간이나 관람의 편의성은 단시간에도 얼마든지 수준을 높일 수 있다. 그러나 소장품은 그럴 수 있는 것이 아니다. 미국은 독립전쟁(1775~1783)에다 남북전쟁(1861~1865)까지 치르느라 오랫동안 정신없는 상태였으므로, 다른 나라 문화재를 약탈할 기회가 거의 없었다. 그런데 어떻게 이렇게 짧은 시간에 이런 방대한 작품들을 소장할 수 있었을까. 부자 나라니까 돈으로 마구 사들였나… 싶었는데 그게 아니었다. 자료를 보니 해답은 기증에 있었다. 이 박물관을 만들어 온 원동력이 미국의 기부문화였던 것이다.

철도왕이었던 존 테일러 존스턴, 금융가 J. P. 모건의 아들인 J. P. 모건 주

메이저급 박물관 가운데 관람하면서 가장 편안한 기분을 가졌던 곳이 이 박물관이다. 전시공간이 시원시원했다.

니어, 석유왕 록펠러의 아들인 록펠러 주니어를 비롯한 수많은 슈퍼리치(super-rich)나 그 후손들이 돈과 작품을 기증했다. 더 부러운 사실은, 그런 큰 부자가 아니면서도 이곳에 기부하거나 기증한 사람이 부지기수라는 점이다.

기부문화가 살아있다는 것은 기부하는 자가 확고한 철학이 있다는 의미이고, 기부하는 자와 기부받는 자 사이에 신뢰 관계가 살아있다는 의미이다. 박물관보다 더 가치있는 것, 소장품보다 더 고귀한 것은 그런 문화가 아닐까. 기부문화와 더불어 이 박물관의 또 다른 자랑거리는 박물관의 관리와 운영에 자원봉사자가 차지하는 비중이 매우 높다는 것이다. 시민 모두가 함께 박물관을 만들어간다는 정신을 가장 잘 보여주는 박물관이 이

이렇게 화려하고 정교한 문양을 빚어내기 위해 얼마나 많은 시간과 정성이 필요했을까. 세상은 넓고 고수
는 많다.

박물관이었다.

　이 박물관은 백과사전식 박물관의 전형이라 할만했다. 전시품이 대부분
의 시대와 지역을 망라하고 있어서 나처럼 다른 문화권 전시품을 자주 접
하지 못하는 사람에게는 딱인 박물관이었다. 그렇다고 해서 미술사에 등
장하는 주류 예술가들의 작품이 부족하냐 하면 그런 것도 아니었다. 고야,
엘 그레코, 렘브란트, 세잔느, 고흐, 고갱, 마티스, 피카소, 칸딘스키, 모딜리
아니… 쟁쟁한 작가들의 작품도 전시되어 있어 행복감을 만끽했다. 가볍
게 생각하고 갔다가 이곳에서 시간과 체력을 오버슈팅하고는 센트럴 파크
그늘에 앉아 한동안 재충전을 해야 했다.

07

국립고궁박물원, 타이페이에서 만난 조선 선비

타이페이에는 장개석의 흔적이 많았다. 곳곳이 그의 흔적 투성이였다. 국립고궁박물원(國立故宮博物院)도 그 가운데 하나다. 20세기 중반, 국민당 보스였던 그는 공산당 보스였던 마오쩌둥과 대륙의 패권을 놓고 맞짱떴다. 그게 국공내전(國共內戰)이다. 초반에는 장개석이 유리했으나 시간이 지나면서 전세가 불리해지기 시작했다. 어느 시점이 되자 그는 더 이상 역전이 불가능할 것이라는 생각이 들었던지, 국민당 정부 관할 하에 있던 유물들을 타이완으로 옮겨놓았다. 그때 옮겨둔 유물로 만든 것이 이 박물관이다.

이 박물관은 유래에 대해 좀 더 살펴볼 필요가 있다. 1912년 청나라가 망한 후에도 황실은 여전히 자금성에 머무르고 있었다. 그러다 1924년 군벌의 쿠데타로 정변이 일어났고, 새로 권력을 잡은 세력은 황실을 자금성에서 쫓아냈다. 황실이 떠나고 나자 (황실이) 소장하고 있던 유물들에 대한

타이페이 국립고궁박물원 우리에게 익숙한 스타일의 전시품들이 많아 서양 메이저 박물관들보다는 신선함이 덜하다. 그러나 명실공히 아시아를 대표하는 박물관이다.

조사가 이뤄졌고, 이를 토대로 그 다음해인 1925년 자금성에 '고궁박물원'이 설립되었다. 그러나 일본과의 항일투쟁이 격렬해지면서 유물의 안전이 위태로워졌고, 국민당 정부는 유물들을 남쪽의 몇몇 도시로 옮겨두었다.

　2차대전이 끝나면서 일본은 물러갔지만 중국 대륙에서는 다시 국공내전이 벌어졌고, 대세가 공산당에게 넘어갈 즈음, 국민당 정부는 이 유물들을 군함에 실어 타이완의 기룽항으로 옮겨왔다(1948년). 이상이 자금성의 고궁박물원에 있던 유물이 타이완으로 흘러온 과정이고, 이 박물관의 명칭이 자금성의 공식명칭인 '고궁박물원'과 같은 이유다. 뿌리가 이렇다 보니 이 박물관은 기원도 1925년으로 하고 있다.

중국 정부가 이 유물들에 대해 가만 있었을 리는 만무한 일. 타이완에 대해 '탈취해 간' 문화재를 반환하라고 줄기차게 요구하고 있다. 물론 타이완은 이런 요구를 무시한다. 그러면서도 타이완은 중국 정부가 소송이라도 걸까 봐, 상대국 정부가 공식적으로 반환 보장을 하지 않는 한, 이 박물관 소장품들의 해외 전시도 하지 않는다고 한다.

MRT 스린(士林)역에 내려 다시 버스로 갈아타고 박물관으로 갔다. 접근성은 좋은 편이 아니었지만 산기슭 언덕에 자리잡은 박물관 전경은 개성 있었다. 고궁박물원이라는 명칭을 염두에 두었는지 건물에서 중국 궁전 분위기가 살짝 났다.

이 박물관의 전시품은 크게 두 부류였다. 하나는 우리에게도 약간 이색적인 중국 고유의 유물들, 다른 하나는 우리에게 익숙한 서예와 회화 작품들. 특히 일부 전시실은 우리나라 박물관이라고 해도 될 정도로 분위기가 유사했다. 이 박물관의 전시품을 보니, 조선시대 선비나 화가들의 성향이 중국 선비나 화가들과 서로 어슷비슷했다는 것을 확인할 수 있었다. 다른 측면에서 보면, 그 시절 우리가 중국의 영향을 지나칠 정도로 많이 받고 살았구나라는 것을 확인할 수 있는 공간이기도 했다. 전시품들이 크게 낯설지 않아서 그런지 다른 나라 박물관을 볼 때와 같은 신선한 충격은 없었다.

고궁박물원 내 정원인 즈산웬(至善園)과 중국 전통 스타일의 정자.

그래도 이 박물관은 아시아를 대표하는 박물관으로 꼽힌다. 언뜻 생각하면 이런 분야에서 훨씬 더 섬세함을 자랑하는 일본에 더 나은 박물관이 있을 것 같지만, 일본 박물관들 가운데 이 박물관에 필적할만한 곳을 본적이 없다. 과거로 거슬러 올라갈수록 일본은 중국만큼 컨텐츠가 풍부하지 않기 때문일 것이다.

이 박물관에는 아쉬운 점도 있었다. 전시품이 중국 유물 위주로 채워져있어 다양성이 부족한 편이었고, 이마저도 중국 고대의 청동기와 명·청시대의 것들이 대부분이라 단조로운 느낌을 주었다. 또한 유럽의 메이저

고궁박물원 계단에서 내려다본 입구 멀리 보이는 석조패방에 '천하위공(天下爲公)'이라는 쑨원의 휘호가 새겨진 현판이 있다. 직역하면 '천하는 모든 이의 것이다'라는 의미인데, 생각하기에 따라서는 유물을 반환하지 않으려는 타이완 정부의 입장을 대변하는 것처럼 보이기도 한다.

박물관에 비해 전시공간이 좁은 탓에 전시품의 숫자도 적은 편이었다. 다행스러운 점은, 우리가 다녀온 후 4년이 지난 2015년 말, 자이(嘉義)현 타이바오(太保)시에 국립고궁박물원 남부분원이 설립되어 본원 수장고에서 잠자는 유물의 순환전시가 가능해졌다는 사실이다. 더 고무적인 것은 머잖아 본원이 증축되어 전시공간이 대폭 확대될 예정이라는 소식이다. 타이완을 다시 찾을 이유가 하나 더 늘었다.

08

멕시코시티 국립 인류학 박물관, 편안한 전시공간 불편한 유물

중앙아메리카에서 생겨났다 사라진 문명들에 대한 호기심은 늘 있었다. 그러나 물리적으로 너무 멀리 떨어진 곳이라 그 호기심을 해소할 기회가 잘 생기지 않았다. 그러다 2013년 남미 여행을 마치고 미국으로 가는 길에 드디어 멕시코에 들르게 되었다.

멕시코시티에 도착한 다음 날 테오티우아칸(Teotihuacan) 유적지부터 찾아갔다. 멕시코시티에서 북쪽으로 40km 정도 떨어진 곳에 위치한 이곳은, 중앙아메리카 고대문명인 테오티우아칸 문명의 중심지로 유명하다. 대표적 유적지는 피라미드군(群).

유적지 규모는 거대했다. 입구에서 가장 가까운 곳에 있는 케찰코아틀(Quetzalcoatl)의 신전을 거쳐 유적지 가운데를 관통하는 도로인 '(인신공양 제물로 희생된 사람들이 걸어갔다는) 죽은 자의 길'로 이동했는데, 그 길이 너무 길

테오티우아칸에 있는 '태양의 피라미드' 밑변 길이 225m, 높이 65m의 거대한 피라미드로 세계에서 세 번째로 크다고 한다. 기원전 2세기경을 전후하여 형성된 테오티우아칸 문명은 서기 350~650년 사이에 절정을 맞이했다가 소리없이 사라진 미스터리한 문명이다.

었다. 아마 3km는 족히 넘었을 것이다. 작렬하는 태양 아래 그 길을 걷는 게 쉬운 일이 아니었지만, 걷지 않고 지나갈 방법은 없었다. 그 길 따라 북쪽으로 2/3쯤 걸어가자 '태양의 피라미드'가, 남은 1/3정도를 더 걸어가자 '달의 피라미드'가 있었다. 피라미드를 보니 신기하기도 했고 한편으론 의문이 생기기도 했다. 도대체 누가, 왜, 이곳에 이런 거대한 피라미드를 만들었을까.

지역적으로 볼 때 중앙아메리카에는 크게 두 갈래의 문명이 있었다. 한 갈래는 지금의 멕시코시티 주변에서 생겨났던 테오티우아칸(Teotihuacan)-톨텍(Toltec)-아즈텍(Aztec) 문명이고, 다른 한 갈래는 멕시코 남동부와 과테

말라, 벨리즈, 온두라스, 엘살바도르를 중심으로 번영했던 마야(Maya) 문명
이다. 그러니까 테오티우아칸 문명은 아즈텍 문명의 할아버지 문명쯤 되
는 셈이다. 그런데 워낙 오래전인 기원전 2세기경부터 6세기 후반까지 존
속했던 문명이라 여전히 많은 부분이 밝혀지지 않은 상태라고 한다.

테오티우아칸에 다녀온 다음 날 멕시코시티 국립 인류학박물관(National
Museum of Anthropology)을 찾았다. 이 박물관은 전시품보다는 건물에 더 호
기심이 끌려서 간 특별한 케이스다. 언젠가 이 박물관을 소개하는 다큐멘
타리를 본 적 있는데, 청동 분수기둥 하나가 거대한 캐노피(canopy)를 받치
고 있는 독특한 구조가 너무 인상적이었다. 그래서 이 박물관에 들어서자
마자 나는 그 기둥부터 둘러봤다. 생각했던 것보다 훨씬 컸던 기둥에는 일
일이 망치로 두드려서 성형했다는 조각이 새겨져 있었고, 천장으로부터
기둥 주위로 떨어지는 물이 안개처럼 보여 묘한 분위기를 자아냈다.

청동 기둥을 보고 나서 박물관 내부로 들어갔다. ㄷ자 형태의 2층으로
이뤄진 이 박물관은 동선이 아주 편리하게 만들어져 있었다. 1층의 각 전
시실은 입구와는 별도로 바깥의 야외 전시공간과 연결되어 있었고, 1층 전
시실과 바로 위 2층 전시실은 에스컬레이터로 연결되어 있어 관람하기 편
리했다. 박물관 동선으로는 최상이었다.

이 박물관은 (인류학박물관이라는 명칭에서 알 수 있듯이) 예술품을 전시하는 일
반적인 박물관이 아니라, 멕시코와 그 주변에서 살았던 부족들의 유물과
생활상을 전시하는 박물관이었다. 1층에는 주로 중앙아메리카 각 문명의
유물을 전시하고 있었고, 2층에는 멕시코 원주민들의 생활문화를 전시하
고 있었다. 핵심 전시공간은 1층이었고, 그 가운데서도 테오티우아칸실, 톨

전시공간에서 뜰을 통해 바라본 분수기둥과 캐노피 멕시코가 자랑하는 유명한 건축가 바스케스(Pedro Ramirez Vasquez)의 작품이다. 언뜻 보면 불안한 구조물처럼 보이지만, 이 캐노피는 1985년 멕시코 대지진 당시에도 끄떡 없었다고 한다.

1층의 각 전시실은 출입구와는 별도로 바깥의 야외 전시공간과 연결되어 있었다. 야외 전시공간에는 실내에 두기 어려운 크기이면서 야외에 있으면 더 어울릴만한 유물들을 전시하고 있었다.

텍실, 아즈텍실, 오악사카(Oaxaca)실, 마야실이 메인 전시공간이었다.

전시품 가운데 가장 인상적이었던 것은 '아즈텍 달력'이라 불리는 '태양의 돌'과 인신공양을 할 때 사용한 '챠크몰(Chacmool)'이었다. 아즈텍 6대 황제 때 만들었다는 '태양의 돌'은 상당히 컸고(지름 약 3.5m, 두께 약 1m), 한가운데는 태양신의 머리가, 그 주변에는 여러가지 상징이 새겨진 수십 개의 조각이 원을 이루며 둘러싸고 있는 형태였다. 흥미로운 사실은, 이들은 놀라우리만치 과학적이고 정교한 역법체계를 가지고 있었지만, 그 역법체계 속에 깃든 이들의 우주관과 신화는 아주 비과학적이었다는 거다.

아즈텍 제국의 인신공양 흔적을 보여주는 유물인 차크몰은 생각조차 하기 싫을 정도로 끔찍한 전시품이었다. 앉아있는 것도 아니고 누워있는 것도 아닌, 엉거주춤하게 상반신을 일으킨 자세로, 두 손은 배 위의 접시(살아 있는 사람의 심장을 도려내 올려두는 자리)에 모으고, 시선은 어딘가를 응시하는 듯한 이 석상을 보는 순간 온몸에 소름이 돋았다. 극히 단순한 조각상이었는데도 내가 여태껏 본 형상들 가운데 가장 섬찟하고 혐오감을 주는 것이었다.

박물관 탐방을 마치고 차풀테펙(Chapultepec) 공원으로 나오자 마침 볼라도레스(Voladores) 공연을 하고 있었다. 수십 미터 높이의 기둥에서 네 명이 몸을 묶고 거꾸로 매달린 채 원을 그리며 내려오는 공연으로, 풍년을 기원하는 의식에서 유래했다고 하는 이 공연을 보느라 차크물의 잔영에서 벗어날 수 있었다.

흔히 아즈텍 문명은 세계 어느 문명 못지않은 수준과 독자성을 가진 문명이었다고 한다. 이 박물관에 전시된 유물을 보면 그런 견해에 공감이 가기도 한다. 그러나 나는 인신공양 풍습이 그렇게 오랫동안 대규모로 지속되었다는 사실에 적잖은 충격을 받았다.

⌁ 09

아테네 국립 고고학 박물관, 서양예술 원본 파일

고대 그리스는 생각할수록 신기한 나라다. 크레타 문명이나 미케네 문명은 너무 먼 미래니까 별개로 치더라도, 소크라테스와 플라톤이 활동하던 시기가 지금으로부터 무려 2500년 전인 기원전 5세기경이다. 우리나라로서는 고조선 시기에 해당하는, 호랑이 담배 피우던 그 시절에 그리스인들은 이미 민주주의를 시행했고 학문을 꽃피웠고 문명을 빚었다. 참 대단한 민족이라 하지 않을 수 없다.

그랬던 그리스가 사나운 이웃들때문에 긴긴 세월 동안 재미없는 시간을 보내게 될 줄이야 누가 알았겠는가. 한때 잘 나갔던 그리스는, 로마제국 치하에서 500년, 비잔틴 제국(동로마제국) 치하에서 1100년, 오스만 제국 치하에서 400년간 살아야 했다. 다른 민족의 통치를 받으며 살았던 기간을 모두 합치면 자그마치 2천년 가까이 되는 긴 세월이다.

빛과 그림자가 너무 극명하게 대비되는 역사를 가진 이 나라는, 오늘보

아테네 국립 고고학박물관 전경 어디 내놓아도 뒤지지 않을 당당한 박물관이다. 그러나 번화가에서 떨어진 곳에 있어서인지 사진에서 보듯 박물관 주변이 한산했고 관람객이 많지 않았다. 덕분에 관람하기에는 더없이 좋았다.

다는 어제가 더 영광스러운 나라다. 그 어제가 너무 멀어 기억하기 쉽지 않은 게 유감이지만, 그래도 헤브라이즘과 더불어 서양문화의 양대 축으로 불리는 헬레니즘 문명을 빚어낸 조상들을 어찌 자랑하지 않을 수 있겠는가. 찬란했던 고대 그리스의 자랑거리를 모아둔 곳이 아테네 국립 고고학박물관(National Archaeological Museum)이다.

박물관으로 가는 길은 허름했고, 사람들도 별로 다니지 않았다. 파르테논 신전 아래의 아크로폴리스 박물관과는 대조적인 풍경이었다. 그러나 아크로폴리스 박물관보다는 이 박물관이 훨씬 크고 볼거리가 다양했다. 50

포세이돈(혹은 제우스) 청동상 손에 벼락이 들려 있으면 제우스, 삼지창이 들려 있으면 포세이돈인데, 이 청동 상에는 아무것도 없어 제우스 상인지 포세이돈 상인지 논란이 있다. 균형 잡힌 몸매가 매우 아름답다. 기원 전 460년경 작품.

개가 넘는 전시실은 시대별, 항목별로 잘 나뉘어 있었고, 각 전시실에는 고대 그리스 시대부터 비잔틴 시대까지 역사책, 미술사 책에서 본 유물들이 가득했다. 플래쉬만 터트리지 않으면 사진 촬영도 허용했고, 관람객들이 거의 없어 관람하기에도 더할 나위 없이 좋았다. 미케네 문명의 흔적인 '골든 마스크', 황소를 추격하는 부조가 새겨진 '바페이오의 컵', 고대 아테네 시절의 유물인 '포세이돈 청동상', 밀로의 포세이돈 상, 옥타비아누스 상, 안티키테라의 청년상, 아프로디테와 판(Pan, 牧神)의 군상, 암포라(amphora)를 비롯한 각종 도자기에 그려진 정교한 그림들… 당시 이 지역의 문명 수준을 느낄 수 있는 전시품들이 수없이 많았다. 이 멋진 박물관에 왜 사람들이 오지 않을까 이해하기 어려울 정도로.

서양 예술의 뿌리를 만나려면 이 박물관으로 가야 한다. 조각과 공예 분야는 특히 그러하다.

가기 전엔 두 시간 정도면 충분할 거라고 생각하고 갔으나 그곳에서 한 나절을 보냈다. 파르테논 신전 밑에 있는 아크로폴리스 박물관엔 사람만 많았지 전시품은 한정되어 있었다. 반면 이 박물관엔 고대 그리스를 총망라하는 전시품들이 가득했다. 이곳의 전시품들을 보고 나니, 서양 메이저 박물관에 전시된 조각품들이 시대를 막론하고 모두 그리스 예술의 영향을 받았다는 사실을 확인할 수 있었다. 어쩌면 영향 받은 정도가 아니라 그리스 예술의 복사판이라고 해도 무방하지 않을까 싶을 정도였다. 서양 문명의 뿌리에 대한 호기심이 있는 사람이라면 이 박물관을 빼놓을 수는 없을 것 같다.

이집트 박물관, 영생을 꿈꾸던 사람들

그리스가 오랫동안 이민족 지배 하에 살았던 것처럼 이집트도 유사한 전철을 밟았다. 기원전 332년 알렉산더에게 정복된 이래, 로마 제국, 비잔틴 제국, 오스만 제국, 프랑스, 영국이 이집트를 차례로 지배했고, 1922년이 되어서야 겨우 독립했으니 이 나라는 2천년 넘게 남의 나라 치하에서 살았다. 그리스도 이집트도 그렇게 오랫동안 이민족 치하에서 살았다는 사실이 놀랍다.

사실 고대 그리스도 대단한 나라였지만, 그리스보다 먼저 잘 나갔던 나라가 이집트다. 고대 이집트가 선진국이던 시절에 그리스는 겨우 개도국 쯤밖에 안 되었다. 그렇게 잘 나가던 시절의 이집트 유물을 모아둔 곳이 카이로에 있는 이집트 박물관(Egyptian Museum)이다.

오랫동안 가보고 싶던 이 박물관에 찾아간 것은 2015년 여름이었다. 서

카이로 시가지를 관통하는 나일강 헤로도투스(Herodotus)의 말처럼 이집트는 나일강의 선물이다. 나일 덕분에 이곳에 문명이 싹텄고, 그 문명의 흔적을 모아둔 곳이 이집트 박물관이다.

양 메이저 박물관에 워낙 많은 이집트 유물이 전시되어 있는 것을 보았으므로, 정작 이집트에는 남아있는 것이 별로 없겠지라는 선입견이 있었다. 그러나 천만의 말씀. 배 고프고 다리 아파 다 보기 어려웠지, 전시품은 관람하기 벅찰 정도로 많았다. 다만 박물관에 전시된 유물이 대부분 파라오(Pharaoh)와 미이라(Mummy)에 관련된 것들이라 단조로운 느낌이 들긴 했다.

　1층에는 주로 이집트 고왕조, 중왕조, 신왕조의 유물들이 전시되어 있었다. 시기적으로는 지금으로부터 5천년 전부터 2천년 전까지 약 3천년에 걸친 유물들이다. 그러나 너무 먼 과거라 잘 와닿지 않았다. 또한 다른 문화권 사람들이 이해하기 어려운, 그들만의 독특한 신화와 사후세계에 대한

이집트 박물관 입구 사진 정면에 보이는 직사각형의 미니 연못 중앙에는 나일강 상류를 상징하는 파피루스가, 그 아래 수면에는 나일강 하류 삼각주를 상징하는 로터스(수련)가 심어져 있었다. 여기까지는 촬영이 허용되었으나 박물관 안에서는 허용되지 않았다.

믿음을 기반으로 한 유물들이라서 전시품의 의미가 잘 이해되지 않았다.

2층에는 이 박물관의 하이라이트인 투탕카멘 왕의 무덤에서 발견된 유물이 전시되어 있었다. 투탕카멘 왕의 황금 마스크와 황금 미이라 관, 옥좌를 비롯하여 다양한 전시품들이 있었는데, 워낙 유명한 것들이긴 하나 사진으로 자주 봤던 것이라 그런지 감동이 크지 않았다. 미이라 역시 다른 박물관에서 자주 보았던 터라 감흥이 크진 않았다.

이 박물관을 관통하는 주제를 한 단어로 표현한다면 '영생(永生)'일 것이

박물관 앞은 카이로의 중심광장인 타흐릴(Tahrir) 광장이다. 무바라크 정권 몰락과 함께 여러 차례 시위대로 덮였던 역사의 현장이다.

다. 지천에 널린 미이라가 그걸 말해준다. 고대 이집트인들은 다른 문화권 사람들과는 비교할 수 없을 정도로 내세와 영생에 관심이 많았던 모양이다. 이들은, 사람이 죽어 저승에 가면 이승에서의 삶에 대해 심판을 받는데, 거기서 합격하면(즉 이승에서 지은 죄가 적으면) 다시 이승으로 돌아와 영원한 삶을 살 수 있다고 믿었다고 한다. 이는 이승에서의 삶이 '다시 오고 싶을 정도로 좋았다'는 뜻인데, 과연 저승에서 다시 오고 싶을 정도로 이승에서의 삶이 좋았을까…. 어쨌든 이런 믿음체계는 훗날 아브라함 계열 종교(유대교, 기독교, 이슬람교)의 내세관에 뚜렷한 흔적을 남겼다.

이 박물관에는 서양 메이저 박물관의 이집트 전시실에서는 보기 어려운 전시품들도 많이 있었다. 고대 이집트의 유물을 총망라해둔 곳이니 당연한 이치일 것이다. 그러나 제대로 된 설명이 없는 경우가 많아 관람 만족도가 떨어졌다. 더구나 전시 환경은 아주 실망스러웠다. 무엇보다 전시공간이 너무 좁았고, 그 때문인지 유물들이 여기저기 시장바닥처럼 어수선하게 디스플레이 되어 있었다. 박물관이라기보다는 창고에 가까웠다고 하는 게 더 정확한 표현일 것이다.

이 박물관은 기자 피라미드 부근에 건립 중인 세계 최대 규모의 '그랜드 이집트 박물관'이 완공되면 그곳으로 이전하기로 예정되어 있다고 한다. 새 박물관에서 현대적인 시스템을 갖추게 되면 이 박물관은 세계 유수의 박물관으로 자리매김할 것이다. 이집트는 워낙 독특한 문화유산을 가진 나라니까.

제 5 장

묘지와 보너스

✈ 01

묘지, 방점은 카르페 디엠

까마득히 어린 시절 기억이다. 누군가가 세상을 떠나면 마을 사람들은 상가에 문상을 갔다. 문상객이 오면 상주들은 곡을 했고, 곡소리는 장례 당일 상여가 마을 앞을 지나갈 때 절정에 달했다. 장례 행렬을 지켜보는 이들은 모두 슬픈 표정을 지었고, 선소리꾼이 앞소리를 메기면 상여꾼들이 후렴으로 받아치며 상여는 천천히 마을을 떠났다.

산자락에 자리 잡은 봉분들은 하나같이 올록볼록 엠보싱이었고, 무덤이 있는 곳은 가까이 하기엔 너무 먼 공간이었다. 인생의 끝은 죽음이었고, 죽음은 언제나 슬픈 것이었으며, 어떻게 해서든 피하고 싶은 사건이었다. 죽음의 의미를 알려주는 이는 아무도 없었고, 죽음으로부터 어떤 교훈도 받을 수 없었다.

죽음은 정말 슬픈 것이고 무조건 외면 받아야 할 대상인가. 죽음이라는

270 여행, 또 다른 세상

자연현상은 존재하지 말았어야 할 저주받은 법칙인가. 그럴 리 없다. 모든 자연현상은 나름대로 고유한 의미와 역할을 갖고 있는 법인데, 죽음이라고 해서 예외일 리가 있겠는가. 어렵게 생각할 것 없이, 인간이 죽지 않고 영원히 살 수 있다고 가정해 보자. 죽음이 없었다면, 지구는 인간이 등장하고 나서 얼마 지나지 않아 지옥이 되었을 것이다. 죽지 않는 악인들로 넘쳐났을 테니까. 설사 모든 악인 문제를 해결할 수 있는 위대한 터미네이터가 있었다고 가정하더라도, 인구 폭증으로 인해 인간사회가 지속적으로 유지되기란 불가능했을 것이다. 이렇게 생각하면 죽음이란 자연이 우리에게 부여한 최고의 선물이며, 이 법칙만큼 세상 질서를 잘 유지해주는 법칙은 존재하지 않는다고 할 수 있다. 영원히 죽지 않을 것처럼 부귀영화를 누리던 사람도 이 법칙 앞에 굴복하지 않을 수 없고, 끝없는 고통의 바다를 헤매던 사람도 이 법칙을 통해 영원히 해방된다. 이만하면 죽음이라는 자연현상이 세상 질서를 유지하는 최고의 법칙이라고 해도 되지 않을까.

그러나 이는 어디까지나 3인칭 관점에서 죽음을 바라볼 때의 얘기다. 3인칭일 때는 누구나 객관적일 수 있고 담담하게 얘기할 수 있다. 문제는 2인칭이나 1인칭이 될 때다. 사랑하는 가족이 떠나게 되고, 내가 떠나게 되는 상황이라면 얘기가 달라진다. 이 대목에서조차 평정심을 유지할 수 있는 사람이라면 그(그녀)는 이미 뭔가를 깨달은 사람이다. 그는 삶이 무엇인지 알았기에 (남들 따라 살지 않고) 자기 인생을 살았을 것이고, 미리 죽어보았기에, 실제 죽음을 맞이하게 되었을 때 그 순간조차 자기 삶의 일부로 받아들일 수 있었을 것이다.

모든 이들이 죽음을 그렇게 대할 수만 있다면 얼마나 좋으랴만, 현실에서 그런 장면을 보기란 쉽지 않다. 어느 시대 어느 문화권에서든, 죽음은 항상 재앙이었고 기피대상이었다. 아무리 살기 팍팍해도 이승을 떠나기 싫어하고, 아무리 싸우던 짝이라도 돌아올 수 없는 먼 곳으로 보내기는 싫어한다. 묘지는 바로 이 떠나기 싫어하는 마음과 보내기 싫어하는 마음이 만나는 접점이다. 그래서 묘지엔 강렬한 그 무엇이 있고, 그 무엇은 (일상에서 잊고 있었던) 인생의 우선순위를 다시 한번 생각하게 만든다.

최근 메멘토 모리(Memento Mori)와 카르페 디엠(Carpe Diem)이라는 문구가 유행처럼 회자되고 있다. 메멘토 모리는 '죽음을 기억하라'는 뜻이고, 카르페 디엠은 '현재를 살아라'라는 의미다. 방점은 카르페 디엠이다. 죽음을 기억하라는 것이 늘 죽음을 생각하라는 뜻이 아니다. 현재를 제대로 사는 것, 그것이 죽음을 기억하는 방식인 것이다. 카르페 디엠의 의미를 실감하기에 묘지만한 곳이 없다.

묘지 산책은, 지금은 3인칭으로 보는 이 공간이 언젠가는 1인칭에서 보게 될 날이 온다는 사실을 잊지 않게 해주었다. 동시에 지상에 머물 수 있는 시간이 아직 남아있다는 것 자체가 축복이라는 사실도 상기시켜주었다. 오늘 하루라는 시간을 갖기 위해 내가 노력한 것이 있는가. 없다. 아무것도 없다. 오늘 하루는 그저 주어진 것이다. 그러므로 오늘 하루는 그 자체로 선물이요 덤이요 보너스요 축복이다. 이 소중하고 멋진 하루를 어떻게 재미없고 무의미하게 보낸단 말인가.

미국 웨스트 버지니아주 파커스버그(Parkersburg)의 주립공원 내 묘지 미국 초창기 역사에서 꽤 유명한 인물인데도 부부의 일생이 기록된 묘지석 두 개만 놓여있는 모습이 인상적이었다.

크리스천, 부활의 그날을 기다리며

여행지 가까이에 묘지가 있는 경우, 여행 초기엔 웬만하면 가보았다. 무엇보다 문화권별 묘지 문화가 궁금했기 때문이다. 그게 뭐 그리 궁금하냐고 묻는다면 할 말은 없다. 그러나 이유를 떠나 궁금한 건 궁금한 거고, 사람마다 호기심의 대상은 다를 수 있다. 호기심은 내 여행의 중요한 에너지원으로, 호기심이 없었다면 이렇게 주기적으로 배낭을 꾸리지도 않았을 거다.

기독교 문화권 묘지에서 가장 인상적이었던 공간은 교회(성당) 지하 공간이었다. 여행하기 전에는 교회 지하가 그렇게 인기있는 장소인 줄 몰랐다. 교회 지하의 무덤을 직접 본 적도 없는 데다가, 사람이 죽으면 땅속에 묻히는 것이 가장 자연스러운 모습이라고 생각했으니까.

런던의 웨스트민스터 사원은 영국에서 이름깨나 있었던 사람, 힘깨나

페루 리마의 산프란치스코 교회 석양빛이 교회 앞 파사드를 밝게 비추고 있다. 이 교회 지하에 수만 명의 유골이 안치된 카타콤이 있었다.

썼던 권력자는 모두 모아둔 듯 온통 무덤천지였다. 누구든 이곳에 묻히는 것 자체가 가문의 영광이라고 할 정도로, 대단한 사람들(왕, 왕비, 문학가, 음악가, 탐험가, 과학자…)의 무덤이 사원 안을 가득 채우고 있었다. 봉분과 상석 있는 묘지만 본 나로서는 색다른 경험이었다.

모스크바 크렘린 안에 있는 대천사 사원 바닥에는 로마노프 왕조 시대의 짜르와 왕자들의 관 수십 개가 빼곡히 안치되어 있었다. 화려한 그림으로 장식된 벽면과 바닥에 놓인 관들이 묘한 대조를 이루는 특이한 장면이었다. 왕실 전용 사원이라는 이곳은, 말이 사원이지 묘당이나 마찬가지였다.

그리스 아테네의 공동묘지 무덤에 세워진 십자가가 이곳이 크리스찬 묘지임을 알려준다.

페루 리마의 산프란치스코 교회 지하 카타콤에는 수만 명의 유골이 안치되어 있었는데, 교회 지하에서 그렇게 많은 유골을 본 건 처음이었다. 특이했던 점은, 마치 상품 진열하듯 유골을 바닥에다 가지런히 펼쳐놓은 모습이었다.

교회 지하에서 무덤을 보는 것에 점점 익숙해진 이후부터는 교회를 탐방할 때 으레껏 지하 공간에 가보게 되었다. 수많은 교회에서 무덤들을 보았는데, 어느 교회든 가릴 것 없이 크리스찬들이 가장 선호하는 묘지가 교회 지하라는 사실을 알고는 신선한 문화충격을 받았다. 유교 문화권의 매장 방식에 익숙해 있던 나로서는 건물 지하에 묻힌다는 것이 낯설었다.

미국 오하이오주의 어느 묘지 관의 크기만큼 땅을 파서 평장 형식으로 묻는 전형적인 미국식 묘지다.

교회가 매장지로 이렇게 인기 있는 이유가 기독교의 부활 신앙 때문이라는 것도 여행하면서 알게 됐다. 기독교의 사후관에 의하면, '사람이 죽으면 영혼과 육체가 분리된다. 이때 육체는 땅에 묻히지만 영혼은 신자(信者)와 불신자(不信者)가 가는 곳이 달라진다. 신자의 영혼은 낙원으로, 불신자의 영혼은 음부(陰府=무덤)로 간다. 그러나 낙원이나 음부는 최종 장소가 아니라 최후의 심판일(=예수재림 때)까지 머무는 임시 거처다. 최후의 심판일이 되면, 신자든 불신자든 몸이 살아나고 영혼이 합쳐진다(부활한다). 이때 구원받은 신자는 천국으로 직행하여 영원한 복락을 누리고, 구원받지 못한 불신자는 천국으로 갈지 지옥으로 가서 갈지 최종 판결을 받아야 한다.

지옥행 판결을 받은 자는 그곳에서 영원히 고통받는다. 즉, 기독교 신앙에 따르면, 누구든 부활의 순간을 맞이하게 되므로(육신이 완전히 사라져버리는 화장은 권할 것이 못 되고) 사람이 죽으면 매장을 해야 한다. 부활의 그날을 기대하며 매장하기에 가장 인기 있는 장소는 당연히 예수님이 계신 곳(=교회)이다.

그러나 교회가 아무리 인기 있는 묘지라 해도 교회가 수용할 수 있는 공간은 한정되어 있다. 그러므로 죽어서 교회 지하에 묻힐 수 있는 사람은 권력자나 성직자, 명망가 들이었고, 대부분의 사람들은 교회 주변의 공동묘지(즉, 교회가 보이는 곳)에 묻혔다. 여기에는 조금이라도 교회 가까운 곳에 묻히길 바라는 마음이 담겨있는 것 같다(부활을 글자 그대로 '시신이 소생하는 것'으로 해석하는 것은 올바른 이해가 아니다. 그러나 오랫동안 그런 믿음체계가 있었고 그래서 이런 묘지 문화가 생겨났다).

기독교 문화권의 공동묘지는 으스스한 월하(月下)의 공동묘지가 아니다. 잘 구획된 공간에 조형물들이 자연스럽게 어우러져 공원 같은 분위기가 난다. 산책코스로도 딱이다.

03

무슬림, 강한 신앙심 허술한 묘지

평소 이슬람 문화를 접하기 어려웠으므로, 무슬림(Muslims) 묘지에 대해서는 다른 문화권들보다 호기심이 더 컸다. 맨 처음 가본 무슬림 묘지는 모로코 페스(Fes)에 있는 매린왕조 묘지였다. 페스 구시가지 길가 그늘에 서있는 택시에게 다가가 묘지에 가자고 하니까, 기사가 '별 이상한 인간 다 보겠네'라는 표정으로 아래위를 훑어봤다. 나는 개의치 않고 지도를 보여주며 이동할 루트와 정차해야 할 목적지, 목적지마다 대기해야 할 시간 등을 알려주면서 요금을 흥정했다. 기사가 택시비를(숙소에서 알려준 것보다) 약간 비싸게 부르는 것 같았지만, 이의 없이 기분 좋게 '콜'하니, 그는 금세 밝은 표정이 되어 어서 타라고 손짓했다.

묘지는 페스 시내에서 제법 떨어진 곳에 있었다. 택시에서 내려 묘지 쪽 대기로 올라가자 멀리 페스 시가지가 내려다보였다. 시야가 탁 트인 전망

모로코 페스의 무슬림 묘지 봉분없이 평평한 무덤에 돌이나 시멘트로 주변을 장식한 형태였다.

좋은 언덕에 자리잡은 묘지에는 무덤 수가 상당히 많았다. 무덤 양식은 간소했다. 봉분은 그리 높지 않은 직사각형 테두리 안에 평평하게 흙을 넣은 평묘 형태였고, 머리쪽 비석에는 코란 구절로 보이는 글귀가 적혀 있었다. 흥미로운 점은, 무슬림들은 매장할 때 머리를 모두 메카방향으로 향하게 하는 것으로 알고 있었는데, 이곳의 무덤들은 방향이 서로 다른 경우가 더러 있었다는 점이다. 이후 중앙아시아 이슬람 국가들인 카자흐스탄, 키르키즈스탄, 타지키스탄, 우즈베기키스탄을 여행할 때도 몇몇 묘지들에 가보았는데, 그곳에서도 (가능하면 메카쪽으로 머리를 두는 듯 보였지만) 지형, 경사도, 햇빛이 비치는 방향 등에 따라 무덤의 방향을 달리하는 경우가 제법 있었다.

우즈베키스탄 사마르칸트의 샤흐이진다 묘지(Shahi Zinda Necropolis) 직사각형의 평묘 앞에 가분수 형태로 세워진 비석들이 이색적이었다.

무슬림들의 묘지는 크리스챤 묘지에 비해 잘 정돈되어 있는 편이 아니었다. 그들이 생전에 보이는 자기 종교에 대한 엄청난 로열티를 생각할 때 이런 모습은 의외였다. 기독교의 영향을 많이 받은 이슬람은 내세관에 있어서도 기독교와 유사하다. 이슬람에도 영생과 부활의 개념이 있고, 말일(末日)에 행해지는 최후의 심판 개념이 있다(기독교에서는 심판자가 신=예수이고, 이슬람에서는 심판자가 알라라는 점이 다르다). 따라서 이슬람 문화권에서도 죽은 자를 화장하지 않고 매장한다. 시신을 잘 보존해두어야 나중에 부활할 때 영혼과 합할 수 있으니까.

다만 교회에는 십자가와 예수님 상(像)이 존재하지만, 모든 형상을 우상숭배로 보는 이슬람에서는 모스크에 그런 것을 일체 두지 않는다. 즉, 교회에는 예수님이 계시지만 모스크에는 아무것도 없다. 모스크는 어디까지나

무슬림들이 알라에게 기도하는 공공장소다. 그런 공적인 곳에 특정 개인이 묻히길 바란다는 것은 생각할 수 없는 일이다. 그래서 묘지로 환영받는 교회 지하 공간 같은 곳이 모스크에는 없다. 대형 모스크 가운데는 구내에 별도의 묘당을 두는 곳도 더러 있었으나 일반적인 것은 아니었다.

이슬람 묘지 가운데 인상적이었던 곳은 술탄들의 무덤이었다. 이스탄불 아야소피아 박물관의 술탄 묘당, 쉴레이마니예 모스크의 술탄 묘당, 그리고 그랜드 바자르에서 블루 모스크로 가는 길가에 있는 술탄 묘지에 가보았는데, 선입견과는 달리 그들의 무덤은 의외로 간소했다. 이슬람 세계에서 술탄은 나라의 최고지도자로서 종교권력과 세속권력을 동시에 가지고

아야소피아 박물관의 술탄 묘당 내부 삼각지붕을 가진 녹색 구조물들이 술탄의 무덤들이다. 하나의 묘당에 여러 명의 술탄들이 안치되어 있었다.

있던 무소불위의 권력자들이다. 거대한 능을 만들고도 남을만한 위치에
있던 사람들이 술탄이다. 그런데도 그들의 무덤은 매우 소박했다. 묘지에
있는 술탄 무덤이든 묘당에 있는 술탄 무덤이든, 다 마찬가지였다. 뜻밖이
었다.

04
불자(佛者), 삼사라(samsara)가 끝나는 그날까지

불교는 우리 문화의 일부라 낯설지 않다. 불교식 장례 방식인 화장도 낯설지 않다. 그러나 불교식 묘지를 보긴 어렵다. 사찰의 부도탑을 제외하고는 불교식 묘지라고 부를만한 곳이 없어서다. 그렇다고 해서 불교 국가에서 일부러 묘지를 찾은 적은 없었다. 그다지 궁금하지 않았기 때문이다.

다만 일본만은 예외였다. 일본인들은 살아서는 신토(神道)식인데, 죽어서는 불교식이다. 장례가 불교식으로 치러지다 보니, 사찰이 상당한 규모의 납골묘원을 가지고 있고, 장례와 관련된 수입이 사찰의 주요 소득원이다. 살아 있을 때와 죽을 때 따르는 종교가 각기 다르다? 불교가 장례 치르는 것으로 먹고 산다? 이 두 가지 사실이 호기심을 자극했다.

물론 일본의 묘지가 사찰에만 있는 것은 아니었다. 도심에도 있었고 마을 부근에도 있었다. 생활공간 가까이에 아무런 거리낌 없이 묘지가 있는

주택가 옆 묘지 생활공간 가까이에 묘지가 있었지만 전혀 어색하지 않았다.

거다. 이런 모습은, 삶과 죽음을 분리하지 않고, 죽음을 그만큼 자연스럽게 받아들이는 듯한 느낌을 주었다. 일본에서 본 묘지 가운데 가장 인상적이었던 곳은, 교토의 오타니 혼뵤(大谷本廟) 뒤에 위치한 묘지였다. 도심이나 마찬가지인 그곳엔 어마어마한 수의 납골묘가 있었다. 묘지는 모두 가족 납골묘 형태로 만들어져 있었고, 하나같이 깔끔했다. 이런 묘지양식은 산 자와 죽은 자의 연결고리를 자연스럽게 이어가는 것 같아 보기 좋았다.

불교는 왜 매장을 하지 않고 (부자연스러운 방식인) 화장을 하게 되었을까. 이는 힌두교의 영향 때문일 것이다. 불교의 뿌리가 힌두교다 보니 사생관이나 장례 방식이 힌두교와 사실상 같은 거다. 아브라함 계열의 종교인 유대교, 기독교, 이슬람의 사생관은 2세관이다. 현세(現世)와 내세(來世) 이 두 가지만 있다. 반면, 힌두교와 불교는 3세관으로, 현세와 내세 외에 전세(前

일본 교토 오타니혼뵤 뒤쪽의 묘지 깔끔하게 정리된 모습에서 일본인들의 특성을 엿볼 수 있다.

世)라는 것이 하나 더 있다.

　전세가 하나 더 있다는 이 사실이 중요하다. 불교와 힌두교 사생관의 핵심인 생사윤회의 법칙과 인과응보의 법칙이, 모두 전세를 전제로 하기 때문이다. 생사윤회의 법칙이란 태어남과 죽음이 반복되는 것을 말한다. 이 반복 과정에는 인과응보의 법칙이 작용한다. 즉, 삶과 죽음이 반복될 때 자기복제하듯 단순하게 반복되는 것이 아니라, 그 이전 생(生)에서 자신이 쌓은 업보에 따라 더 나은(혹은 더 못한) 가정에 다시 태어나는 것이다.

　이렇게 사라졌다가 다시 태어나는 윤회(samsara)는 언제까지 반복되는가. 그것은 자신이 쌓은 업(業)이 소멸될 때까지다. 불교적 관점에서 보면, 이 세상은 생로병사의 고통을 피할 길 없는 '고통의 바다(苦海)'다. 그러므로 가장 이상적인 것은 이 세상에 다시 오지 않는 것 즉, 윤회의 사슬에서 벗어나는 것이다. 어떻게 하면 윤회의 사슬에서 벗어날 수 있는가. 붓다 (Buddha, 깨달은 자)가 되면 된다. 선업(善業)을 쌓으면서 부단히 정진하면 누구나 깨달음을 얻어 붓다가 될 수 있고, 붓다가 되면 윤회의 사슬에서 벗어날 수 있다는 것이 불교의 기본교리다.

깨달음이 부족하여 윤회의 사슬에서 벗어나지 못하게 되면 인과응보에 따라 다시 태어나게 된다. 그러나 윤회가 일어나도 그것은 새로운 육신의 탄생이지 현생에서 살다 죽은 육신이 다시 부활하는 것이 아니다. 다시 말해 사람이 죽은 후에 영혼과 육체가 다시 합쳐질 일이 불교(힌두교)에서는 없다. 그러므로 현생에서 살다 죽은 육신은 소멸되는 것이 자연스러우며, 매장을 해서 소멸하든 화장을 해서 소멸하든 상관 없다. 다만 불교가 힌두

교토 난젠지(南禪寺) 부속사원인 콘치인(金地院) 경내의 묘지 장례 집행과 납골묘원 운영은 일본 사찰의 주요 수입원이다.

교의 전통을 수용하다 보니 장례 방식이 화장으로 되었을 뿐이다.

불교국가에서 화장한 유골을 처리하는 방식은 지역마다 차이가 있다. 강물이나 바다에 흘려 보내는 경우도 있고, 사찰에 모시는 경우도 있으며, 가족 납골묘에 모시는 경우도 있다. 어느 경우든 화장한 유골을 집단적으로 모아두는 경우는 흔치 않다. 딱히 불교국가라고 하기도 애매한 일본에서, 마을 어귀나 도심에 화장한 유골을 모아둔 가족 납골묘가 빽빽하게 몰려있는 모습은 다른 나라에서는 볼 수 없었던 특이한 풍경이었다.

힌두, 강물 위로 흘려보내는 카르마(Karma)

앞에서 언급했듯이, 힌두교의 사생관이나 장례 문화는 불교와 유사하므로 특별히 따로 얘기할 게 없다. 그러나 화장한 유해의 처리에는 차이가 있다. 일반적으로 불교는 화장한 유해를 처리하는 방식에 별 의미를 두지 않으나, 힌두교에서는 강물에 띄워보내는 것을 유독 선호한다. 힌두교도들(Hindus)이 유해를 강물에 띄워보내는 이유는, 이렇게 해야 자신이 지은 모든 업(Karma)을 씻고 윤회의 사슬을 끊을 수 있다고 믿기 때문이다. 강 가운데서도 가장 선호되는 곳은 ('강가'라고 불리는) 갠지스 강이고, 갠지스 중에서도 가장 선호되는 지역은 바라나시의 갠지스다.

내 인도 여행 계획에도 바라나시가 포함되어 있었다. 그러나 델리, 자이푸르, 아그라를 여행하는 동안 인도인들에게 질려버린 아내는 바라나시 가기를 싫어했다. 그래서 바라나시는 여행지에서 제외되었고, 일정을 당겨 네팔로 넘어갔다.

가트에서 화장이 치러지고 있다. 화장한 유골은 바로 앞의 바그마티 강물에 뿌려진다. 비가 오는 날이었는데도 화장은 계속되고 있었다.

강둑에 가트(Ghat)가 있고, 화장한 육신이 쓸려내려가는 하천에서 아이들이 수영을 하고 있다.

네팔에도 바라나시의 갠지스 못지 않게 힌두교도들에게 인기 있는 곳이 있다. 네팔 힌두교 총본산인 카트만두 인근 파슈파티나트 사원 뒤의 바그마티(Bagmati) 강이 바로 그곳이다. 이곳에도 여러 개의 화장터가 있고 매일 화장이 치러지며, 화장한 유골은 화장터 앞을 흐르는 바그마티 강물에 뿌려진다. 이 강물은 하류로 내려가면서 갠지스 강에 연결된다. 그렇게 갠지스에 합류된 강물은 바다로 가고, 바닷물은 수증기를 만들며, 수증기가 비가 되어 내리면, 그 빗물은 다시 이 강으로 흘러 든다. 이처럼 생은 돌고 도는 것이므로, 네팔 힌두들에게 이승을 마감하기에 가장 좋은 곳은 갠지스로 연결되는 바그마티 강이다. 인도 힌두들이 바라나시의 갠지스를 찾듯이 네팔 힌두들은 파슈파티나트 사원 뒤의 바그마티 강을 찾는다.

나는 이곳에 겨울과 여름 각각 한 차례씩 가보았는데, 두 번 모두 생각이 정리되지 않았다. 여기서는 죽음이 일상이었다. 일년이든 백년이든 한결 같은 모습으로, 죽음이 일상이고 일상이 곧 죽음인 곳이 이곳 같았다. 사원 주변 곳곳에서 죽음을 기다리는 사람들의 무표정한 모습, 장작 위에 시신을 올려놓고 태우는 인부들의 모습, 불타는 시신을 무덤덤한 표정으로 바라보는 유족들의 모습, 화장이 끝난 후에 유골을 쓸어 강물에 버리는 모습, 그 강물에 목욕하고 빨래하고 동전 줍는 모습… 그 모든 것들이 낯설고 혼란스러웠다. 세상과 작별하는 순간이 저런 것인가. 한 평생 살다 떠나는 인생의 라스트 씬이 겨우 저런 모습이란 말인가. 정녕 헛되고 헛되니 모든 것이 헛된 것인가. 잘 정돈된 묘지를 산책할 때는 마음 편했는데, 막상 눈앞에서 화장하는 모습과 강물에 쓸려들어가는 유해를 보니 불편함과 혼란스러움이 느껴졌다.

　묘지와 강물의 차이 때문인가. 매장과 화장의 차이 때문인가. 화장터 주변이 너무 지저분해서인가. 죽음이 너무 무덤덤하게 취급되어서인가. 관념적으로만 생각하다 눈앞에서 육신이 불타는 모습을 직접 보기 때문인가. 언덕 위에 앉아 힌두들의 장례 장면을 오랫동안 지켜 보았으나 그 이유를 알 수 없었다.

06

유대(Jews), 유랑의 종착역

메시아는 아직 오지 않았다고 믿고 사는 유대인들에게도 부활신앙이 있을까? 정답은 '그렇다'이다. 원래 유대인들은 단순히 사후세계만 믿고 있었는데, 바빌론에 끌려갔던(바빌론 유수) 유대인들이 현지에서 조로아스터교의 부활신앙을 접하게 되었고, 그로 인해 유대교에도 부활신앙이 스며들었다고 한다(이길용, 『이야기 세계종교』, 지식의 날개, 2015, 117~118쪽). 그러니까 부활신앙은 조로아스터교-유대교-기독교-이슬람교로 이어지는 셈이다. 유대교, 기독교, 이슬람교는 여러가지 면에서 닮았지만 부활신앙까지 닮은 줄은 몰랐다.

평소 유대인에 대한 궁금증은 있었지만 그들의 묘지 문화에 대해서는 아무런 궁금증이 없었다. 딱히 호기심을 자극할만한 요소가 없었으므로, 예루살렘을 여행할 때도 유대인 묘지에는 가보지 않았다. 그러다 어느날 부다페스트의 도하니 시나고그에 들르게 되었는데, 뜻밖에도 시나고그 마

도하니 시나고그 바깥은 온통 홀로코스트 흔적이었다. 홀로코스트로 희생된 유대인들을 기리는 공간에 가득히 올려져 있는 돌. 특이한 장면이었다.

당과 뒤쪽 뜰 벽면에 홀로코스트로 숨진 이들을 추모하는 무덤이 여럿 있는 것을 보게 되었다. 그동안 가본 시나고그에서 무덤을 본 적이 한 번도 없었으므로 그런 장면은 이색적으로 다가왔다. 특이한 것은 벽면에 만들어진 추모 무덤에 주먹만한 크기의 돌들이 수없이 얹혀 있었다는 점이다. 무덤에 돌을 얹는 이유를 물어보니, 그것은 유대인 풍습으로, 기독교인들이 묘지에 꽃을 두는 것과 같은 이치라고 했다. 그 얘길 듣고 나자 갑자기 유대인 묘지에 가보고 싶다는 생각이 들었다.

가보기로 한 묘지는 도하니에서 멀지 않은 곳에 있다는 살고타리아니 (Salgotarjani Street) 유대인 묘지. 이곳은 20세기 초반까지 헝가리 거주 유대인들에게 인기 있는 묘지였다고 하며, 2차대전 말의 부다페스트 공방전 이후

부다페스트 살고타리아니 유대인 묘지 입구 트램에서 내리자마자 철길 건너편에 묘지로 들어가는 입구가 있었다.

게토(Ghetto)에서 죽은 수많은 유대인들이 묻혀있는 곳이라고 한다.

그런데…, 직접 가보니 그곳의 묘지는 폐허에 가까웠다. 제법 규모를 가진 묘당(mausoleum)들조차 모두 무너져 있고, 개인 무덤의 묘비들 상당수가 기울어지거나 바닥에 쓰러져 있었다. 돌이 얹혀진 묘비가 보이지 않는 걸로 보아 이곳을 찾는 이는 없는 것 같았고, 어느 무덤에서도 최근 손 댄 흔적이나 사람이 다녀간 흔적을 찾아볼 수 없었다.

이 묘지는 부다페스트 중심가에서 그리 멀리 떨어지지 않은 곳에 자리잡고 있다. 트램에서 내리면 바로 맞은편에 위치하고 있으므로 접근성도 좋은 편이다. 그런데도 우리 부부가 이 묘지에서 본 사람은 정문의 관리인 한 사람이 유일했다. 나는 유대인들이 워낙 공동체를 중시하는 사람들이

묘지 내부 통로 이 길 좌우로 수많은 무덤이 줄지어 있었고, 그 안으로 들어가보니 상당 수의 묘지석들이 넘어지거나 기울어진 상태였다.

라, 묘지에서도 그런 모습을 볼 수 있지 않을까 생각했는데 그 예상은 완전 빗나갔다.

어쩌면 이런 모습은 당연한 것인지도 모른다. 2차대전 때 유럽에 거주하던 유대인들 가운데 600만명이 홀로코스트로 학살되었다. 당시 전 가족이 모두 희생되어 후손이 사라진 경우가 부지기수였을 것은 뻔한 일이다. 운좋게 살아남은 후손들조차 (홀로코스트의 고통스런 기억 때문에) 상당수가 미국이나 이스라엘로 이주해 가버렸다. 사정이 이렇다 보니 찾는 이 없는 무덤이 대부분일 수밖에 없을 것이다. 어쨌든… 세계를 떠돌며 살아가던 유대인들, 그 유랑생활의 종착역은 후손들에게 잊혀지고 있었고, 인적 없는 묘지엔 스산한 기운만이 감돌았다.

07

유자(儒者), 사람에게 만드는 무덤

여행하면서 유교 문화권의 묘지에 가본 적은 없다. 살아오면서 이미 신물나게 봐왔기 때문이다. 여기에 몇 자 적는 이유는, 유교 문화권만 빼버리자니 뭔가 하나가 빠진 것 같고, 유교 문화권 묘지를 다른 문화권과 비교해보는 것도 의미 있을 것 같아서다.

힌두교와 불교가 3세관이고, 유대교, 기독교, 이슬람교가 2세관인 반면 유교는 1세관이다. 즉, 유교에는 내세도 전세도 없고 오직 현세(現世)만 있다(도교도 마찬가지다). 그렇다면, 현세만 있는 유교에서는 사람이 죽으면 그걸로 그냥 끝인가? 그렇다. 그걸로 끝이다. 유교적 사생관은 삶과 죽음이 연결되거나 순환되는 구조가 아니다.

성리학 논리에 유교의 그런 사생관이 잘 나타나 있다. 성리학에서는 천지만물을 (음양과 오행이라는) 기(氣)의 모임과 흩어짐의 현상으로 본다. 따라서 사람도 기가 모임으로써 태어나고 기가 흩어짐으로써 죽는 것이다. 기가 흩어지면(=사람이 죽으면) 혼(魂=영혼)과 백(魄=육신)은 시간이 지나면서 다 사라진다. 그러므로 유교에서는 영생도 부활도 환생도 윤회도 없다. 이 점에서 유교의 사생관은 합리적이고 심플하다.

그러나 내세에 대한 관념이 없다 보니, 유교에서는 자기의 분신인 자손을 통해 대를 잇는 것에 집착하고 가문의 위세를 중요시 여긴다. 그래서 가능한 한 무덤을 크게 만들고, 무덤의 주인공을 표시하는 상석과 비석을 거창하게 세워두며, 그곳에 기재하는 문구도 그럴듯하게 표현한다. 여기에는, 이곳에 누워있는 너의 조상이 꽤 괜찮았던 사람이니 '나를 잊지 말라'는 의미가 내포되어 있다.

유교 문화권에서도 기독교 문화권이나 이슬람 문화권에서처럼 매장을 선호한다. 사람이 죽으면, 혼은 허공으로 흩어지고 백은 땅으로 스며든다는 것이 유교 문화권의 믿음체계이므로, 시신을 땅에 매장하는 것은 당연하다고 할 수 있다. 그런 믿음체계를 전제하지 않더라도, 사람이 죽으면 시신을 땅에 묻는 것은 자연스러운 행위다(화장이나 수장, 조장은 모두 종교적으로나 자연환경적으로 특별한 이유가 있기 때문에 선택된 것이지, 이들을 자연스러운 장례 방식이라고 할 순 없다). 묘지는 가급적 주거지에서 먼 곳에 만든다. 이는 위생 차원에서 그랬을 수도 있고, 마을 인근 토지는 전답이 많아 묘지로 쓰기에 부적합했기 때문일 수도 있으며, 죽음이라는 것을 가급적 멀리하고 싶었기 때문일 수도 있다.

유교가 내세를 인정하지 않는 1세관이어서 그런지, 유교 문화권에서는 자신이 잊혀지는 걸 매우 싫어한다. 부활은 생뚱맞은 그들(유대교, 기독교, 이슬람)의 논리고, 환생이라는 것도 와닿지 않는 저들(불교, 힌두교)의 믿음이니, 유교에서는 죽으면 그걸로 땡인 것인데, 이게 너무 허망하고 맘에 들지 않는 거다. 떠나야 하지만 쉽게 떠나지 못하는 그 마음이, 현실적으로는 땅에 묻히지만 궁극적으로는 자손들의 가슴속에 묻히기를 바라는 형태로 나타난 문화가 바로 성묘와 제사다. 죽은 후에도 후손들이 자신을 오래오래, 가능하면 영원토록 기억해주길 바라는 거다.

때가 되었는데도 떠나지 못하고 보내지 못하는 그 마음. 어느 문화권 사람들인들 이 고개를 쉽게 넘어갈 수 있으랴만, 내세나 윤회를 믿는 문화권 사람들에 비해 유교 문화권 사람들이 유난히 더 힘들게 넘어가는 것 같다.

08

임바밍, 상징조작의 극단

내가 호기심을 가졌던 대상은 문화권별 묘지문화였지 특정 개인의 묘지
는 아니었다. 그런데 여행하다 보면 동선 중에 자연스레 유명인의 묘지를
거치게 되는 경우가 있다. 이럴 때는 그 나름대로 흥미가 일어 가보는 편
이다. 그러나 이럴 때도 외면했던 무덤들이 있다. 그것은 임바밍한 무덤들
이다. 임바밍(embalming)이란 시신을 방부처리하여 보존하는 것을 가리키는
데, 주로 사회주의 국가의 권력자들이 이런 방식을 취했다. 죽은 사람의 요
청에 의해 만들어졌든 산 사람의 필요에 의해 만들어졌든, 이런 방식으로
만들어진 무덤은 보기 싫었다. 그나라 국민들이 그들을 존경하고 안 하고
는 관여할 바 아니나, 의도된 욕망이 보기 싫어 외면했던 거다. 정치색이
강한 그 의도된 욕망은 상징조작의 극단을 보여주는 사례이다.

모스크바 붉은 광장에 접한 크레믈린 성벽 주변은 온통 무덤 투성이였

모스크바 붉은 광장에 있는 레닌 묘 정면에 보이는 자줏빛 담장 앞에 검은색으로 보이는 구조물 안으로 들어가면 방부처리된 레닌을 만날 수 있다. 들어가고 싶은 마음이 생기지 않았다.

다. 무덤의 주인공들은 대부분 사회주의 시절 '영웅'으로 불리던 사람들이다. 그 가운데 압권은 레닌 무덤이다. 성벽 앞에 별도의 구조물 형태로 만들어진 곳에 들어가면, 방부처리된 레닌의 시신을 볼 수 있다. 나는 보기 싫어 들어가지 않았다. 북경 천안문 광장에 있는 모주석(毛主席) 기념당은 레닌 묘보다 훨씬 컸다. 천안문에 걸린 자신의 초상화를 마주보는 곳에 자리잡은 이 기념당에도, 방부처리된 마오의 시신이 있다. 물론 여기도 보기 싫어 들어가지 않았다.

지도자라고 다 요란한 무덤을 원했던 건 아니다. 저우(周恩來)는 중국 인민의 사랑과 존경을 한몸에 받았던 지도자다. 마오(毛)의 그늘에 가려 항상

천안문을 정면으로 마주보고 있는 모주석 기념당 의도된 욕망이 보기 싫어 이곳에도 들어가지 않았다.

2인자에 머물렀지만, 그는 굴곡진 중국 현대사를 무난하게 만들어 온 주인 공이다. 그런데 그의 무덤은 없다. 그는 자신이 죽으면 화장하여 중국 대지에 뿌려달라고 요청했다. 화장된 그의 유골은, 그가 젊은 시절을 보냈던 텐진에서 시작하여 황하까지 비행기로 뿌려졌다고 한다. 그는 중국 인민의 가슴속에 묻혔을 것이다.

  델리에 갔을 때 간디의 흔적을 찾아본 적이 있다. 간디의 시신이 화장된 라즈가트(Raj Ghat)도 그 가운데 하나다. 꽃으로 덮인 대리석 제단밖에 없는 텅 빈 공간이었지만, 그곳엔 그를 추모하는 사람들의 발길이 끊이지 않았다. 간디의 무덤은 없다. 간디가 힌두교도였으므로 화장하는 것은 당연하다 치더라도, 그가 자신의 무덤에 대해 아무런 욕망이 없었던 점은 분명하

델리의 라즈가트 간디를 화장한 곳으로 수많은 사람들이 참배하러 온다. 꽃으로 덮인 대리석 제단 위의 꺼지지 않는 불처럼, 그는 언제까지나 그를 기억하는 사람들의 영혼을 밝히고 있을 것이다.

다. 무엇이 사람들로 하여금 떠나간 자를 추억하게 하는가. 무엇이 사람들의 가슴속에 남게 되는가. 남는 게 무덤뿐이라면 인생이야말로 얼마나 허망하고 슬픈 코미디인가.

✈ 09
타지마할, 지상에서 가장 화려한 무덤

문화권별 무덤 양식에 대한 호기심과는 별개로, 세상에서 가장 특별한 두 무덤은 꼭 보고 싶었다. 하나는 전세계 영묘(靈廟, Mausoleum, 건물 안에 만든 무덤) 가운데 끝판왕이라 할 수 있는 타지마할(Taj Mahal), 다른 하나는 여전히 풀리지 않는 미스터리인 피라미드.

타지마할이 있는 아그라로 가는 기차표는 2등석을 구입했다. 현지인들의 생활모습을 가까이서 보고 싶어서였다. 의자는 딱딱했지만 견딜만했고, 냄새와 소음도 그만하면 견딜만했다. 그런데 창밖으로 쓰레기를 내던지는 현지인들의 모습은 보기 불편했다. 우리와 마주보고 앉은 사내는 먹고 난 음식물 용기를, 외국인인 우리가 보고 있는데도 아무 거리낌 없이 창밖으로 내던졌다. 그 사람만 그런 것이 아니라 기차 안에서 도시락을 사먹은 사람들은 모두 빈 도시락 용기를 창밖으로 던져버렸다. 철로변 풍경이 어떨지 상상이 가는가. 어떤 풍경을 상상하든 실제 모습은 그 이상이다.

아그라에 도착한 다음 날 아침 타지마할로 갔다. 타지마할 부지는 생각했던 것보다 훨씬 컸다. 길이가 580m, 폭이 305m에 달한다고 하니 무려 5만 평이 넘는 규모다. 타지마할은, 정문 앞에 있는 예비 정원, 정문 안에 있는 본 정원, 묘당이 자리잡고 있는 구역 등 3구역으로 나뉘어 있었다.

정문에 들어서서 묘당으로 가기 전에 먼저 전체적인 윤곽을 둘러봤다. 흐린 날씨였지만 멀리서도 한눈에 보이는 돔, 하얀 대리석 묘당, 묘당 주변의 첨탑들, 묘당 좌우의 붉은색 건물들, 비례와 대칭이 잘 어우러진 정원과 분수, 연못… 어느 것 하나 눈길 끌지 않는 것이 없었다.

그 모습이 줄어드는 게 아까워 묘당을 향해 걸을 때 일부러 천천히 걸었다. 묘당에 도착해서도 건물 안으로 바로 들어가지 않고 주변부터 둘러봤다. 묘당 입구의 대리석 바닥, 층계참, 벽면의 재질은 아주 고급스러웠고, 벽에 새겨진 아라베스크 문양들과 캘리그라피는 아름답기 그지없었다. 한동안 묘당 주변을 이리저리 둘러보고 나서 안으로 들어갔다.

묘당 안 관람 환경은 좋지 않았다. 공간은 좁았고, 조명은 어두웠으며, 탐방객 수는 출근 시간 신도림역을 연상시킬 정도로 많았다. 이렇게 사람들이 많이 몰리는 공간이라면 먼저 그룹을 만들어서 그룹 단위로 관람케 하는 것이 효율적인데, 타지마할에는 그런 시스템이 없었다.

게다가 묘당 탐방은 석관이 놓인 공간을 둘러싼 병풍석 칸막이를 돌아보는 것이 전부라, 처음엔 실망감이 밀려왔다. 그러나 시간이 지나면서 어두운 조명에 어느 정도 익숙해지자, 미처 보지 못했던 그 공간의 아름다움

세상에서 가장 화려하고 아름다운 무덤 타지마할 돔과 미나렛 모양의 첨탑에서 보듯 건축양식이 모스크와 닮았다. 무굴 제국이 이슬람 제국이었기 때문이다.

묘당의 아치형 입구 천장 모습 아라베스크 문양들과 아랍어 캘리그라피가 새겨진 것이 일부 보인다.

이 눈에 들어오기 시작했다. 병풍석은 빛이 투과될 수 있도록 정교하게 새겨져 있었고, 그곳에 상감처리된 문양은 매우 아름다웠다. 병풍석 너머의 석관 역시 외부가 화려한 문양으로 상감되어 있었다(이 석관은 가묘이고, 진짜 석관은 가묘보다 한 층 아래 지하에 있다). 또한 어두운 조명과 아치형 창틀 사이로 들어오는 빛은 환상적인 조화를 이루고 있었다. 그럼 그렇지. 여기가 어딘가. 타지마할 아닌가. 이렇게 아름다운 건축물을 만든 사람들이 이곳의 핵심공간인 묘당을 대충 만들었을 리가 있겠는가. 그곳은 의문의 여지없이 대단한 예술적 감각이 발휘된 대단한 공간이었다. 관람자가 계속 밀려들어 오래 머물 수는 없었지만, 밖으로 나오고 난 다음에도 다시 들어가보

우즈베키스탄 사마르칸트의 구르 아미르(Gur-e-Amir) 영묘 검은색 석관이 티무르 제국을 건국한 티무르의 관이다. 이 사진을 게재한 이유는 타지마할 묘당 안의 풍경이 어떠했는지 유추해 볼 수 있도록 하기 위해서다(타지마할 묘당에서는 사진 촬영이 허용되지 않았다). 타지마할 묘당은 이곳보다 화려했지만, 분위기가 유사한 면도 있다.

고 싶은 생각이 들 정도로, 묘당은 강한 여운이 남는 공간이었다.

　타지마할을 건립한 이는 무굴 제국 5대 황제 샤자한이다. 샤자한이 다스릴 당시의 무굴 제국은 전성기라고 할 정도로 나라가 번영했던 시기였다. 그러나 세상에서 부러울 것 없던 이 사내에게도 불행이 닥치는데 그것은 아내 뭄타즈 마할의 죽음이었다. 38세의 뭄타즈 마할은 14번째 아이를 낳다가 세상을 떠났다고 한다.

　떠나간 아내를 잊지 못한 그는 결국 아내를 위해 천국 같은 무덤을 만들기로 결심한다. 인도 전역과 주변국들로부터 당대 최고의 건축가들을 초빙한 샤자한은 22년이라는 긴 시간을 들여 타지마할을 완공했다(1653년).

덕분에 타지마할은 알함브라 궁전과 더불어 이슬람 건축의 백미라고 평가받는 위치를 확보했다. 그러나 5만 평 넘는 거대한 부지에 화려의 극을 달리는 건축물이, 겨우 두 사람만을 위한 무덤이라는 점은 실망스러움을 안겨주기도 한다. 그래도 그 점만 제외하고 본다면, 세상에 이만큼 감동적인 아름다움을 간직한 무덤이 또 있을 것 같진 않다.

10
피라미드, 타임머신이라도 있다면

카이로는 텅 비어 있었다. 카이로 중심부에 위치한 호텔의 외국인 투숙객은 우리 부부를 제외하고 단 2명뿐이었다. 테러로 여행자들의 예약이 몽땅 취소된 때문이란다. 테러 소식을 접한 것은 케냐의 마사이마라에서 저녁을 먹을 때였다. 출근하던 검찰총장이 차량 테러로 사망하고, 이집트 정부는 대대적인 보복에 나설 것으로 예측된다는 CNN 뉴스가 이어졌다. 이틀 후에 가기로 예약되어 있는 카이로행 항공편을 취소해야 하나 말아야 하나 고민하다 결국 강행하기로 했다. 이미 미룰만큼 미뤘던 중동 여행이었고, 중동 상황이 더 나아질 것 같지도 않아 또다시 미루고 싶진 않았다. 대신 방문지는 축소했다. 카이로 시내 일부, 기자(Giza)의 피라미드(Pyramid), 이집트 사막, 이게 이집트 여행의 전부가 되었다.

기자는 카이로 시내에서 멀지 않아 지하철과 버스를 이용해 다녀올 생각이었다. 그런데 추가 테러에 대한 우려 때문인지 지하철역 일부가 폐쇄되었다는 뉴스가 다시 보도되었다. 어쩔 수 없이 호텔 프런트에 컨시어지(concierge) 서비스를 의뢰했다. 전용차+기사 1명+영어 가능 가이드 1명, 고용 시간은 한 나절, 조건은 호텔에서 피라미드를 왕복하되, 3개의 피라미드를 동시에 조망할 수 있는 지점과 피라미드 일대 각 구간은 그 차로 이동하는 것으로 제시했더니, 비용이 180파운드라는 오퍼가 들어왔다. 2015년 당시 환율로 약 2만 7,000원. 두 말 않고 콜했다.

피라미드로 가는 동안 수다쟁이 가이드가 이런 저런 얘기를 하며 연신 떠들어댔다. 그 가운데는 여행자들이 너무 줄어서 이집트 경제가 엉망이 됐고, 자기도 요새는 손가락 빨고 산다는 내용이 절반 넘게 차지했다. 그에겐 미안한 얘기지만 나로선 좋았다. 여행자가 없으니 어딜 가나 줄 서는 일 없고, 박시시(팁)를 요구하는 삐끼들의 공해도 없었으며, 장갑차와 무장경관이 곳곳에 배치되어 여행하기에 더 안전해진 측면이 있었으니까.

기자에 도착하여 티켓을 구입하고는 서둘러 안으로 들어갔다. 피라미드! 책으로 이미지로 수없이 봐왔던 곳. 얼마나 궁금해했던 곳이고 얼마나 와보고 싶었던 곳이었던가. 드디어 마주한 그 순간, 아~ 이곳의 첫 인상은 형용사 두개가 모든 술어를 대변했다. 넓다는 것과 크다는 것. 부지가 이렇게까지 넓을 줄 몰랐고, 피라미드가 이 정도로 거대할 줄 몰랐다.

입장하면서 제일 먼저 본 피라미드는 쿠푸 왕의 피라미드. 이 피라미드는 세계에서 가장 유명한 피라미드다. 피라미드 하나만 찍힌 사진이라면 99%는 이 피라미드라고 보면 된다. 위키피디아를 검색해보니, 밑변 한 변의 길이가 230m, 높이는 139m(원래 높이는 147m), 돌의 개수는 230만 개, 건

쿠푸 왕의 피라미드 온전한 피라미드 가운데는 세계에서 제일 큰 피라미드이며, 실물은 사진보다 훨씬 더 크게 느껴진다. 누가, 왜, 어떻게 만들었느냐에 대해 아직도 미스터리한 부분이 많다.

립에 소요된 기간은 23년, 건립 시기는 지금으로부터 약 4600년 전이라고 한다. 모든 것이 쉽게 믿어지지 않는 내용들이다.

기자에는 쿠푸왕의 피라미드뿐만 아니라 카프레 왕의 피라미드와 멘카우레 왕의 피라미드도 있다. 쿠푸의 아들이 카프레고, 카프레의 아들이 멘카우레니 3대의 피라미드가 나란히 한 곳에 있는 거다.

도대체 누가(who), 어떻게(how) 왜(why) 이것을 만들었을까. '누가'와 '어떻게'에 대해서는 기존의 연구에 의해 어느 정도 의문이 풀렸다고 할 수 있다. 그러나 왜(why)에 대해서는 여전히 의문이다. 피라미드 1기를 건설하려면 어마어마한 시간과 인력, 비용이 들어갈 수밖에 없다. 그런 피라미드를 천년이 넘는 세월 동안 100기 이상 만들었다고 하니, 뭔가에 미치지 않

3개의 피라미드를 동시에 볼 수 있는 전망대에서 본 풍경 기자의 피라미드는 걸어 다니며 보기에는 너무 넓었다.

스핑크스와 피라미드 오른쪽이 쿠푸 왕의 피라미드고, 왼쪽은 카프레 왕의 피라미드다. 이곳은 원래 낙타 몰이꾼과 장사치, 삐끼들로 넘쳐나는 곳이지만, 치안 불안으로 여행자가 없어지자 그들도 사라졌다.

고서는 그런 일이 일어났을 리가 없다. 그 뭔가가 도대체 무엇이냐는 거다.

지금까지 알려진 바로는 이렇다. 고대 이집트인들은 영생에 관심이 많았고 영혼불멸을 믿었다. 사람이 죽으면 저승에 가서 심판을 받는데, 지은 죄가 가벼운 사람들의 영혼은 다시 육신에 돌아와 영생을 누릴 수 있다. 그러므로 시신이 썩지 않게 미이라를 만들어 무덤에 모셔둘 필요가 있었다. 이는 파라오에게도 그대로 적용된다. 다만, 파라오는 신의 아들로 여겨졌으므로, 파라오의 무덤은 일반 평민들 무덤과는 비교할 수 없을 정도로 크고 신비롭게 만들어야 한다. 그렇게 해서 탄생한 것이 바로 피라미드다.

즉, 피라미드는 파라오가 영생을 누리려는 허영심에서 비롯된 결과물이다. 이상은 많은 학자들이 연구한 결과이고 가장 널리 통용되는 내용이다. 그러나 막상 실물을 보니, 그 정도의 이유만으로 이런 대 역사(役事)가 천년 넘게 이어질 수 있었을까 라는 의문이 들었다.

피라미드를 보고 나서 스핑크스가 있는 곳으로 이동했다. 인간의 얼굴에 사자의 몸을 가진 스핑크스는, 피라미드처럼 돌을 쌓아 만든 것이 아니라 원래 그곳에 있던 돌을 깎아서 만든 것이라고 한다. 누가, 언제, 왜 만들었지는 아직도 미스터리다. 코와 턱수염이 떨어져 나가 조형미가 줄어든 상태였는데, 손상되기 전에는 꽤 멋있었겠다는 생각이 들었다.

피라미드 유적지를 떠나기 전, 전망 좋은 언덕에 앉아 피라미드를 다시 한번 쳐다봤다. 현장에 와서 직접 실물을 보았는데도 여전히 의문은 더해만 갔다. 도대체 누가, 왜, 저런 희한한 건축물을 만들었을까. 저곳은 정말 파라오의 무덤이었을까. 원하는 시간과 장소로 데려다 줄 수 있는 타임머신이라도 있다면, 4600년 전으로 거슬러 올라가 이집트인들에게 물어보고 싶다. 도대체 왜 이렇게 힘드는 걸 만드는지, 우리가 지금 피라미드에 대해 알고 있는 내용들 가운데 어디까지가 사실인지.

제 6 장

자연과 시간

01

자연, 여행이 끝이 없는 이유

우리가 태어났고 우리가 돌아갈 고향, 자연을 이 책의 마지막 여행지로 싣는다. 존재하는 모습 그 자체로 완벽한 작품이기도 한 자연은, 언제 가도 변함없이 반겨주는 친구처럼 편안했다. 아무리 세상에 지치고, 세월에 지치고, 인연에 지쳐도, 자연을 만나는 시간은 늘 행복했다. 평생 동안 여행을 다니더라도 떠날 때마다 설레일 수 있는 건, 만나보고 싶은 자연이 무궁무진하기 때문이다.

내 여행의 일차적 호기심은 대부분 사람 사는 세상에 관한 것이었다. 그래서 여행하면서 자연을 탐방한 시간은 상대적으로 짧았고 늘 아쉬움이 남을 수밖에 없었다. 그래도 자연과 함께한 그 시간은 언제나 기쁘고 행복했으며, 그 행복감은 인간 세상에서 느끼던 것과는 달랐다.

생뚱맞은 얘기지만, 중국이라는 나라에서 매력을 느낄만한 문화코드를 단 하나만 꼽으라면 나는 한자를 선택할 것이다. 한자가 뜻 글자임을 감안하더라도 그 뜻의 오묘함에 놀랄 때가 한두 번이 아니다. 자연이라는 단어도 그렇다. 스스로 자(自), 그러할 연(然). '스스로 그러하다.' 이 얼마나 놀라운 의미 발견인가.

한자 의미 그대로, 자연은 그 자체로 완벽하다. 어떤 것도 덧댈 필요가 없다. 어떤 가치 판단도 필요 없다. 그냥 있는 그대로 보고 즐기면 된다. 그렇게만 해도 행복해진다. 아무리 잘난 사람도 자연 앞에선 내세울 게 없다. 아무리 못난 사람도 자연 앞에선 부끄러울 게 없다. 세상사 벗어난 곳이니 원래의 모습 대로 돌아가는 것이고, 결국은 모든 인간이 자연 앞에서는 같아지는 것이다. 자연이 가진 힘이다.

자연은 1초도 정지하지 않고 변해간다. 자연에는 영원과 찰나가 동시에 존재하고, 우리가 보는 자연은 그동안 쉼없이 변해온 자연의 한 '순간'을 보는 것이다. 그 '순간'은 과거와 미래의 연속선 안에서의 순간이다. 그래서 어느 순간이나 각각 고유한 가치를 지니고 있다. 그러므로 언제 자연을 만나든 자연과 함께하는 것 자체가 행운이고 축복이다. 내가 여행지의 자연에서 한 번에 머무는 시간은 기껏해야 며칠, 때론 몇 주다. 자연의 시간에 비하면 티끌도 되지 않는 시간이지만 나로선 금쪽 같은 시간이다. 그 시간에, 수억 년 수천만 년 동안 몇몇 손길이 빚어온 위대한 작품을 온몸으로 만나보려 애쓴다.

작품을 빚은 손길은 크게 세 그룹이다. 지구 어디에서나 찰나도 멈추지 않고 작용하는 '중력의 법칙'이 그 하나고, 조륙운동, 조산운동, 화산폭발로 큰 토목공사를 벌이는 '지하의 에너지원'이 다른 하나며, 긴긴 세월 동안 쉼없이 사포질(풍화, 침식)을 하는 비, 바람, 파도, 태양 같은 '지상의 조각가'들이 나머지 하나다. 이 세 그룹의 예술가들이 빚어놓은 환상적인 작품을 감상할 기회를 갖는다는 것은, 여행자가 누릴 수 있는 최고의 특권이요 이 세상에 온 기쁨 가운데 하나다.

우리나라는 국토가 워낙 좁아 경험할 수 있는 자연이 다양하지 않다. 그래서 밖에 나갈 때는 언제나 우리나라에서 보기 어려운 풍경들(사막, 화산, 빙하, 초원, 협곡, 고원 등등)이 있는 지역을 찾곤 했다. 다만 산은 해발고도가 다르거나 위도가 다른 경우 완전히 다른 풍경을 보여주므로 탐방지에 포함시켰다. 폭포는 원래 생각 없었는데 한 군데 간 곳이 인상적이어서 이 장에 포함시켰고, 호수는 몇 군데 가보았지만 애깃거리가 마땅찮아 이 장에서 제외했다. 그동안 가본 자연 가운데 각 풍경별로 인상적이었던 곳 한 군데씩을 스케치하면서, 이 여행기를 마무리하려 한다.

알프스의 정원이라 불리는 스위스의 쉬니케 플라테(Schynige Platte, 2099m) 먼산엔 만년설이, 능선 자락엔 야생화가 잘 어울린 풍경이다. 산자락에 난 오솔길을 따라 야생화 보는 재미에 시간 가는 줄 모르고 걸었다.

토레스 델 파이네, 바람이 지배하는 땅 파타고니아

세상의 하고 많은 산 중에서 왜 하필 토레스 델 파이네(Torres del Paine)냐. 이유는 모른다. 그냥 언제부턴가 이 산이 너무 가보고 싶었다. 그게 이곳이 내 버킷리스트의 산들 가운데 맨 앞에 자리잡은 이유의 전부다.

아르헨티나의 칼라파테에서 페리토 모레노 빙하를 여행한 다음 날, 이 산에 가기 위해 칠레의 푸에르토 나탈레스(Puerto Natales, 이하 나탈레스)로 이동했다. 칼라파테에서 나탈레스까지는 버스로 5시간 넘게 걸리는 먼 거리였다. 그러나 이동하는 동안 지루할 틈이 없었다. 가도가도 끝없이 펼쳐진 파타고니아 고원지대의 이국적인 풍경 때문이었다. 한없이 황량하고, 막막하고, 그리움이 사무치게 만드는 그 거친 풍경은 평생 잊을 수 없을 것이다.

나탈레스에 도착하자마자 숙소를 정하고 다음 날 토레스 델 파이네(이하

우리 부부가 하룻밤 묵었던 토레스 산장 파이네를 트레킹하려면 야영장에서 텐트 치고 숙박하거나 산장을 이용해야 한다. 산장은 미리 예약하지 않으면 금방 다 차버린다. 우리는 예약하지 않고 갔지만 비수기라 자리가 남아 있었다.

파이네)로 갈 준비를 했다. 나탈레스는 인구 2만 명 남짓한 작은 도시이나, 파이네 여행의 베이스 캠프로서 손색 없는 곳이었다. 숙소, 식당, 여행사, 환전소, 트레킹 장비 임대업체 등 필요한 모든 것이 다 있었다. 시내 중심가에서 환전하고, 대형마트에서 먹거리를 구입하고, 장비업체에서 스틱을 임대했다.

숙소 프런트에 파이네행 버스 예약을 요청해 두었더니, 다음 날 아침 일찍 마이크로버스가 우리 부부가 묵고 있는 숙소로 픽업하러 왔다. 파이네로의 이동은, 여러 숙소에서 여행자들을 모아 시내에서 대형버스로 갈아

두 번째 산장인 칠레노 산장에 도착하기 직전에 만나게 되는 계곡 이미 겨울이 시작된 시기라서 칠레노 산장은 폐쇄되었고, 트레킹하는 사람은 거의 없었다. 그 호젓함이 아주 좋았다.

태운 후에 파이네로 가는 방식으로 진행되었다. 나탈레스를 출발한 버스가 2시간 남짓 달려 파이네 국립공원 입구에 도착한 시간은 오전 10시. 이곳에서 입장권을 구입하고 지도를 받은 다음, 미니버스로 갈아타고 토레스 산장까지 갔다. 산장에 들러 날씨를 체크하고 당일 숙박 예약을 하고는 11시 30분이 되어서야 산행을 시작했다. 예상했던 시간보다 산행 출발 시간이 많이 늦어졌다.

파이네에 가기로 마음먹었을 때의 원래 구상은 거창했다. 가능하다면 7박 8일짜리 코스를 트레킹하려 했고, 여의치 않더라도 최소한 4박5일 코스인 W트랙은 걸으려고 했다. 그러나 남미로 떠나기 직전 모든 계획을 수정해야 했다. 독감으로 일주일 넘게 고생하고 주머니에 약봉지를 가진 상태로 비행기를 탔을 정도로 체력이 말이 아니었기 때문이다. 그래도 남미 여행에서 파이네를 제외하고 싶은 마음은 없었다. 대신 파이네 일정을 이틀로 짧게 잡았다.

컨디션이 엉망이었음에도 불구하고 이 산에 오기로 한 결정은 결과적으로 아주 잘한 일이었다. 이런 곳을 제외하고 남미를 여행한다는 건 말이 안 된다고 해도 과언이 아닐 정도로 이곳은 최고의 탐방지였다. 이날의 산행을 아무리 잘 써본들 내가 받은 감동의 10%도 담아내지 못할 것이다. 그만큼 이날 산행은 행복하기 그지없었다. 눈에 보이는 모든 것이 감동이었고, 카메라에 찍히는 모든 것이 그림이었다. 올라갈 때도 수없이 멈춰서야 했고 내려올 때도 마찬가지였다. 대자연이 내 영혼과 육체에 마취제를 놓은 듯, 도무지 발걸음이 떨어지지 않았다. 나는 그곳에서 풀이 되고 싶었고 나무가 되고 싶었고 돌이 되고 싶었다.

풍광에 취해 자주 멈춰선 탓에 예정시간보다 늦은 오후 4시가 되어서야 토레스 삼봉 아래 도착했다. 아~ 내가 그토록 오고 싶어 했던 곳, 꿈에서라도 와보고 싶어 했던 곳. 행복했다. 거대한 바위 봉우리가 까마득한 높이로 우뚝 솟은 현장을 보는 순간 말을 잊었다. 무념무상. 무슨 말이 필요할 것이며 무슨 생각이 필요할 것인가. 세 개의 푸른 거탑 위로 구름은 시시각각 변했고, 거탑 아래 호수는 절대자의 공간처럼 적막했다. 1시간 넘게 그곳에 머물렀으나 흐르는 시간이 그저 아쉬울 뿐이었다.

산행이 늦어지는 바람에 내려오는 도중 날이 저물기 시작했다. 그래도 발걸음이 쉬 떨어지지 않았다. 보고 또 보고, 보고 또 보고… 왕복 18km 구

구름에 싸인 세 개의 푸른 거탑 모두 해발 2000m가 넘는다. 파이네는 하루에도 사계절을 모두 겪을 만큼 날씨 변화가 심한 곳이었다. 그러나 거탑 아래 호수만은 절대자의 공간처럼 적막했다.

간의 산행을 마치고, 출발지점인 토레스 산장으로 다시 돌아왔을 때는 깜깜한 밤이었다. 몸은 파김치가 되었지만 마음은 말할 수 없이 행복했다. 산장에서 저녁을 먹고 바로 꿈나라로 떠났다.

전날 약간 무리한 탓에 이튿날은 살토 그란데 폭포를 다녀오는 정도로 가볍게 일정을 잡았다. 미니버스를 이용하여 페와(Pehoe) 호수 선착장까지 간 다음, 거기서부터 폭포까지는 걸어갔다. 이 구간을 걷는 동안, 말로만 듣던 그 유명한 파타고니아의 바람, 파이네의 겨울바람을 체감했다. 배낭을 메고 올라가는데도 바람에 떠밀려 앞으로 한 발 뒤로 두 발… 한참을 바람과 실랑이하고 나서야 겨우 살토 그란데에 도착할 수 있었다. 태어나서 겨

살토 그란데(Salto Grande) 물이 떨어지는 힘이 굉장했다.

어본 바람 가운데 가장 강력한 바람이었다. 폭포 주변에서도 엄청난 바람이 불었지만 그것을 견뎌내며 폭포 위의 호수(Lago Nordenskjold)까지 돌아보고 다시 폭포로 내려왔다. 폭포의 낙차는 크지 않았으나 수량이 풍부해서 물이 떨어지는 힘이 굉장했다.

나탈레스 시내로 돌아오는 버스 안에서 파이네를 만났다는 행복감과, 원했던 만큼의 트레킹을 하지 못한 아쉬움이 동시에 밀려왔다. 여행에서 아쉬움이 남는 때가 더러 있지만 파이네의 경우는 특히 더했다. 멀고 먼 땅 파타고니아, 그 황량하고 아름다운 대지에 절대고독의 자태로 우뚝 서 있는 파이네, 그곳에 다시 갈 기회가 있을까.

통가리로, 낯선 행성으로의 초대

화산의 황량함은 익숙하지 않은 풍경이었다. 한반도의 화산지형이라 할수 있는 백두산과 한라산에 올라 보았지만, 천지도 백록담도 황량하다기보다는 아름답다는 느낌이 더 컸다. 통가리로(Tongariro National Park)에 가기전에 내가 올라본 화산 가운데 황량했던 곳은 후지산이 유일했다. 통가리로에 간 것은 그보다 더 센 풍경을 보고 싶어서였다.

통가리로는 뉴질랜드의 대표적인 화산군(群)이다. 뉴질랜드는 남섬과 북섬이 지질학적으로 정반대의 특성을 갖고 있는 나라로, 남섬이 빙하의 땅이라면 북섬은 화산의 땅이다. 땅밑이 용암으로 펄펄 끓는 불의 땅이 북섬이고, 그 가운데서도 대표적인 화산지대가 통가리로다.

통가리로는 후지산과는 다른 형태의 화산지형이다. 후지산은 원뿔형의 단독 화산인데, 통가리로는 세 개의 화산과 10개가 넘는 화구(火口)가 있는

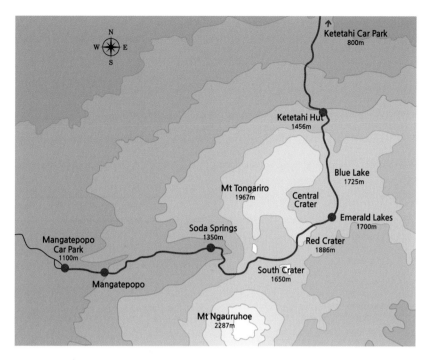

통가리로 크로싱 루트 개념도 시작지점인 망가테포포 주차장에서 종료지점인 케테타이 주차장까지의 거리는 19.4km다.

거대한 화산 밀집지대다. 그래서 후지산은 정상까지 갔다가 내려오는 업다운 방식으로 탐방하고, 통가리로는 화산지대를 횡단하는 방식으로 탐방한다.

통가리로는 북섬의 타우포(Taupo)시 인근에 있다. 통가리로의 주요 화산은 루아페후(Ruapehu, 2797m), 나우루호에(Ngauruhoe, 2287m), 통가리로(Tongariro, 1967m) 세 곳이다. 이 화산들 가운데 통가리로를 횡단하는 트레킹이 크로싱(Crossing)이고, 나우루호에를 가운데 두고 한바퀴 고리 형태로 도는 트레킹이 서킷(Circuit)이다. 크로싱은 하루 만에 주파가 가능하고, 서킷은 3박 4일이 소요된다. 나는 크로싱을 선택했다.

타우포에 도착하자마자, 버스 정류장 옆에 있는 i-Site(뉴질랜드의 주요 여행지에서 볼 수 있는 인포메이션 센터)에 가서 통가리로 국립공원의 지도를 구하고, 다음 날 아침 통가리로행 셔틀버스까지 예약했다. 셔틀버스 바우처와 함께 전해준 안내문에는 통가리로 크로싱에 필요한 모든 정보가 담겨 있었다. 준비물, 주의사항, 거리, 소요시간, 화장실, 셔틀을 놓쳤을 때의 대처 요령 등등. 역시 여행 선진국은 다른 데가 있었다.

다음 날 새벽 3시에 일어나 밖을 보니 가랑비가 내리고 있었다. 통가리로에 갈 수 있을지 없을지 판단하기 애매했다. 일단 옷을 단단히 입고 배낭에 마실 물과 간식을 챙겨 넣은 다음, 숙소 앞에서 셔틀을 기다렸더니 다행히 5시 정각에 버스가 나타났다.

버스는 세 군데 숙소를 더 방문하여 통가리로에 갈 탐방객들을 태웠다. 마지막 숙소에서 탐방객들이 타자, 셔틀버스 직원으로 보이는 청년이 산행 참가자들에게 (비상시를 대비하여) 각자 자기 이름과 숙소, 휴대폰 번호를 명부에 기재해 달라고 요청했고, 산행에 필요한 주의사항도 알려주었다.

산행 참가자들은 모두 서양 젊은이들이었고 중년은 우리 부부 외에 서양인 한 커플뿐이었다. 통가리로 크로싱의 총 거리는 19.4km다. 산행 전체 구간에서 낮은 지점과 높은 지점의 고도차는 1000m나 된다. 이 정도 산행을 7~8시간 내에 마무리지어야 한다. 50대의 우리 부부가 타우포로 돌아가는 셔틀 출발시간에 늦지 않게 도착할 수 있을까. 약간 걱정이 되기도 했다.

사우스 크레이터와 레드 크레이터가 만나는 지점

타우포를 출발한 버스가 트레킹 시작지점인 망가테포포 주차장에 도착
한 시간은 아침 7시. 화장실에 들렀다가 곧바로 산행을 시작했다. 산행 초
반부는 평지에 가까웠다. 그러나 소다 스프링스(Soda Springs)와 사우스 크레
이터를 지나 레드 크레이터(Red Crater)까지 이어지는 구간은 계속 오르막이
었다. 이 구간이 통가리로 트레킹에서 가장 힘든 구간으로, 두 번을 쉬고서
야 레드 크레이터에 도착 할 수 있었다. 산행 시작한 때로부터 이곳까지
소요된 시간은 3시간. 날씨가 좋았더라면 풍경 감상하느라 더 자주 쉬었을
테니까 시간이 조금 더 걸렸을 것이다. 이날 날씨는 종일 짙은 안개와 눈
과 가랑비로 우리 편이 아니었다.

레드 크레이터부터는 하산길이 시작되었다. 하산길에서 만난 첫 번째
뷰 포인트는 에머랄드 호수. 주변의 광물이 녹아 에머랄드 빛을 띠고 있는

산행 시작한 지 3시간 조금 더 지나 도착한 에머랄드 호수 짙은 안개 속에서도 에머랄드 빛이 보인다.

이 호수는 레드 크레이터에서 10분 정도 거리에 있었다. 여전히 활동 중인 화산이라 호수에선 유황 냄새가 많이 났다. 이곳에서 배낭에 넣어 온 간식을 먹었다.

하산길 두 번째 포인트는 센트럴 크레이터(Central Crater). 이곳은 이미 지나온 사우스 크레이터처럼 넓다란 평지 형태의 분화구였다. 날씨가 좋을 경우, 이곳을 지나면서 레드 크레이터 쪽으로 바라보면 화산 특유의 황량한 풍경이 감동적으로 보이는 곳이다. 그러나 이날 날씨는 끝까지 나우루호에 화산을 안개 속에 감춰둔 채 보여주지 않았다. 자연을 여행할 때 날씨라는 변수가 얼마나 중요한 것인지, 두고두고 기억하도록 만들어 준 여행지가 바로 이곳이었다.

센트럴 크레이터를 지나 만나게 된 세 번째 포인트는 블루 레이크(Blue Lake)로, 이 호수는 에머랄드 호수보다 훨씬 컸다. 이 정도로 높은 화산지대

블루 레이크에서 레드 크레이터 방향으로 본 풍경 레드 크레이터 봉우리 끝이 안개 때문에 보이지 않는다. 저 안개 너머에서 눈앞에 보이는 이 구간을 걸어왔다. 온통 거칠고 황량한 주변 풍경이 낯선 행성의 이미지를 연상시켰다.

라면 눈 녹은 물이 유일한 수원(水源)일 텐데, 그렇게 큰 호수가 있다는 것은 뜻밖이었다. 본격적인 하산을 시작하기 전에 이 호숫가에서 충분한 휴식을 취하며 잊지 못할 풍경들을 가슴속에 담았다. 간간이 안개가 걷힐 때 드러나는 통가리로 풍경은 낯선 행성의 모습과 닮아 있었다.

블루 레이크에서 케테타이 주차장까지 내려오는 구간은 3시간 정도를 걸어야 할만큼 길었다. 그러나 걷는 내내 행복했다. 콧노래 부르며 쉬엄쉬엄 걸어 내려왔는데도 타우포로 돌아가는 셔틀버스는 아직 보이지 않았다. 애초에 그 정도의 시간이면, 누구나 여유 있는 산행을 해도 늦지 않을 시간이었던 모양이다.

마사이마라, 오늘도 내일도 하쿠나 마타타(Hakuna matata)

끝없이 펼쳐진 초원 위로 풀을 뜯는 초식동물들, 그들을 먹이로 삼으려
는 육식동물들, 그 생생한 동물의 왕국 사파리가 내 버킷리스트에 없었을
리 없다. 다만 아프리카로 가기 전까지 어느 지역에서 사파리를 할 것인가
가 미결정 상태로 남아 있었다.

탄자니아의 세렝게티와 응고롱고로, 케냐의 마사이마라를 검토해 보다
최종적으로 마사이마라 국립공원(Masai Mara National Reserve)을 선택했다. 세
렝게티는 면적이 너무 넓어 동물을 보기 위해 이동해야 하는 거리가 길다.
아무래도 사파리의 효율이 떨어진다. 응고롱고로는 세계 최대의 분화구라
는 매력은 있으나 동물의 다양성이 떨어진다. 반면 마사이마라는 동물이
다양한 데다 크기도 제주도의 약 80% 정도로 적당했기 때문이다.

로컬 여행사를 이용한 이곳에서의 사파리도 다른 여행지에서와 시스템

마사이마라 초원에 얼룩말, 누, 영양들이 함께 어울려 있다. 초식동물들은 육식동물들의 공격으로부터 자신을 보호하기에 유리한 탁 트인 공간을 선호했다. 야생에서의 방심은 곧 죽음. 인간에게는 이곳이 여행지이나 동물들에겐 생명을 하루 더 연장할 수 있느냐 없느냐의 생존 현장이다.

은 같았다. 나이로비 숙소에 마사이마라 사파리를 신청해 두었더니 다음 날 아침 숙소 앞으로 픽업차량이 왔다. 그 차를 타고 시내 중심부로 가자, 우리를 마사이마라로 데려갈 별도의 차량과 기사가 대기하고 있었다. 각 숙소에서 픽업차량으로 그곳에 모인 사람은 7명. 국적을 보니 일본 1명, 중국 1명, 대만 1명, 인도 1명, 호주 1명, 여기에다 우리 부부가 더해져 총 일곱 명이 사흘간 함께 지낼 일행이 되었다.

마사이마라는 나이로비에서 서쪽으로 270km쯤 떨어진 곳에 있다. 기사 얘기로는 편도 5시간 정도 걸린다고 했는데, 도중에 두 번 정차하는 시간이 있어 실제 소요된 시간은 이보다 더 걸렸다. 첫 번째 정차한 곳은 그레이트 리프트 밸리(Great Rift Valley, 아시아의 요르단에서 아프리카 모잠비크까지 뻗은 세계 최대의 지구대) 전망대. 여기서 20분간 리프트 밸리를 조망할 시간을 가진 다음, 나록(Narok)이라는 곳에서 점심을 먹기 위해 다시 한번 정차했다. 음식은 케냐 현지식이었는데도 내 입에 딱 맞았다. 점심을 먹고 다시 2시간 정도를 달려, 오후 4시 가까이 되어서야 마사이마라에 도착했다. 오전 9시에 나이로비를 출발했으니 편도 7시간이 걸린 셈이다.

사파리는 지붕이 열리는 밴을 타고 동물이 있을만한 공간을 찾아 다니는 방식으로 진행되었는데, 현지에서는 이것을 게임 드라이브라고 불렀다. 2박 3일 사파리 프로그램의 경우 게임 드라이브는 사흘 내내 진행되는 것으로 스케줄이 짜여져 있었다. 첫날은 마사이마라에 도착하여 잠시 휴식을 취한 후 바로 사파리를 떠났다가 해질 무렵 돌아오고, 둘째 날은 아침부터 사파리를 시작해서 하루 종일 돌아다니다가 역시 해질 무렵에 돌아오며, 마지막 날은 해뜨기 전에 사파리를 떠났다가 오전 10시경 사파리를 마치고 숙소로 돌아와 짐을 챙긴 후 나이로비로 향하도록 되어 있었다. 사파리에 필요한 점심과 물은 기사가 차에 실어 가므로 염려할 필요 없었다. 다만 초원에는 화장실이 없으므로 필요하면 기사에게 요청해야 했다. 기사는 동물로부터 위험이 없을 만한 곳에 차를 세워 볼일을 보게 했다.

첫 이틀간은 초원을 원 없이 돌아다녔다. 내 평생 그렇게 오랫동안, 그렇게 넓은 초원을 누빈 것은 처음이었다. 동물들도 원 없이 봤다. 빅 파이브라고 불리는 사자, 코뿔소, 표범, 코끼리, 버팔로는 물론 수많은 종류의 동물들을 가까이에서 보았다.

사파리 도중 잠시 나무 그늘 앞에 멈춰 휴식시간을 가졌다. 하늘과 맞닿은 광활한 초원의 아름다움을 사진으로는 다 표현하지 못한다.

마사이마라와 세렝게티를 가르는 마라 강(Mara River) 강 건너편은 세렝게티 초원이다. 강물 속에 보이는 검은 점들은 하마들이고, 악어들은 물 밖에서 해바라기를 하고 있었다. 얼룩말이나 누떼들이 풀밭을 찾아 대이동을 하면 이 강은 악어들에게는 축복의 공간이요, 초식동물들에게는 생사의 갈림길이 되는 공간이다.

　동물들은 초식이냐 육식이냐에 따라 표정과 행동이 확연히 달랐다. 육식동물들은 여유 있는 모습이었지만, 초식동물들의 표정과 움직임에서는 늘 긴장감이 느껴졌다. 낮이 그럴진대 밤이면 어떠하겠는가. (시야가 확보되지 않는) 밤은 초식동물들에겐 생사의 갈림길을 결정하는 시간이며, 아침 해가 뜨는 것을 볼 수 있다면 생명이 하루 연장된 것이다. 어느 하루도 죽느냐 사느냐의 문제에서 자유로울 수 없는 곳이 야생의 세계라는 것이 실감났다. 도킨스(Richard Dawkins)에 의하면, 야생동물은 늙어서 죽는 일이 거의 없다고 한다(리처드 도킨스, 『이기적 유전자』, 홍연남·이상임 옮김, 을유문화사, 2010,

201쪽). 늙기 전에 굶어 죽거나 병들어 죽거나 포식자에게 잡아먹혀버리는 거다.

사흘째 되는 날 아침, 일행은 두 그룹으로 나뉘었다. 전날처럼 사파리 가기를 원하는 그룹과 마사이 부족 마을을 방문하려는 그룹. 우리 부부는 마사이 마을을 선택했다. 마을에 도착하니 부족 남자들이 마을 입구에서 환영하는 춤을 추었고, 자신들이 거주하는 집을 방문할 수 있도록 해주었다. 동물 배설물로 만든 그들의 집에는 창(窓)이 손바닥만해서 많이 어두웠다. 창이 그렇게 작은 이유는 모기 때문이라고 한다.

집을 방문하고 나오자 마을 촌장이 자기 부족과 마을에 대해 몇 마디 설

마사이 부족 아이들 이 아이들은 마사이 전사의 전통을 이어갈 수 있을까. 우문에 누군가 현답을 했다. 하쿠나 마타타! ('걱정 마. 모든 게 잘 될 거야'라는 의미의 스와힐리어).

명을 했다. 마사이마라 국립공원 일대에는 수많은 마사이 부족 마을이 있는데, 자신들의 마을은 20가구이며, 모두 같은 할아버지를 둔 친족간이고… 마사이 전사가 되려면 3년간 숲에서 훈련받아야 하며… 마사이족 망토의 색깔이 붉은색인 이유는 멀리서도 알아보기 쉽게 하기 위해서이고… 자신들이 사는 방식은 가축을 길러 시장에 내다팔아 생활비와 교육비를 충당하는데, 경제적 사정이 그리 좋지 않고… 어쩌구 저쩌구…. 이런 저런 설명이 끝나자 그는 마을 뒤쪽의 기념품 코너로 우리를 안내했다. 기념품 판매는 아녀자들의 몫이었다. 부족 여인들이 이것저것 권했지만 살만한 게 잘 보이지 않았다. 물건 수준이 너무 낮았기 때문이다. 자연 앞에서는 용맹하기 이를 데 없는 마사이족 사람들도 자본주의 앞에선 서툴기만 했다.

이집트 사막, 매일 아침 아내는 사막에 간다

카이로를 벗어나자마자 길고 지루한 사막이 이어졌다. 오전 8시에 출발한 버스는 몇 시간이 지나도록 도무지 정차할 생각을 하지 않았다. 버스는 방금 폐차장에서 꺼내온 듯, 내가 여태껏 타본 버스 가운데 가장 낡은 버스였다. 좌석은 절반 이상 내려앉았고 앞뒤로는 전혀 움직이지 않았다. 승객은 전부 현지인들이었고, 여자들은 모두 부르카를 쓰고 있었다. 외국인은 우리 부부밖에 없었다.

현지인들은 의자가 불편하지 않은지 몰라도 우리는 허리가 아파 죽을 지경이었다. 그런 상태로 고문 당하듯 네 시간쯤 갔을 때 드디어 어느 작은 모스크 앞에 버스가 멈춰 섰다. 시계를 보니 낮 12시. 버스에서 내린 남자들은(여자들은 내리지 않았다) 모두 모스크로 들어갔다. 우리도 따라 들어갔다. 그들은 (라마단 기간이라) 기도하러 들어갔고, 우리는 화장실 가려고 들어갔다.

한참 후에 다시 출발한 버스가 우리 목적지인 바하리야에 도착한 시간은 오후 1시 30분경. 차에서 내리자 미리 예약해둔 사파리 업체에서 픽업 나온 베두인족 청년이 우리를 바로 알아봤다. 그곳에 우리 부부 외에 외국인처럼 보이는 사람이 아무도 없었기 때문이다. 그 업체에서 제공한 점심을 서둘러 먹고는 바로 사막으로 향했다.

바하리야에서 사막 여행을 하는 사람들은 보통 백사막과 흑사막을 찾는다. 우리는 백사막과 흑사막 같은 황량한 풍경은 이미 북미와 남미에서 몇 차례 경험해본 적 있었으므로 사구(沙丘)로 가득한 순수 모래사막에 가기로 결정했다. 마음씨 좋게 생긴 베두인 청년이 사막으로 가는 도중에 낙타 농장, 대추야자 농장, 소금호수를 거쳐 가겠다고 했지만 나는 바로 사막으로 가자고 했다. 그런 사소한 곳에 들르는 것보단 사막에 더 오래 있고 싶어서였다.

우리를 태운 도요타 지프는 우주의 어느 낯선 공간 같은 황량한 지대를 한 시간 넘게 달려 오후 3시 30분쯤 사막에 도착했다. 차에서 내리자마자 우리 부부는 누가 먼저랄 것도 없이 모래언덕으로 뛰어 올라갔다. 푹푹 빠지는 발을 빼내며 한참 만에 언덕 위에 올라섰을 때 눈앞에 펼쳐진 끝없는 모래 세상, 가슴이 확~ 틔였다. 그래 바로 이거야!

맨발에 닿는 모래 촉감, 모래언덕의 결, 모래언덕이 바람에 깎여나가는 모습, 적막감, 그 모든 느낌과 풍경이 너무 좋아서 해질 때까지 우리는 모래언덕에서 내려오지 않았다. 걷다가 앉았다가 드러누웠다가 지평선 보다가… 다시 걷다가 앉았다가 드러누웠다가 지평선을 바라보고… 동심으로

순수 모래사막(sand dune)으로 가는 길은 화성 표면 같은 이런 길의 연속이었다.

돌아간 듯 모래에 파묻혀 정신없이 보냈다. 시간이 지나자 멀리 리비아 사
막 쪽으로 해가 넘어가기 시작했다. 사막에서의 일몰은 장관이었다. 우린
붉게 물들어 가는 서쪽 하늘을 보며 오랫동안 말없이 앉아 있었다. 마침내
어둠이 내려앉자 베두인 청년이 멀리서 우리를 불렀다. 텐트 치고 모닥불
피우고 밥 해놓았으니 내려오라는 신호다.

그가 준비해둔 저녁은 꿀맛이었다. 입에서 칭찬이 절로 나올 정도로 그
의 요리 솜씨는 훌륭했다. 그도 우리와 함께 모닥불 가에 앉아 먹었는데
그 식사가 그날 처음으로 먹는 음식이라고 했다. 라마단 기간 동안 무슬림
들은 해가 져야 첫 식사를 한다면서. 그의 말에 의하면, 평소 이곳은 사파
리 차량들로 넘치는 곳인데, 최근엔 이집트 치안 상황이 악화되어 여행자

사진 중앙에 조그맣게 보이는 차량이 우리가 타고 온 지프이고, 지붕의 남자는 우리를 그곳에 데려간 베두인 청년이다. 모래언덕 그림자에 보이는 두 사람은 우리 부부. 평소 때라면 여행자들로 붐볐을 이 넓은 곳에 우리 부부와 베두인 청년, 딱 세 사람만 있었다.

가 아예 없다고 했다. 우리로서는 호젓한 분위기를 만끽할 수 있어 좋았지만, 수입이 줄어든 청년의 입장을 생각하니 미안한 마음이 들었다.

밤이 깊어지자 모닥불은 점점 사그러들었고 하늘엔 별빛이 흐르기 시작했다. 얼마나 오랫동안 하늘을 잊고 살았던가. 얼마나 오랫동안 별빛을 잊고 살았던가. 어릴적 마당에서 잠을 자던 때가 떠올랐다. 마당에 드러누워 하늘에 가득한 별을 볼 때마다 신기해 했던 기억은, 도시로 떠나면서 잊혀진 추억이 되었다. 그 기억이 이집트 사막에서 다시 떠오른 거다.

인간이 만든 그 어떤 불빛도 보이지 않고, 그 어떤 소음도 들리지 않는

바하리야 사막의 모래언덕 태양과 바람이 만들어낸 이런 사구가 멀리 리비아까지 수백 킬로미터에 걸쳐 펼쳐져 있다. 모두 사하라(Sahara)의 일부다. 3천만 년 전까지는 이곳이 바다였다고 한다.

곳. 일체의 문명과 차단된 곳. 어떤 말도 필요 없는 곳. 그곳은 우리가 그토록 경험해보고 싶었던 그런 공간이었고 그런 시간이었다.

그날 밤 우리는 북두칠성 아래서 잠을 잤다. 어린 시절 별을 찾아 헤매다 자던 때처럼 깊은 잠을 잤다. 사막에서의 취침은 평생 잊지 못할 멋진 경험이었다. 사막에서 보낸 시간이 얼마나 좋았던지, 아내는 자기 컴퓨터 바탕화면에 사막 사진을 깔아 놓고 몇 년이 지난 지금도 바꾸지 않고 있다. 언젠가 사하라에 다시 가겠다면서.

06

페리토 모레노 빙하, 인생은 빙하 사이클 두 번이면 끝난다

남미 여행 대상지를 선정해놓고 보니 묘하게도 인문, 사회, 자연이 적절하게 섞여 있었고, 자연 가운데는 산, 사막, 고원, 호수, 빙하가 고루 포함되어 있었다. 그만하면 내가 짜도 잘 짠 것 같았다. 빙하 탐방 장소로 선택한 곳은 로스 글라시아레스 국립공원(Los Glaciares National Park). 아르헨티나 영토 가운데서도 최남단에 속하는 남부 파타고니아에 위치한 이 국립공원은 제주도의 두 배가 넘는 크기로, 극지방을 제외하곤 가장 넓은 빙하지역이다. 주요 빙하만도 47개나 되고, 빙하가 만든 U자협곡과 빙하호(湖)도 상당히 많다. 그곳에 있는 빙하들 가운데 가장 대표적인 빙하는 페리토 모레노 빙하(Glaciar Perito Moreno). 세상에서 가장 아름답다는 이 빙하를 보기 위해, 부에노스아이레스에서 항공편으로 3시간 반이나 걸리는 파타고니아의 작은 도시 칼라파테로 날아갔다.

칼라파테에 도착하자마자 숙소를 정하고 빙하투어를 신청했다. 신청 방법은 간단했다. 자기가 묵는 숙소에 빙하투어를 하고 싶다고 하면, 숙소의 매니저가 투어 회사에 연락하여 다음 날 아침에 숙소로 픽업차량이 오도록 조치한다. 투어 신청 시 자기가 원하는 프로그램이 어떤 것인지 알려주면 된다. 빙하투어 프로그램은 전망대에서의 빙하 감상, 빙하 유람선 타기, 빙하 위를 걷는 트레킹, 이렇게 세 부분으로 이뤄져 있었고, 빙하 위를 걷는 트레킹은 2시간 정도 걷는 미니 트레킹과 4시간 정도 걷는 빅 아이스(Big Ice) 투어가 있었다. 2시간 정도 걸으면 충분할 것 같아 나는 미니 트레킹을 신청했다.

이튿날 아침 숙소 앞으로 온 픽업차량을 타고 시내로 가자 대형버스가 기다리고 있었다. 그 버스로 갈아타고 1시간 반쯤 지나 모레노 빙하에 도착했다. 버스에서 내리자 투어 프로그램 진행자가 그날의 일정에 대해 간단히 설명했다. 오전에 유람선을 타고 호수를 건너가서 빙하 위를 걷는 트레킹을 할 것이고, 오후에 전망대 쪽으로 가서 빙하를 조망하는 순서로 진행할 것이라는 것과 대략적인 예상 소요시간이 설명의 요지였다.

유람선을 타고 호수를 건너 가는 도중에 본 빙하는 생각했던 것보다 훨씬 높았다. 마치 거대한 푸른 성채가 서 있는 것처럼 보였다. 아름답고 이색적인 장면을 마주하자 탐방객들은 너나 할 것 없이 기분이 들뜨기 시작했고, 추운 날씨에도 불구하고 모두 갑판으로 몰려나와 연신 셔터를 눌러댔다.

유람선에서 내려 언덕 위로 몇 발짝 올라가자 식당처럼 생긴 건물이 하나 있었다. 빙하 트레킹을 위한 일종의 휴게소 역할을 하는 곳으로 보이는

호수를 건너가며 본 빙하 수면 위의 높이가 평균 60m에 이른다. 빙하 트레킹은 저 빙하 위를 걷는 체험이다.

그곳에서 각자 준비해 온 아침을 먹고, 트레킹 가이드의 인솔 하에 빙하가 있는 곳으로 이동했다. 본격적인 트레킹을 하기 전에 가이드가 아이젠을 부착하는 방법과 빙하 위에서 걷는 요령을 알려주면서, 크레바스를 조심하라는 것과 안전사고가 일어나지 않도록 주의해달라는 당부를 했다.

이곳에 오기 전에도 빙하를 몇 번 보기는 했다. 그러나 그때는 눈으로만 봤을 뿐이고, 직접 걸어보는 기회를 갖게 된 것은 이곳이 처음이었다. 아~ 드디어 빙하를 밟아보는구나! 얼마나 고대했고 얼마나 궁금해했던 순간인

빙하 트레킹을 하기 전에 가이드로부터 설명을 듣고 있다. 맨 오른쪽이 빙하 가이드.

가. 설레는 마음으로 힘차게 발을 딛고 올라갔는데… 기대가 너무 컸던 탓일까? 빙하 트레킹은 생각했던 만큼 매력적이진 않았다. 멀리서 볼 때 눈 쌓인 것처럼 아름답게 보이던 빙하 표면은 실제로는 얼음처럼 딱딱했고, 푸른 빛의 물이 고인 아름다운 웅덩이보다, 흙먼지로 뒤덮여 회색으로 보이는 부분이 더 많았다. 기대했던 만큼의 감동은 없었지만 그래도 빙하 트레킹이 색다른 경험이긴 했다.

　트레킹의 마지막 코스는 위스키 한 잔. 트레킹이 종료되는 지점에 미리 테이블과 위스키가 준비되어 있었고, 빙하 조각을 직접 깨어 위스키에 넣어 마시는 것을 끝으로 트레킹이 마무리되었다.

빙하 전망대 윗쪽에서 본 모레노 빙하 빙하가 떨어지는 소리는 멀리서 들리는 대포 소리 같았다. 때가 되면 자기가 태어난 곳으로 돌아와 알을 낳고 쓰러지는 연어처럼, 빙하는 자기 차례가 되면 제 할 일 다했다는 듯 굉음을 내며 호수 아래로 투신했다.

빙하 트레킹을 마치고 나서 (유람선과 버스를 이용하여) 전망대가 있는 곳으로 이동했다. 전망대에서 본 빙하는 트레킹 할 때와는 달리 매우 아름다웠다. 전망대 위치가 빙하를 한눈에 내려다볼 수 있는 높은 곳에 자리잡고 있는 덕분인지, 주위의 산과 호수, 빙하의 전면이 멋지게 어우러져 있었고, 이 풍경은 보는 이의 가슴을 후련하게 만들었다. 이곳에선 빙하가 호수 위로 붕괴되는 장면도 볼 수 있었는데 그 또한 장관이었다. 모레노 빙하가 왜 세계적으로 유명한 빙하인지 전망대에 와서야 비로소 알 수 있었다. 사람이든 자연이든, 아름다운 장면을 보기 위해선 어느 정도의 거리가 필요한 모양이다.

모레노 빙하는 아름다움으로 유명할 뿐 아니라 크기로도 유명하다. 안내 팜플렛의 설명에 의하면, 빙하 길이는 35km, 최대 폭은 5km에 이르며, 수면 위의 빙하 높이만 60m가 넘는다고 한다. 그 거대한 빙하가 중앙부 기준으로 하루에 2m씩 움직인다고 하니 중력의 위력이 그저 놀라울 따름이다. 길이가 35km이고 하루에 2m씩 전진한다고 보면 지금 호수로 떨어지는 저 빙하는 무려 1만 7,500일을 쉬지 않고 달려온 것이다. 햇수로 따지면 48년이라는 세월…. 인생은 모레노 빙하 사이클 두 번이면 끝난다.

전망대에 서 있는 내내 이따끔씩 호수 위로 빙하가 떨어졌다. 호수로 떨어진 빙하는 물이 되고, 물은 수증기가 되며, 그 수증기는 안데스 산맥의 차가운 공기를 만나 눈으로 변하고, 내린 눈은 다시 빙하를 만든다. 그 거대한 순환 장면을 기억 속에 저장하고 싶어, 오랫동안 빙하 떨어지는 장면을 바라봤다.

07

나이아가라 폭포, 물보다 강한 것은 무엇?

내 버킷리스트에 폭포는 없었다. 폭포도 대자연의 일부임은 분명하나 여행하기에는 싱거울 것 같았기 때문이다. 나이아가라에 간 것은 뚜렷한 동기가 있어서라기보다, 아내가 미국에 교환교수로 가 있던 그 해, 날씨가 더워지자 바람 쐬러 간 것이다.

거주하던 곳에서 나이아가라까지는 자동차로 편도 8시간 정도 운전해야 하는 장거리였다. 언제나 내 다리 역할을 해주었던 혼다 어코드를 몰고 펜실베니아주와 뉴욕주를 지나 늦은 오후가 되어서야 나이아가라에 도착했다.

나이아가라 폭포(Niagara Falls)는 미국측 폭포와 캐나다측 폭포로 나뉜다. 캐나다측 폭포가 미국측 폭포보다 폭과 높이에서 두 배가 넘는다. 나이아가라 강물도 90% 이상이 캐나다측 폭포로 떨어진다. 즉, 크기나 경관, 수량에 있어서 캐나다측 폭포가 압도적이다. 그래서 대부분의 여행자들처럼

나이아가라의 캐나다측 폭포 거대한 물의 병풍, 자욱한 물안개, 피었다 사라지는 무지개, 한번 쯤은 볼만한 장관이었다.

우리도 숙소를 캐나다쪽 클리프턴 힐(Clifton Hill) 지역에 정했다. 저녁을 먹고 산책하러 나가보니, 폭포를 비추는 야간조명 덕분에 강 주변에 몽환적 분위기가 형성되어 있었다. 이 풍경이 인기 있어서인지 폭포 주변 산책로에 꽤 많은 사람들이 들뜬 기분으로 돌아다니고 있었다.

다음 날 아침 본격적으로 폭포 탐방에 나섰다. 나이아가라를 보는 방법에는 몇 가지가 있다. 가까이에서 보는 방법은 지상에서 걸어다니며 보는 것, 터널로 내려가 폭포 안에서 보는 것, 배를 타고 폭포 바로 앞까지 가서 보는 것, 이 세 가지고, 멀리서 보려면 스카일론 타워에 올라가서 보거나,

헬기투어를 하면 된다. 나는 앞의 세 가지 방식으로만 보기로 했다.

먼저 폭포 하류에서 상류 쪽으로 걸어가며 봤다. 잘 다듬어진 언덕길을 따라 폭포를 보며 걸었는데, 폭포 위에는 물안개가 자욱했고 무지개가 수시로 생겨났다 사라지곤 했다. 미국쪽 폭포는 수량이 많지 않아 그다지 인상적이지 않았지만, 캐나다쪽 폭포는 장관이었다. 특히 물이 떨어지는 지점 바로 위의 상류 쪽에서 폭포를 내려다보니 엄청난 수량과 유속에 내가 강물 안으로 빨려 들어갈 것 같은 착시현상이 일어났다.

상류에서 폭포를 보고 나서 폭포 안쪽에서 보려고 접수처로 갔다. 폭포 안 풍경을 보려면 캐나다측 폭포 옆에 있는 테이블 락 하우스(Table Rock House)에 가서 해당 프로그램을 신청하면 된다. 신청을 마치고 폭포 뒤쪽의 터널에 들어가니, 폭포에서 떨어지는 물줄기를 폭포 안쪽에서 감상할 수 있는 공간이 있었다. 댐에서 떨어지는 물을 댐 안쪽의 제방에서 보는 것과 같은 방식이었는데, 떨어지는 물의 양이 엄청났고 물소리는 귀가 멍멍할 정도로 컸다.

터널에서의 탐방을 마치고 나와 유람선 선착장으로 갔다. 유람선 이름은 안개아가씨(Maid of the Mist)호. 유람선은 먼저 미국측 폭포로 향했다. 멀리서 보던 것과 달리 가까이서 보니 미국측 폭포도 볼만했다. 그래도 하이라이트는 역시 캐나다측 폭포였다. 유람선이 폭포 가까이 접근하자 거센 물보라 때문에 눈을 뜨기 어려웠고, 미리 나눠 준 우의를 입었는데도 온몸이 흠뻑 젖었다. 그래도 사람들은 서로 갑판 앞쪽에 서려고 했다. 우리도 갑판 앞쪽에 있었는데 그곳에서 직접 본 물의 위력은 실로 대단했다. 배가 어느 지점까지는 나아갈 수 있었으나, 그 지점을 넘어서니 아무리 배가 전

폭포를 향해 나아가는 유람선 '안개아가씨'호 미국쪽 폭포까지는 그래도 견딜만했다. 캐나다쪽 폭포 앞에 가니 배는 그저 낙엽 하나 정도에 불과할 정도로 물의 힘 앞에 맥을 못췄다.

진하려 해도 밀어내는 물의 힘 때문에 도저히 앞으로 나아가지 못했다. 인간(엔진의 힘)과 자연(폭포의 물)의 대결은 인간의 KO패. 폭포가 계속 찾아다닐 만큼 매력적인 여행지라고 하긴 어렵지만, 이 정도 규모라면 한 번쯤은 볼만했다.

동아시아 문화권에서 물의 이미지는 좋다. 상선약수(上善若水)라는 말도 있고, 유수부쟁선(流水不爭先)이라는 말도 있다. 그러나 이곳에서의 물의 이미지는 통제하기 어려운 거대한 힘 그 자체였다.

우리가 나이아가라에 다녀온 그해 겨울, 북미지역엔 영하 37도에 이르

캐나다측 폭포를 위쪽에서 본 모습 물속으로 빨려 들어갈 것처럼 유속과 수량이 대단했다. 이 엄청난 폭포
가 겨울에 통째로 얼었다는 것이 믿어지는가?

는 이상한파가 몰아쳤고, 그 때문에 나이아가라 폭포가 얼어붙었다는 뉴스가 보도되었다. 그 어마어마한 나이아가라가 얼다니…. 뉴스를 보고도 잘 믿어지지 않았다. 나이아가라의 엄청난 수량과 유압을 꼼짝 못하게 결박한 완력의 소유자는 북극에서 내려온 차가운 공기였다. 공기는 물과 비교할 수 없을 만큼 밀도가 낮은데, 보이지도 않고 만져지지도 않는 부드러운 공기가 물을 이긴 거다.

08

우유니 소금호수, 지상 최대의 모자이크화

여행을 하다 보면 뜻하지 않게 난처한 상황에 부딪치게 되는 경우가 있다. 우리 부부에게도 그런 경우가 더러 있었다. 배탈, 무좀, 두통, 고산증은 기본이고, 숙소가 없어 노숙한 적도 있었고, 총 든 군인들에게 체포된 적도 있었다. 그 중에서도 남미에서 배낭을 도난 당했을 때는 정말 난처했다.

칠레 북서부에 위치한, 지구상에서 가장 건조한 사막이라는 아타카마 사막에 가기 위해 칼라마(Calama)라는 도시에서 버스를 탔다. 피로로 잠시 눈을 붙였다가 깨어보니 내 배낭은 온전했는데 아내의 배낭이 사라지고 없었다. 우리 부부는 각자 꼭 필요한 물건만 넣은 배낭 하나씩만 가지고 다녔는데, 아내가 배낭을 도난당했으니 짐의 절반이 사라져버린 거다. 남미 여행은 아직 반도 하지 못했는데…. 남미가 절도와 소매치기로 유명한 지역이고, 그중에서도 칼라마는 악명 높은 곳이라는 것을 알고 있었으면서도 설마했다가 당한 것이다.

칠레에서 볼리비아로 넘어갈 때, 안데스 고원 국경지대에서 버스를 갈아타기 위해 잠시 멈췄다. 나무 한 그루 보이지 않는 황량하기 그지없는 곳이었다.

　배낭 하나를 잃어버리고 나니 불편이 이만저만이 아니었다. 배낭 안에 들어있던 물품을 사막마을에서 구입하기란 거의 불가능에 가까웠고, 대용품조차 맘에 드는 물건을 살 수 없었다. 어쩔 수 없이 아타카마에서의 일정을 줄일 수밖에 없었고, 며칠 후 (볼리비아 우유니로 가는 버스를 타기 위해) 다시 칼라마로 돌아왔다.

　볼리비아로 떠나는 날 아침, 어둠이 가시지 않은 새벽에 정류장으로 갔다. 그런데 정류장에서 특이한 장면을 목격했다. 버스를 기다리는 사람들이 모두 두꺼운 담요 보따리를 하나씩 들고 있는 거다. 처음엔 볼리비아 보따리상들인가 했는데, 버스가 출발하고 나서야 그 이유를 알 수 있었다.

버스가 완전 냉동창고 수준이었던 거다. 승무원이 버스 안에서 지저분한 미니 담요를 하나씩 나눠주었지만 아무런 도움이 되지 않았다. 버스 상태는 히터와는 아예 무관했고, 우리 복장은 너무 얇았으며, 살을 에는 듯한 안데스 고원의 새벽 칼바람이 낡아 빠진 버스 창틀 사이로 스며들었다. 겨울에 안데스 산맥을 넘어가는 버스 안이 그렇게 추울 줄 몰랐다. 칼라마에서 우유니까지 8시간이 소요되었는데 4시간 이상은 거의 동태 상태가 되었다. 잃어버린 배낭 안에 넣어 두었던 옷 생각이 간절했다.

다행이 낮이 되면서 기온이 조금 올라갔고, 우유니에 도착할 무렵에는 고원지대 특유의 강렬한 햇살 때문에 더위를 느낄 정도였다. 버스에서 내리자마자 숙소를 정한 다음, 소금호수 투어를 신청하러 나갔다. 우유니 소금호수(Salar de Uyuni) 투어를 취급하는 여행사는 기차역 앞에 여러 개 있었고, 로컬 여행사들은 크기나 프로그램이 다 고만고만했다. 우리는 일일투어(day tour)를 신청했다. 일일투어는 6~7명이 아침에 롱바디 지프 1대에 타고 우유니 소금호수에 갔다가, 저녁에 다시 우유니 시내로 돌아오는 당일치기 프로그램이다. 투어 상품은 기간별 코스별로 다양한 편이었지만, 추위에 떨어 컨디션이 좋지 않은 데다 고산증도 약간 있어 더 긴 프로그램을 선택할 상황이 아니었다. 고산증에 코카인 잎이 좋다고 해서 숙소로 돌아오는 길에 한 뭉치 사서 씹어도 보고 차로 마셔보기도 했는데 효과는 별무신통.

다음 날 아침 여행사로 가니 함께 갈 일행들이 나와 있었다. 우리 일행은 스페인에서 온 할머니 2명, 볼리비아 젊은 커플 한 쌍, 콜롬비아에서 온 청년 1명, 우리 부부 이렇게 총 7명이었다. 출발하기 전에 기사가 몇 가지 주

칠레의 아타카마 소금호수(Salar de Atacama) 우유니에 가기 전에 이곳에 먼저 들렀다. 이 사진은 벌판 풍경이 아니다. 까마득히 보이는 먼산을 제외하고는 눈에 보이는 모든 것이 소금이다. 길 옆의 경계 둑과 그 주변은 흙이 아니라 온통 소금이다. 심지어 길바닥 조차도.

의사항을 얘기했다. 우유니는 해발 3600m가 넘는 고지대라 한낮의 햇살이 장난 아니므로 노출된 부위엔 반드시 선크림을 발라야 한다는 것, 그리고 시력을 보호하려면 선글라스를 착용해야 한다는 것, 이 두 가지가 핵심이었다.

　우유니 시내에서 소금호수까지는 40km 남짓한 거리다. 이 거리를 이동하는 동안 지프 안은 내내 떠들썩했다. 국적이 다른 네 나라의 사람들이 들뜬 기분으로 서로 수다를 떨었기 때문이다. 그러다 어느 순간 누가 시킨 듯이 모두 조용해졌다. 차가 소금호수 안으로 들어온 것이다. 호수에 들어

끝없이 펼쳐진 소금세상 우유니 벌집 모양의 모자이크화처럼 마른 소금층이 끝없이 펼쳐져 있었다.

우유니 소금호수에서의 한때 지구상에 수많은 소금호수가 있지만 이런 풍경을 가진 곳은 이곳 말고는 없다.

온 차가 몇 분 더 달리다 멈출 때까지 모두들 벌린 입을 다물지 못했다. 소금소금소금소금소금…. 태어나서 어디에서도 그런 장면을 본 적 없었다. 그도 그럴 것이, 그곳 말고 그런 장면을 볼 수 있는 곳이 지구상에는 없다. 한 번도 본 적 없는 어마어마한 소금의 나라, 끝없이 펼쳐진 새하얀 소금 바다, 세상에 이런 곳이 다 있다니….

차에서 내리자 모두들 이리저리 뛰어다니고 장난치고 온갖 포즈로 사진 찍으며 한동안 난리법석을 떨었다. 경상남도보다 더 큰 면적이 온통 소금으로 덮여 있다고 상상해보면, 이곳의 풍경이 얼마나 대단한지 감이 올 것이다. 이곳의 풍경은 우기 때와 건기 때가 서로 다르다. 우기에 가면 소금호수 바닥에 20~30cm의 물이 고여 호수가 만들어지고, 그 호수는 세상에서 제일 큰 거울이 된다. 반면 건기에 가면 호수 바닥의 물은 사라지고, 소금 결정체들이 서로 엉겨 붙어 세상에서 제일 큰 모자이크화가 만들어진다. 내가 갔을 때(5월)는 건기라서 모자이크화가 만들어져 있었고, 끝이 보이지 않는 거대한 넓이의 모자이크화를 보면서 모두들 그렇게 흥분했던 거다.

모자이크 풍경에서의 한바탕 소동이 끝난 후 다시 차를 타고 호수 안쪽으로 더 들어갔다. 한참을 달리니 멀리 섬이 하나 보였고, 그 섬 앞에 도착하자 지프가 멈춰섰다. 잉카와시(Incahuasi)라는 이름의 이 섬에는 기념품 샵과 화장실이 있어, 소금호수를 찾는 대부분의 여행자들은 이 섬에 들러 휴식을 취하고 점심을 먹었다. 우리 일행도 그렇게 했다. 섬은 걸어올라갈만한 높이였고 길도 나 있어 우리도 위로 올라가보았다. 섬에는 잉카인들이 심어 놓은 것이라는 선인장들이 가득했다. 그런데 선인장 아래 표면이 놀

잉카 사람들이 심어 놓았다는 선인장이 있는 잉카와시 섬의 모습 여행자들에게 이 섬은 또 다른 볼거리이
자 멋진 휴게소였다.

랍게도 산호로 덮여 있었다. 이는 이 섬이 원래 바다였다는 뜻이다.

잉카와시 섬에서 한동안 시간을 보낸 후, 우유니로 돌아오는 길에 소금
호텔과 그 주변을 둘러봤다. 당일치기 여행이 아닌 1박 2일 투어를 하는
사람들은, 이 소금호텔에 숙박하면서 일몰의 아름다움과 일출의 아름다움,
호수 위로 별이 쏟아지는 풍경까지 볼 수 있다. 배낭을 도난당한 다음부터
모든 일정이 꼬여버린 우린, 소금호텔 예약이 가능한지 파악할 생각조차
하지 못했었다. 당시엔 아쉬움이 컸지만 세월이 지나자 이제는 그것도 추
억이 되었다.

09

미 서부 캐년들, 이곳에 서면 세상사는 티끌에 지나지 않는다

미 서부는 대자연의 땅이다. 산, 사막, 호수, 협곡, 강… 없는 게 없다. 땅만큼은 축복받은 나라가 미국이다. 내가 특히 가보고 싶어했던 곳은 콜로라도 고원지대의 캐년들(Canyons). 가을로 접어들기 시작한 9월 중순 어느 날, 라스베이거스에서 차를 렌트하여 5일간의 일정으로 길을 떠났다.

그랜드 캐년, 20억 년 된 세계 최고의 지질학 교과서

첫 목적지는 그랜드 캐년 국립공원 사우스림(South Rim). 공원 바로 앞에 위치한 투사얀(Tusayan)이라는 작은 타운에서 투숙하고, 다음 날 아침 공원 안으로 들어가 그랜드 캐년 빌리지에 있는 마켓플라자에 차를 세웠다. 이곳을 중심으로 우측으로 야바파이(Yavapai)·매더(Mather)·야키(Yaki) 포인트가 있고, 좌측으로 파월(Powell)·호피(Hopi)·모하브(Mohave)·피마(Pima) 포인트가 있다. 그랜드 캐년의 여러 포인트들 가운데 이곳이 주요 포인트다.

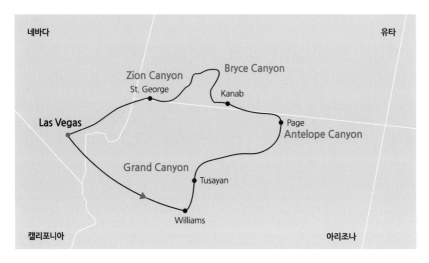

네바다   유타

Bryce Canyon

Zion Canyon
St. George   Kanab

Las Vegas   Page
Antelope Canyon

Grand Canyon
Tusayan

Williams

캘리포니아   아리조나

미 서부 캐년 여행 루트

가까운 곳은 도보로, 먼 곳은 셔틀버스를 이용하여 다니면 된다. 나는 주차
장에서 가까운 야파바이 포인트부터 보러 걸어갔다.

　드디어 마주한 그랜드 캐년의 모습. 아~ 그 첫인상을 어떻게 표현할 수
있을까. 어떤 단어로 어떻게 묘사해야 전달이 가능할까. 감동, 감동, 감
동…을 수백 번 써도 부족할 것이다. 떠오르는 아침 햇살에 드러나는 협곡
의 윤곽, 까마득히 먼 곳까지 펼쳐진 협곡의 넓이, 산맥을 통째로 집어넣고
도 남을 정도의 깊이, 콜로라도 강물이 600만 년 동안 홈을 파고, 비와 바
람과 태양이 억겁의 세월에 걸쳐 사포질하며 빚어낸 작품. 그 광활함과 황
량함이 주는 감동은 글로도 사진으로도 전달하기 어렵다. Beyond
description! 세상의 수많은 감동적인 자연경관 가운데서도 이곳은 단연 탑
레벨이 아닐까. 세상사를 티끌처럼 만들어버리는 그 놀라운 장면들은 포
인트마다 계속되었고, 그 풍경들이 어느 정도 눈에 익숙해지기까지는 꼬

그랜드 캐년의 장관 어디서 찍어도 달력 그림이 된다.

박 한 나절이 걸렸다.

　그랜드 캐년의 길이와 폭, 깊이를 보면 이 협곡이 얼마나 대단한지 짐작할 수 있다. 공원 안내 팜플렛에 따르면, 그랜드 캐년의 길이는 서울에서 부산까지보다 더 긴 446km이고, 폭은 29km, 깊이는 1600m라고 한다. 단순히 규모만 큰 게 아니다. 그랜드 캐년은 지구 46억 년 역사 가운데 20억 년의 역사가 새겨진 유일한 곳이다. 캐년 가장 위의 지층이 가장 최근(2억 7천만 년 전)의 것이고, 협곡 아래로 내려갈수록 오래된 과거로 돌아가는 것이다. 눈으로 20억 년의 세월을 볼 수 있는 유일한 곳이 그랜드 캐년인 거다.

　오전 내내 도보와 셔틀을 이용하여 여러 포인트들을 돌아다니다 그랜드

20억 년 세월의 흔적이 그대로 남아 있는 그랜드 캐년 그 앞에 서면 세상사는 한낱 티끌이 된다.

캐년 빌리지로 돌아와 늦은 점심을 먹었다. 식사후에도 미련이 남아 캐년 빌리지 주변의 포인트들을 다시 한번 걸어 다니면서 돌아봤다. 보고 또 봐도 그곳은 변함없는 감동이었다. 그래도 아쉬움이 남았지만 일정상 다음 행선지로 무리없이 가기 위해 데저트 뷰(Desert View) 쪽으로 떠나지 않을 수 없었다. 그랜드 캐년 빌리지에서 데저트 뷰까지의 거리는 40km. 이 구간에도 멋진 포인트들이 있어 가는 도중에 몇 번이나 차를 멈추어야 했다. 데저트 뷰에는 전망탑과 가게들이 있었다. 이곳에서 그랜드 캐년을 마지막으로 감상하고, 가슴 가득 감동을 안은 채 안텔로프 캐년을 향해 떠났다 (우리 부부가 다닌 루트는 그랜드 캐년, 안텔로프 캐년, 브라이스 캐년, 자이언 캐년이다. 이 가운데 안텔로프 캐년 소개는 생략한다. 이유는 다른 세 곳의 캐년과 함께 소개하기에는 너무 소박했기 때문이다).

브라이스 캐년, 원형극장에 펼쳐진 후두(Hoodoo)의 향연

안텔로프 캐년을 보고 나서 다시 차를 몰고 브라이스 캐년(Bryce Canyon)으로 갔다. 브라이스 캐년 안에도 무료 셔틀버스가 다니지만, 이곳은 지형상 각 포인트마다 자기 차를 몰고 다니는 것이 더 편하고, 그것이 허용되었다. 비지터 센터에 들러 팜플렛과 타블로이드판 공원안내도를 받은 다음, 브라이스 캐년을 가장 잘 조망할 수 있는 브라이스 포인트(Bryce Point)로 차를 몰았다.

브라이스 캐년은 그랜드 캐년과 달리 강물이 만든 것이 아니다. 브라이스 캐년은 퇴적암이 침식과정을 거치면서 만들어진 것이다. 그래서 캐년이라기보다는 오히려 원형 분지에 가깝다. 해발 2700m가 넘는 고지대에, 4천만 평이 넘는 방대한 지역이 분지 형태로 되어 있는 곳이 브라이스 캐년

브라이스 원형극장(Bryce Amphitheater)으로 이어지는 탐방로

이다. 공원 안내지에서는 이런 형태의 지형을 원형극장(Amphitheater)이라고 표시하고 있었다. 가장 크고 인기 있는 원형극장은 길이 19km, 폭 5km, 깊이 240m에 달하는 브라이스 원형극장이고, 그곳을 가장 잘 조망할 수 있는 포인트가 브라이스 포인트라 그곳으로 먼저 가기로 한 거였다.

　주차장에 차를 세우고 2분 정도 걸어가니 어디에서도 본 적 없는 이색적인 장면이 펼쳐졌다. 마치 조각가가 작품을 진열해둔 듯 엄청난 양의 후두(Hoodoo)들이 아침 햇살에 빛나고 있었다. 그랜드 캐넌에서 본 장면들과는 또 다른 스타일의 장관이었다.

브라이스 포인트에서 본 브라이스 캐년 온통 후두의 향연이다. 브라이스 캐년에는 약 1만 8,000여 개의 후두가 있다고 한다.

브라이스 캐년은 후두 천국이다. 후두란 흙과 바위의 중간 정도 강도를 가진 암석기둥을 말한다. 작은 후두는 1.5m짜리도 있지만 큰 것은 수십 미터에 이른다. 공원 안내지에 후두가 형성되는 과정이 자세히 설명되어 있었다. 퇴적암에 붙어 있는 눈과 얼음이 낮이 되어 녹으면 그 물이 바위 틈 사이로 흘러들어간다. 그리고 밤이 되어 그 물이 얼어 팽창하면 바위 틈 사이가 점점 넓어지게 된다. 넓어진 바위 틈 사이로 빗물이 스며들면 퇴적암인 석회암층의 두부침식(頭部浸蝕, headward erosion)이 일어나게 된다. 이 과정이 연중 200일 이상 반복되면서 후두가 생겨나는 것이다.

브라이스 포인트를 보고 나서 연이어 인스피레이션 포인트(Inspiration Point), 선셋 포인트(Sunset Point), 선라이즈 포인트(Sunrise Point) 순으로 돌아다녔다. 각각의 포인트는 각기 다른 매력적인 장면들을 지니고 있었다. 이 포인트들을 다니면서 후회스러웠던 것은, 미 서부 캐년들을 돌아보는 일정을 너무 짧게 잡은 점이었다. 공원 안내지에 브라이스 캐년의 여러 트레일이 소개되어 있었는데, 일정을 너무 빠듯하게 잡아 그런 곳을 걸어볼 여유를 가질 수 없었던 것이다. 좀 더 충분한 시간 여유를 가지고 갔더라면 얼마나 좋았을까.

자이언 캐년, 강물이 깎아 만든 하늘 위 바위 정원

브라이스 캐년을 보고 난 다음 날 자이언 캐년(Zion Canyon)으로 차를 몰았다. 자이언 캐년의 동쪽 출입구로 진입하자 거대한 바위 봉우리들이 먼저 눈에 들어왔다. 자이언 캐년의 풍광을 보면서 관통할 수 있는 루트답게, 이 길은 모퉁이를 돌 때마다 감탄사를 자아내게 만들었다. 이 날 차가 너

자이언 캐년의 동쪽 출입구를 통과해서 비지터 센터 쪽으로 가는 길에 본 사암 퇴적층 바위들 붉은색 부분
은 산화되어 그렇게 보이는 것이고, 흰색처럼 보이는 부분이 원래의 색이다.

무 밀려 캐년 오버룩 전망대(Canyon Overlook Viewpoint)에는 오르지 못했지
만, 거대한 협곡을 통과하면서 조망하는 기분은 끝내줬다.

이 공원은 (브라이스 캐년과 달리) 공원 안의 롯지에 숙박을 예약한 경우가
아니면, 공원 안의 메인도로로는 차를 가지고 들어갈 수 없었다. 그래서 공
원 입구 주차장에 차를 세워두고, 비지터 센터에 들러 팜플렛과 타블로이
드판 공원 안내지를 받았다. 그런 다음 셔틀을 이용하여 가장 먼 지점인
시나와바 템플(Temple of Sinawava)까지 갔다가, 거기서부터 다시 비지터 센
터로 내려오면서 탐방하는 방식을 취했다.

자이언 캐년은 해발 2660m, 면적 1억 8천만 평, 길이 24km, 협곡의 최대

공원내 무료 셔틀버스 버스를 타고 이동할 때 바위를 볼 수 있도록 지붕이 열려 있다.

폭과 깊이는 각각 400m와 800m에 달하는 거대한 바위 정원이다. 이 정원을 만든 주인공은 버진 강(Virgin River) 북부 지류인 노스 포크(North Fork). 흐르는 강물이 수백만 년 동안 바위를 녹이고 깎아내어 이런 장면을 만들었다고 하니, 물의 위력이 참으로 대단한 것 같다. 공원 안내지 타이틀에 이에 걸맞는 표현이 있었다.

"All this is the music of water."

자이언 캐년은 브라이스 캐년과는 느낌이 완전히 달랐다. 자이언 캐년이 훨씬 더 거칠었다. 후두 천국인 브라이스 캐년이 여성적이었다면, 바위 천국인 자이언 캐년은 남성적이었다. 타이완의 타이루꺼(太魯閣)에 갔을 때도 바위로 된 거대한 협곡의 규모에 놀라움을 금치 못했는데, 자이언 캐년은 그보다 더했다. 바위의 크기, 바위의 색깔, 계곡의 아름다움… 어느 것도 흘려보낼 수 없는 장면들이었다.

이 공원에서 아쉬웠던 점도 브라이스 캐년에서와 같다. 일정을 짧게 잡아 제대로 된 트레킹을 못해본 것이다. 공원 안내지에 소개된 트레일만도 18개나 되었는데, 리버사이드 워크(Riverside walk), 에머랄드 풀 트레일(Emerald Pools Trail) 두 군데밖에 가보지 못했다.

미 서부 캐년 여행의 경험은 내게 한 가지 교훈을 남겨주었다. 그것은, 어디를 가든 두 번 다시 올 기회가 없다는 생각으로 준비하고, 충분한 여행 시간을 확보해야만 후회 없는 여행을 할 수 있다는 것이다. 가본 곳에 다시 못갈 이유는 없지만 실제로 다시 가게 되는 경우는 드물고, 다시 간다고 해도 처음 갔을 때만큼 감동을 받긴 어렵기 때문이다.

비록 미련은 남았지만 그래도 서부 캐년들을 본 감동은 쉽게 줄어들지 않았다. 라스베이거스로 돌아오는 길 또한, 고원 내의 다른 구간을 이동할 때와 마찬가지로 거칠고 황량하고 아름다운 풍경의 연속이었다. 그 아름다움에 취해 운전하는 내내 우리 부부는 말을 하지 않았다. 저녁 노을에 붉게 물들어 가던 광활한 대지, 그 위로 끝없이 펼쳐진 도로를 달리던 그 기억을 어찌 잊을 수 있겠는가. 한없이 행복한 시간들이었다.

10

파미르 고원, 그들은 세상이 그립고 나는 그들이 그립다

여행지에서 고원을 보았을 때의 감동을 오랫동안 잊지 못했다. 남미 안데스 고원지대를 넘어다닐 때, 미 서부 콜로라도 고원지대를 돌아다닐 때, 티베트 고원지대를 지날 때, 한없이 거칠고 황량한 풍경들을 넋을 잃은 채 바라보곤 했다. 그러나 그때는 고원 자체를 여행지로 삼은 것이 아니었으므로, 가던 길을 잠시 멈추고 보다가 지나갈 수밖에 없었다. 그 아쉬움의 여운이 파미르를 찾게 만들었다.

파미르(The Pamirs)는 중앙아시아에 있다. 지리적으로 중국, 키르기스스탄, 타지키스탄, 아프가니스탄에 걸쳐 있는 파미르는, 해발 7000m 안팎의 산들이 즐비한 쿤룬, 힌두쿠시, 카라코람, 톈산 산맥에 둘러싸인 거대한 고원지대다. 그래서 흔히 파미르를 세계의 지붕이라 부른다.

이 고원을 여행하는 가장 대중적인 방법은 파미르 하이웨이라 불리는 M41 하이웨이(highway)를 따라가는 것이다. 이 도로는 구소련이 군사적 목

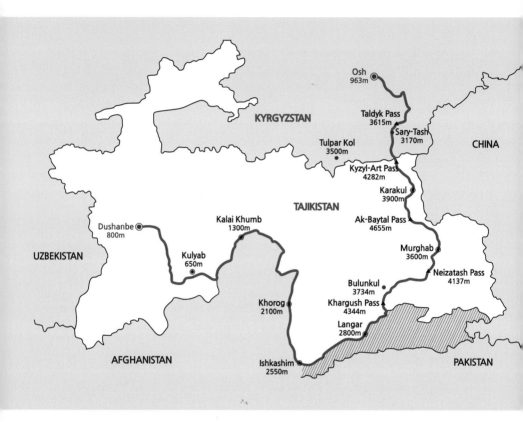

짙은 청색으로 표시된 부분이 파미르 고원을 탐방하는 여행자들이 선호하는 M41 루트. 이미지 하단의 빗금 친 부분은 아프가니스탄 영토인 와칸 밸리(Wakhan Valley)다.

적으로 만든 것으로, 하이웨이라는 이름과 달리 아주 거칠고 험한 길이다. 이 길을 따라 키르기스스탄 제2의 도시인 오쉬(Osh)부터 타지키스탄의 수도인 두샨베(Dushanbe)까지 1,500km 구간을 여행하는 것이 대부분의 파미르 여행자들이 취하는 여행 방식이다(반대 방향으로 이동해도 된다). 이 구간을 여행하는 방법은, 현지에서 차량과 운전자를 고용하여 이동하는 방법, 여행자 자신이 직접 모터 사이클로 이동하는 방법, 그리고 자전거로 이동하는 방법, 이 세 가지다. 나는 첫번째 방법을 선택했다.

2018년 7월 초, 카자흐스탄의 알마티(Almaty)에서 키르기스스탄의 비쉬켁(Bishkek)으로 넘어가, 그곳에 있는 타지키스탄 대사관에서 GBAO 퍼밋(Permit)을 발급받았다.* 이어 본격적인 파미르 여행을 위해 오쉬로 이동했다. 오쉬 숙소에 체크인 할 때 파미르를 횡단할 차량과 기사 수배를 요청해두었더니, 그날 저녁 세 명의 기사가 차를 몰고 왔다.** 나는 그 가운데 가장 어눌해 보이는 S를 선택했다. 타지키스탄 출신의 서른네

* GBAO 퍼밋 파미르를 여행하려면 타지키스탄 비자 외에 GBAO 퍼밋을 받아야 한다. GBAO는 고르노 바다흐산 자치주(Gorno-Badakhshan Autonomous Region)의 약자다. 그러므로 GBAO 퍼밋은 이 지역을 여행할 수 있는 허가증을 의미한다. 고르노 바다흐산 자치주는 타지키스탄 국토의 약 45%를 차지하는 지역으로, 남한의 2/3에 해당할만큼 넓으며, 파미르 고원의 중심지역이 이곳에 자리잡고 있다. 이 지역은 타지키스탄에서 분리독립하려는 움직임으로 무력 충돌이 있었던 곳이라 늘 긴장상태에 있고, 검문검색이 심한 곳이다. 타지키스탄 비자와 GBAO 퍼밋은 타지키스탄 외무부 사이트에서 온라인으로 발급받거나, 인근 국가의 타지키스탄 대사관에서 발급받으면 된다.

** 파미르 고원을 현지의 대중교통을 이용하여 여행하는 것이 불가능한 건 아니다. 그러나 불편한 점이 많아 권할만한 방법은 아니다. 대중교통을 이용하면 (대중교통이 다니는) 정해진 구간 사이에서만 이동이 가능하고 자신만의 루트를 짜는 것이 불가능해진다. 마슈르카(marshrutka, 봉고차처럼 생긴 미니버스)를 타든 쉐어드 택시(shared taxi)를 타든, 차량 1대에 여러 사람이 탑승하므로(거친 도로 사정을 감안할 때) 이동하는 내내 좌석이 편치 않다. 또한 아무리 아름다운 곳을 지나갈 때라도 이동 중에 대중교통에서 내려 풍경을 감상하거나 돌아다니는 것은 불가능하다. 그래서 일반적으로 여행자는 현지에서 차량과 기사를 직접 고용하고, 스스로 코스와 일정을 선택하여 이동한다. 차량과 기사 고용에 대해서는 키르기스스탄의 오쉬에서 출발할 경우, 술레이만 뚜(Sulayman Too) 아래에 위치한 CBT Office에 문의하거나 배낭여행자 숙소에 문의하면 되고, 타지키스탄의 호로그(Khorog)에서 출발할 경우, 호로그의 시내 공원 안에 위치한 PECTA Office에 들러 문의하면 된다.

사리타쉬에서 툴파쿨 가는 길의 트랜스 알라이 산맥 풍경 거대한 산들이 끝없이 펼쳐져 대자연의 파노라마가 어떤 것인지를 보여주었다.

살 남자, 영어는 단어 몇 개만 아는 정도. 그러나 심성이 착해 보였고, 내가 원하는 이동 루트와 일정에 흔쾌히 동의했으며, 실제로 파미르 여행이 끝날 때까지 마음 불편하게 한 적이 한 번도 없었다.

파미르로 떠나기 전날, 오쉬의 바자르에 들러 간식용으로 먹을 과일을 샀고, 슈퍼에 들러 물을 샀다. 타지키스탄 호로그(Khorog)에 도착할 때까지는 달러 사용이 가능하다고 했으므로 타지키스탄 화폐로의 환전은 하지 않았다.

첫날 이동한 구간은 오쉬에서 툴파쿨(Tulpar Kol)까지. 일반적으로 이 구간에서 여행자들은 마을 규모가 큰 사리타쉬(Sary-Tash)나 사리모굴(Sary Mogul)에 머물지만, 나는 레닌봉(해발 7134m)을 가까이에서 보고 싶어 마을

툴파쿨의 유르트 캠프 유목민의 이동식 둥근 천막을 중앙아시아에서는 유르트(Yurt)라 부르고 몽골에서는 게르(Ger)라 부른다. 언뜻 보면 캠프가 있는 지점이 평지처럼 보이지만 이곳의 위치는 해발 3500m쯤 된다. 가운데의 멀리 보이는 흰 산은 트랜스 알라이 산맥 최고봉인 레닌봉(7134m).

도 없는 툴파쿨까지 갔다. 이날의 압권은 사리타쉬에서 툴파쿨까지 가는 길에 본 트랜스 알라이(Trans-Alay) 산맥. 툴파쿨로 가는 길 따라 끝없이 펼쳐진 거대한 산맥은, 그것을 보는 것만으로도 파미르에 올 이유가 충분하다고 할 정도로 대단한 장관이었다. 운전사 S는 툴파쿨에 와본 경험이 없었는지 몇 번이나 길을 헤맸고(파미르에는 이정표가 없다), 늦은 오후가 되어서야 툴파쿨에 도착했다.

툴파쿨 숙소인 유르트(Yurt)는 생각했던 것보다 내부가 크고 아늑했다. 파미르에서 만난 모든 이들이 그랬듯이, 주인 아주머니는 매우 친절했으며 낯선 이방인에게 할 수 있는 최대한의 배려를 베풀어 주었다. 우리 부부는 유르트에 배낭을 던져두고 주변 산책에 나섰다. 눈으로 뒤덮인 레닌봉, 툴파쿨 호수, 지천에 널린 야생화, 모든 것들이 아름다웠고, 아내는 그

파미르 고원의 중국쪽 풍경
타지키스탄과의 국경을 표시하는 울타리가 수백 킬로미터에 걸쳐 늘어서 있었다.

동안 다녔던 어느 여행지보다 이곳을 더 좋아했다.

이틀째 되는 날은 툴파쿨을 출발하여 카라쿨(Karakul) 호수를 거쳐 무르
갑(Murghab)까지 갔다. 이 구간을 지나는 동안 두 개의 국경검문소를 통과
했고, 세 개의 고개를 넘었다. 키르기스스탄 국경검문소에서 거친 출국 절

차는 우려했던 것과는 달리 간단했다. 담당자가 여권과 얼굴을 대조하고
는 스탬프를 바로 찍어주었다. 이는 타지키스탄 국경검문소의 입국 절차
에서도 마찬가지였다. 예전에는 짐 검사를 까다롭게 하고 여행자에게 뇌
물을 요구하기도 했다는데 이제 그런 일은 없어진 것 같았다.

　이날의 하이라이트는 고개 넘기. 이날 넘은 고개들인 카이질아트 패스,

위불로크 패스, 악바이탈 패스는 모두 해발 4000m가 넘는 고개들로, 파미르에 있는 여러 고개들 가운데서도 가장 인상적인 장면을 보여주었다. 각기 다른 느낌을 주었던 그 고개들을 넘으면서 본 극한의 거친 풍경은, 세상살이에서 느끼게 되는 모든 감정들을 기억조차 나지 않게 만들었다. 무념무상… 사랑도 미움도 기쁨도 슬픔도… 이런 장면 앞에서는 다 부질없는 것. 심지어 삶과 죽음조차도 그러하다.

이틀간 장거리를 이동했으므로 사흘째 되는 날엔 짧게 이동하는 것으로 일정을 잡았다. 무르갑에서 알리차(Alichur)를 거쳐 불룬쿨(Bulunkul)까지의 거리는 불과 160km에 불과해 이동하는 내내 여유가 있었다. 도중에 양이나 야크를 몰고 다니는 목동들도 몇 사람 만났는데, 이런 황량한 곳에서도 목축 하는 걸 보면 인간의 생존 능력은 참으로 대단한 것 같다. 하긴 먹을거리 전혀 없어 보이는 이곳에도 야생의 먹이사슬이 존재한다고 하니, 자연 생태계의 강인함은 인간보다 더하다고 할 수 있겠다(파미르에는 영양, 아이벡스, 늑대, 여우, 마못, 토끼, 곰, 눈표범 등 다양한 동물이 나름의 먹이사슬을 유지하고 있다고 한다).

이날의 목적지인 불룬쿨은 몇 가구 되지 않는 작은 동네였다. 원래 계획은 불룬쿨에 조금 일찍 도착해서 근처의 야실쿨(Yashilkul) 호수까지 걸어갔다 오는 것이었다. 그러나 바람이 너무 강해 야실쿨은 포기해야 했다. 불룬쿨은 파타고니아 고원만큼이나 바람이 세게 불었고 날씨도 몹시 추웠다. 홈스테이 하는 집에서 방 안에 난로를 지펴주었지만 새벽에는 추워서 잠을 잘 수 없을 정도였다. 한여름인 7월이었는데도.

▲ **카이질아트 패스**(Kyzylart Pass, 4282m)
▼ **위불로크 패스**(Uy Buloq Pass, 4232m)**에서 바라본 풍경** 멀리 카라쿨 호수가 보인다.
호숫가에 작은 마을이 있었고, 그 덕분에 점심을 해결할 수 있었다.

▲ **해발 3700m가 넘는 곳에 자리한 불룬쿨** 불과 몇 가구 되지 않는 작은 마을이다. 이렇게 황량한 곳에도 사람들이 살고 있었다.

▼ **불룬쿨에서 와칸 밸리 가는 길에 만난 어린 목동** 인근 어디에도 집이라고는 없었는데, 어디서 나타났는지 신기했다.

나흘째가 되자 파미르 고원의 또 다른 하이라이트인 와칸 밸리(Wakhan Valley)로 접어들었다. 와칸 밸리는 아프가니스탄 영토인 와칸 코리도(Wakhan Corridor) 지역과 타지키스탄 국경 사이에 있는 300km가 넘는 긴 계곡을 가리킨다. 이 계곡을 따라 랑가르(Langar)와 얌천(Yamchun), 이쉬카심(Ishkashim)을 거쳐 호로그로 가야 비로소 파미르를 제대로 보는 것이다.

불룬쿨에서 랑가르로 향하는 그 길은 파미르 고원 전체 구간 가운데서도 가장 거칠었다. 차가 펑크나지 않는 게 용할 정도로 돌부리투성이의 길이었고, 잠시만 방심해도 살아날 가능성이 제로인 절벽 구간도 많았다. 워낙 험한 지역이라 이 구간엔 마을도 인가도 전혀 없었다. 발 아래엔 낭떠러지, 머리 위론 해발 6000m가 넘는 힌두쿠시 산맥을 보며 가는 거칠고 위험한 구간이었지만, 이런 모습 보려고 파미르에 온 것이었으므로 눈에 담고 가슴속에 담았다. 오후 3시쯤 도착한 랑가르는 지나온 구간과는 달리 사람 사는 냄새가 물씬 났다. 나무가 있었고, 밭이 있었으며, 전기까지 들어와 강원도 산골 같은 분위기가 났다.

닷새째 되는 날에도 전날에 이어 와칸 밸리를 따라 이동했다. 랑가르를 출발하여 이쉬카심을 지나 판지 강(Panj River)을 따라 호로그까지 가는 길은 상당히 멀었다. 이동 과정에서 랑가르와 유사한 형태의 여러 마을들(Zong, Vrang, Yamg, Yamchun…)을 지났고, 얌천과 이쉬카심에서는 요새에 올라보기도 했다. 기원전 3세기에 세워졌다는 얌천 요새와 서기 4세기에 세워졌다는 이쉬카심 요새는, 실크로드 상인들을 보호하고 외부의 침략에도 대비하는 이중의 목적을 가진 요새였다고 한다. 두 요새는, 까마득히 먼 과거에도 이 험한 지역을 상인들이 다녔다는 것과, 이 황량하고 쓸모 없어 보이

와칸밸리의 황량한 풍경 이런 계곡이 이쉬카심까지 무려 300km 넘게 이어진다. 가운데 움푹 파인 형태의 계곡 아래엔 파미르 강(Pamir River)이 흐르고 있다. 계곡의 왼쪽은 아프가니스탄 땅이고, 오른쪽이 우리가 지나온 타지키스탄 땅이다.

는 땅을 차지하려는 다툼이 계속 있었다는 사실을 알려주는 증거들이다.

이날 기억에 남은 장면은, 마을을 지날 때마다 현지인들이 약속이나 한 것처럼 우리를 물끄러미 지켜보던 모습이다. 차창 너머로 그들이 시야에서 사라져도, 우리를 쳐다보던 그 모습은 오랫동안 잊혀지지 않았다. 외지에서 온 이방인을 신기한 듯 바라보는 그들은 분명 바깥세상이 그리울 것이다. 특히 젊은이들은 더욱 그럴 것이다. 오지에 사는 이들이라면 필연적으로 겪을 수밖에 없는 그 막막함에 가슴이 짠했다.

이날 기억에 남은 또 다른 장면은, 판지 강 너머의 아프가니스탄 땅이다. 호로그로 가는 길이 판지 강을 따라 나 있어, 이동하는 내내 강 너머의 아프가니스탄 풍경을 볼 수 있었다. 사실 아프가니스탄에도 가보고 싶은 마음 굴뚝 같았으나 아직은 너무 위험한 곳. 뉴스 화면에 등장할지도 모를 일을 만들고 싶진 않았다. 오후 5시쯤 호로그에 도착해서는 닷새간 험한 고원지대를 계속 달려온 피로도 풀 겸 그곳에서 이틀간 머물기로 했다.

인구가 3만 명 남짓 된다는 호로그는, 파미르 고원에서 가장 큰 도시답게 모든 문명시설이 다 갖춰진 곳이었다. 먹고 씻고 환전하고 구경하고 산책하고…. 이틀이라는 휴식시간을 100% 만끽했다. 호로그에서 재충전을 완료한 다음 날, 칼라이쿰(Kalai Khumb)으로 향했다. 호로그에서 칼라이쿰으로 가는 구간도 내내 판지 강을 따라가는 길이었다. 이 구간에도 발길을 멈추게 하는 아름다운 곳이 적지 않았으나, 그런 풍경보다 더 기억에 남은 장면은 집에서 수확한 과일을 들고 나와 길에서 팔던 아이들 모습이었다. 차가 멈추면 과일 봉지를 들고 뛰어오던 그 순박하고 안쓰러운 모습이 지금도 눈에 선하다.

파미르의 서쪽 끝자락에 있는 칼라이쿰은 제법 규모가 큰 마을이었다. 인구가 2천명 정도 된다고 하니, 인적 드문 파미르에서 이만한 인구라면 마을이라기보다 도시라고 봐야 한다. 이곳에서 인상적이었던 것은, 빙하 녹은 물이 엄청난 유속으로 흐르던 오비쿰보(Obikhumbou) 하천이었다. 하천 옆 숙소에서 밤새 물소리를 들으며 파미르에서의 마지막 밤을 보내고, 다음 날 오후 타지키스탄의 수도인 두샨베에 도착함으로써 1500km의 파미르 고원 횡단을 마무리 했다.

비록 짧은 시간이었지만 파미르에서 대자연과 함께한 시간은 평생 잊혀지지 않을 기억으로 자리 잡았다. 어느 여행인들 쉽게 잊혀지랴만, 파미르는 특유의 매력으로 언제까지나 추억 속에 남아 있을 것이다. 파미르의 거칠고 황량한 풍경은 독특한 아름다움을 보여주기도 했고, 두려운 마음이 들게도 했으며, 때론 세상 끝에 와 있는 듯한 고독감을 느끼게 하기도 했다. 그러나 세상 끝에도 사람은 살고 있었고, 그들의 표정은 아름다웠으며 미소는 한결같이 따뜻했다. 그런 따뜻함에 대한 기억과 또 다른 세상에 대한 그리움이, 이 철들지 않는 영혼으로 하여금 오늘도 배낭 꾸릴 궁리를 하게 만든다.

지나온 날들의 그리움, 남아있는 날들의 설레임

원고를 마무리하면서 지난 여행을 돌아본다.

여행은 내게 무엇이었던가…

가장 먼저 떠오르는 건 호기심 충족이다. 여행을 하지 않았더라면 바깥 세상에 대한 갈증을 해소하지 못한 채 우물 안 개구리처럼 살았을 것이다. 여행을 뒤로 미루지 않은 건 아주 잘한 결정이었다.

더 의미 있는 것은 생각의 변화다. 여행하기 전에는 내 생각이 현실적인 것인지 관념적인 것인지 판단하기 어려운 경우가 많았다. 여행은 수많은 '닮음'과 '다름'을 경험하게 함으로써 그 모호함을 걷어내 주었다. 돈, 지위, 명예, 인연, 행복… 이쪽에서 보면 이렇게 보이고, 다른 쪽에서 보면 다르게 보이는 것들. 이런 것들에 대한 생각 정리가 여행하는 동안 자연스레 이뤄졌다. 이젠 나의 존재 확인을 세상과의 관계에 의존하지 않는다. 내 생각이 세상 통념과 다른 것에 대해서도 갈등 느끼지 않는다.

국가를 보는 눈이 달라진 것도 빼놓을 수 없다. 여행은 국가라는 단어가 갖는 의미를 다시 생각하게 만들었다. 여행이 아니었더라면 나는 평생 '한국인'으로만 살았을 것이다. 지금은 전과 다르다. 내가 태어나고 자란 한국은 내겐 또 다른 외국이고, 나는 아웃사이더가 되었다. 아웃사이더의 시선으로 마음의 거리를 두고 보니 우리 사회의 밝은 면과 어두운 면이 더 명료하게 보인다. 평정심 유지에도 도움이 된다.

생각이 달라지니 라이프 스타일도 단순화되었다. 그 결과 TV에서 멀어지고, 뉴스에서 멀어지고, 관습에서 멀어지고, 세상 소음에서 멀어져간다. 세상살이를 너무 시니컬하게 대하는 것처럼 보일지 모르지만 본질적인 것에 더 집중하고 싶을 뿐이다. 불필요한 것들을 제거하고 나자 일상이 훨씬 가볍고 자유로워졌다. 하루가 더 의미 있고 즐거워진 것은 물론이다.

이외에도 여행이 가져다준 변화는 많다. 어떤 변화든 이런 변화들이 여행을 통해서만 가능한 것은 아니다. 일을 통해서도 가능하고 사람을 통해서도 가능하다. 책을 통해서도 가능하고 명상을 통해서도 가능하다. 그러나 내게는 여행만한 게 없었다. 여행만큼 명확하게 내 인식의 한계를 넓혀주는 것이 없었고, 여행만큼 내 어리석음을 깨닫게 해주는 게 없었다. 세상은 보고 또 봐도 싫증나지 않는 흥미진진한 경전이었고, 여행은 그 경전의 의미를 깨닫게 해주는 가장 훌륭한 스승이었다.

그리고…

여행은 추억이라는 평생 사라지지 않을 자산까지 남겨주었다. 얼마나 많은 길동무들이 우리 부부에게 추억을 선물했던가. 얼마나 많은 현지인들이 우리의 여행 경험을 풍요롭게 만들어 주었던가. 우리 둘만이 기억하는 에피소드들은 또한 얼마나 많은가. 생각만 해도 그리워지고 절로 미소 지어지게 만드는 그런 추억들을 무엇과 바꿀 수 있겠는가.

배낭 하나 둘러메고 밖으로 나가기 시작한 때가 엊그제 같은데 어느덧 10년 세월이 지나갔다. 그동안 세상은 예상했던 것보다 훨씬 많이 변했고, 나도 많이 달라졌다. 이 여행기와 더불어 지난 여행은 끝이 났고, 지난 생각도 함께 끝이 났다. 21세기의 두 번째 십 년이 이렇게 마무리 되어 간다. 하나의 챕터(chapter)가 마무리되고 새로운 챕터가 열리는 이런 순간이 기분 좋다.

다가오는 새로운 십 년엔 어떤 일들이 기다리고 있을까. 새로운 여행지에서는 또 어떤 추억이 기다리고 있을까. 그 행복한 설레임이 오늘의 일상을 즐겁게 한다.

배낭 메고 여섯 대륙

여행, 또 다른 세상

초판 1쇄 발행 2020년 12월 28일

지 은 이 윤영
펴 낸 이 김환기
펴 낸 곳 도서출판 이른아침
주   소 경기 고양시 일산동구 정발산로 24 웨스턴타워 업무4동 718호
전   화 031-908-7995
팩   스 070-4758-0887
등   록 2003년 9월 30일 제313-2003-00324호
이 메 일 booksorie@naver.com

ISBN 978-89-6745-111-0 (03810)